北國 발해
대조영 ❷

北國 발해 대조영 ❷

지은이 / 박혁문
발행인 / 조유현
발행처 / 늘봄
편　집 / 이부섭　이다영
디자인 / 박준철

등록번호 / 제1-2070 1996년 8월 8일
주　소 / 서울시 종로구 충신동 189-11 동국빌딩 3층
전　화 / (02)743-7784
팩　스 / (02)743-7078

초판 1쇄 펴냄 2006년 11월 25일

ISBN 89-88151-72-0　04810
ISBN 89-88151-71-2　04810(세트, 전2권)

*가격은 표지에 있습니다.

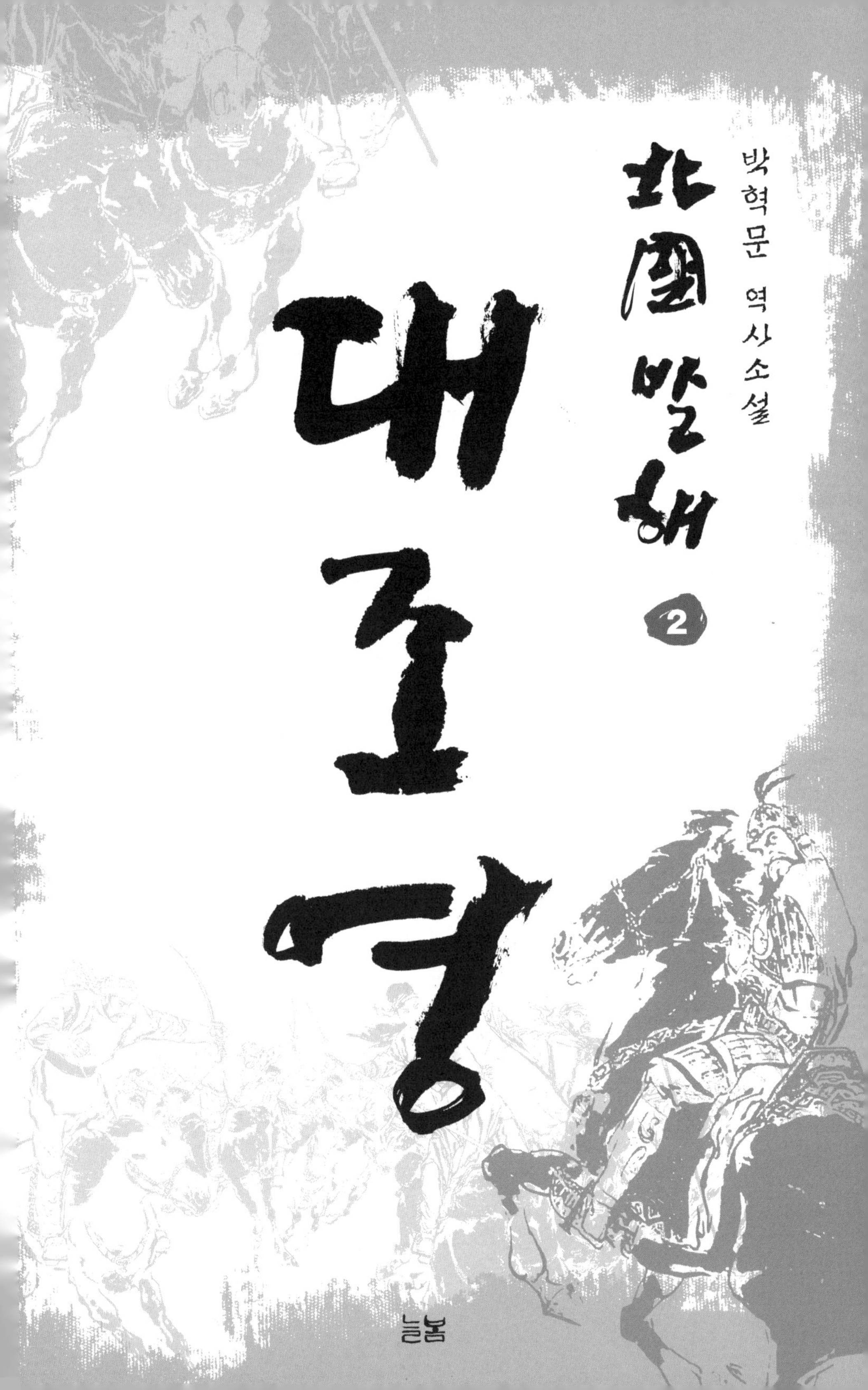

대조영

北國 발해

박혁문 역사소설

2

늘봄

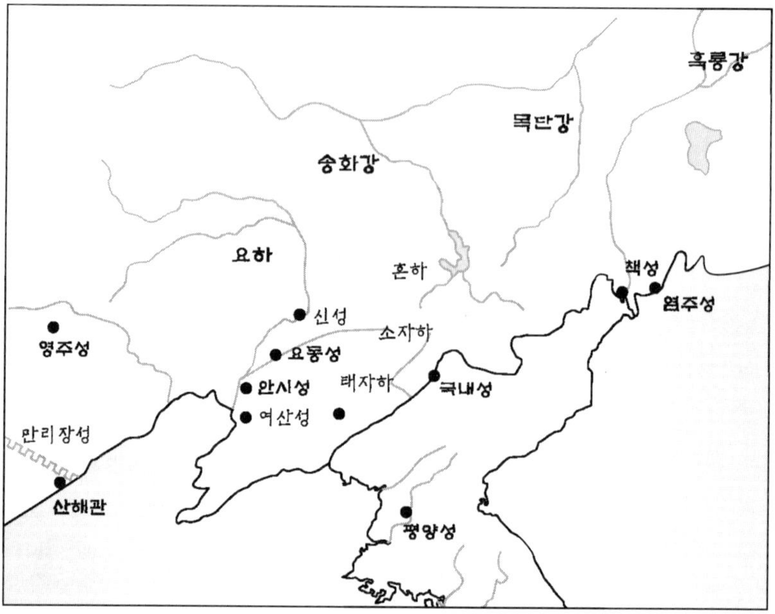

고구려 부흥군 분포도

요하 주변 성과 거란 · 말갈족 분포도

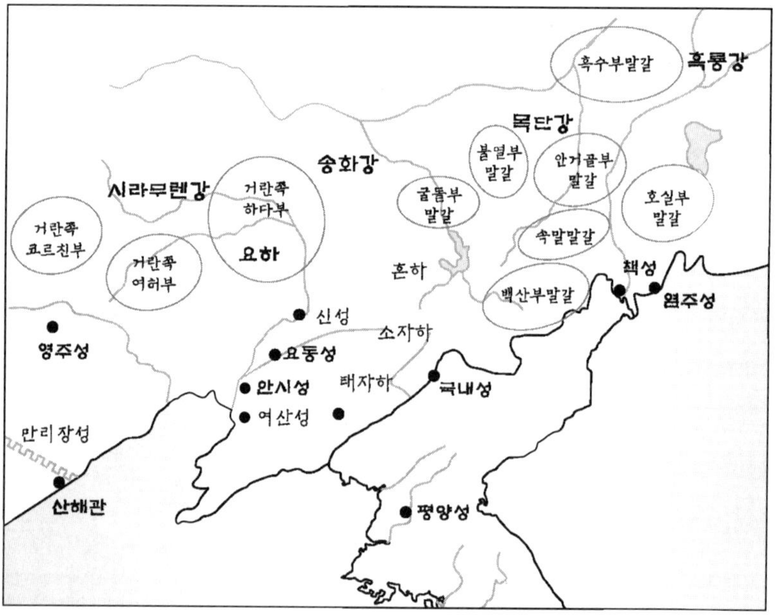

차례

서문

남쪽 나라 통일신라, 북쪽 나라 발해
모두 지켜야 할 우리의 역사

오래 전부터 필자는 요동과 연변 그리고 집안, 백두산 등지를 여러 차례 방문하면서 자료도 모으고 지형도 살피면서 글쓰기를 준비해 왔다. 그때 길림성 쪽에서 가장 가고 싶었던 곳은 러시아령 끄라스끼노와 훈춘이었다. 끄라스끼노는 고구려 시절 대 일본 무역의 본거지인 염주성으로 알려진 곳이다. 필자는 여러 가지 이유로 이곳을 대조영의 고향이라 생각하고 있었기에 무척 가고 싶었다. 훈춘은 고구려 때는 책성으로, 발해 시절에는 동경이라 불린 곳으로 순나부 땅의 으뜸 성이었다.

그러나 연변 지역을 여러 번 방문하면서도 훈춘에 갈 기회가 생기질 않았다. 혼자 다니는 여행이 아니었기 때문이었다. 연변에서 훈춘으로 이어지는 고속도로를 바라보며 저 너머 사랑하는 연인을 두고 차마 가지 못하는 애틋함 같은 그리움만 키웠다.

삼 년 전, 드디어 훈춘에 갈 기회가 마련됐다. 동해에서 배를 타고 자르노빌 항을 통해 훈춘으로 가게 된 것이다. 멀리서나마 염주성이 있던 끄라스끼노의 지형을 살필 수 있었고 훈춘에 며칠 머물렀다. 러시아에서 중국 땅으로 들어가기 위해 뜨겁게 달아오른 8월의 뙤약볕 아래서 몇 시간이고 기다려야만 했던 그날, 그토록 가고 싶었던 훈춘으로 가는 길이라 더위쯤 이야 문제도 아니었다.

그곳에서 필자는 고구려 순나부 지역의 핵심도시였던 책성이면서 동시에 발해의 3대 문왕이 도읍지로 삼았던 '팔련성' 을 찾았다. 중국 사람들이 출입을 막았다. 대신 바로 옆에 있는 온특혁부성을 답사했다. 이제는 논두렁길로 전락했지만 토성의 흔적이 분명한 이 성을 뒤로 하고 앞에는 근래에 만든 안내판이 세워져 있었다. '당왕조 발해국 온특혁부성' 이라고 한글로 붉게 쓰여 있었다. (중국은 소수민족 우대정책을 취하기 때문에 조선족 자치구에서는 한글을 먼저 쓰고 다음에 중국어를 표기한다.)

알고는 있었지만 막상 현장을 접하게 되자 당황스러웠고 화가 났다. 다시 찾아야 한다. 발해를……. 이 지역에서 일어난 금과 청은 우리 민족사라 할 수 없지만 발해와 고구려는 절대 빼앗겨서는 안된다는 생각뿐이었다.

십여 년 가까이 고구려에 대한 공부를 해오면서 고구려는 우리 민족 기질의 뿌리라는 사실에 사로잡혔다. 한 많은 민족이 아닌 도전적이고 진취적인 기상의 뿌리이다. 디지털 유목민에게 가장 필요한 것은 이 기상이다. '고구려사' 는 우리의 역사다.

중국은 화하족에 지배당한 적이 거의 없다. 근대사에서는 명나라, 송나라 정도이며 그 외에는 선비족이 세운 당나라, 만주족이 세운 금나라, 청나라, 거란족이 세운 요나라, 몽골이 세운 원나라의 지배를 받았다.

이 중 금나라나, 청나라, 요나라는 다 고구려의 일원이었던 부족이 세운 나라이다. 이들이 산골짜기에서 시작하여 도전적으로 중국 대륙을 점령할 수 있었던 뿌리에 고구려가 자리 잡고 있다. 고구려가 했던 것처럼 산골짜기에서 시작하여 대륙으로 또 중국 땅으로 들어갔던 것이다. 형제국인 고려와 조선을 내버려두고……. 물론 조선이 형제국인 청나라보다 명나라를 더 지지했을 때는 조선을 공격하였다. 거란족은 조금 다른 경우지만 이들도 자신들이 고구려의 후손임을 내세웠다. 「고려사」 서희편에 서희와 요나라 장수 소손녕과의 담판 장면에서도 누가 더 고구려의 정통을 지니고 있는가를 따지고 있다.

청이나 금이나 다 고구려의 일원이었던 종족이 세운 나라지만 우리는 그들을 우리 민족사에 포함시키지 않는다. 예맥족이 세운 나라가 아니기 때문이다. 그러나 고구려와 발해는 다르다. 바로 우리 조상인 예맥족이 세운 나라이기 때문이다. 「신당서」에는 대조영을 속말말갈인, 「구당서」에는 고구려의 별종이라 나와 있지만 이는 중국인이 쓴 자료에 불과하다. 발해의 2대 왕 대무예가 일본에 보낸 서신(「속일본기」)에는 분명 자신은 고려인이며, 자신을 고려왕이라 말하고 있다. 또한 발해는 부여의 풍습을 이어받았고 고구려의 옛 땅을 회복하였으며 당나라는 자신의 원수라고 분명히 밝히고 있다. 사신들의 이름도 말갈계보다는 고구려계가 더 많다. 85명 중 고구려왕 성인 고씨가 12명이나 되었고, 만주계는 6명밖에 되지 않는다.

「삼국사기」 신라본기 원성왕 6년조와 헌덕왕 4년조에 보면 발해에 사신 보내는 것을 '사북국(使北國)' 이라 표현하고 있다. 이로 보아 당시 통일신라에서도 발해를 동족으로 생각하고 있었음을 알 수 있다.

진보역사학자들은 통일신라시대라는 말 대신에 남북국시대라 말한다. 남쪽의 통일신라, 북쪽의 발해, 이것이 700년대서부터 900년대까지 우리 민족사의 시·공간을 지배했던 나라이다. 공교롭게도 이 두 나라는 탄생과 멸망시기가 비슷하다.

오늘날 우리나라 사람들은 길림성 돈화에 있는 동모산에서 발흥한 발해가 남으로는 청천강이북, 동으로는 러시아의 연해주, 북으로는 흥안령산맥, 서로는 요동 땅을 차지한 우리 역사상 가장 넓은 영토를 차지한 나라였다는 것을 알지 못한다. 2대 왕 대무예는 광개토대왕보다 더 광활한 영토를 정복한 최고의 정복군주이며, 장문휴를 시켜 산동성까지 점령한 위대한 대왕이다.

필자는 남북국 시대의 북국, '발해' 를 알리기 위해 이 글을 썼다. 고구려가 망한 뒤 곧바로 고구려를 다시 세웠던, 그래서 자신들을 고려 사람이라 했던 발해의 위대한 임금 대조영과 한민족 최고의 정복군주 대무예를 내 짧은 글 솜씨로 엮어내려 애썼다.

대학시절부터 필자는 고구려에 대한 이야기를 글로 써야겠다는 생각을 해왔다. 한민족 최고의 영웅 연개소문, 광개토대왕, 대조영과 대무예, 그리고 주몽대왕……. 십여 년 전부터 쓰기 시작하여 하나씩 소설로 발표하던 중 요즈음 텔레비전에서 고구려 관련 드라마들이 쏟아져 나오면서 발표 시기도 조정하고 또 차근차근 쓰려던 계획도 변경되어 글 쓰는 손길이 바빠졌다. 자료 속에 파묻혀 있던 고대사들이 생명을 얻어 살아있는 역사가 되어 많이 읽히고 알려진다면 더 바랄 바가 없겠다. 역사적 사실이 왜곡되는 것이 큰 문제이긴 하나 TV 드라마 제작에 힘입어 고구려에 대한 관심과 사랑이 커지는 주변 모습을 보는 것만으로도 가슴 벅차다. 식지 않는 오랜 열정이 소리 없이 죽어가지 않고 어떠한 형태로든 읽히고, 또 살아남길 바란다.

성경에 아무도 예수를 증거하는 자가 없어 '돌들이 소리친다' 는 구절이 있다. 아무도 대무예를 말하는 사람이 없어 필자가 소리친다. 한민족 최고의 정복군주 대조영과 대무예, 그 위대한 대서사시를…….

내 글쓰기의 동반자인 사랑하는 아내와 늘봄 가족들에게 또 다시 감사드린다.

2006년 9월 도봉산 아래에서

박혁문

백두산 천지. 고조선 이후 천지는 우리 민족의 성지였다.

3부 발해

1. 귀향

봄 햇살의 마술은 얼었던 산천을 되살려 놓았다. 겨우내 움츠렸던 날새들이 다시 하늘로 날아올랐고, 땅 속에서 엄동(嚴冬)을 인내하던 맹아(萌芽)를 싹트게 했다. 하지만 소도리강은 여전히 두꺼운 겨울옷을 입은 채 희살짓는 봄 햇살의 미소를 외면하고 있었다.

'투닥, 투닥~'

갑옷 마냥 거칠고 억센 가죽으로 매서운 북풍을 이겨낸 돼지 한 마리가 얼어붙은 강 위에서 춤추듯 미끄러지고 있었다. 젊은 청춘인 듯 봄기운을 이기지 못하여 산 속을 뛰쳐나온 이 돼지는 하루 종일 벌판을 헤집고 다니다 일행을 잃어버리고 얼어붙은 강가까지 나선 것이다. 얼음 위에서 마음대로 몸이 움직이지 않자 둥근 코를 벌름거리더니 씩씩거리며 뒷발로 얼음을 박차고 있었다. 짓찧는 힘이 얼마나 세었던지 마침내는 한 발이 빠지고 말았다.

'꽤액, 꽤액~'

소도리강 전체가 깨지는 듯한 강한 파열음과 함께 다급한 돼지의 울부짖음이 온 산야를 뒤흔들었다.

"돼지다!"

짐승이 울부짖는 소리를 듣고 달려온 대일하는 눈앞에 벌어진 뜻밖의 횡재에 환호성을 질렀다. 아이들과 함께 포식할 수 있다는 생각에 곧바로 전쟁놀이를 하던 동무들과 함께 허우적거리는 돼지에게 달려들었다.

'동~ 동~ 동~ 동~'

부여 풍속에 익숙한 염주성의 아이들은 부여에서부터 내려온 사출도의 기본 전술인 사냥몰이에 아주 익숙했다. 숙련된 솜씨로 겨우내 쳐 놓은 올무가 있는 북쪽을 틔어 놓고 나머지 세 방향에서 북을 울리며 돼지몰이에 나섰다. 북소리에 놀란 돼지는 온갖 힘을 다 쏟아 겨우 얼음구덩이에 빠진 한 발을 건져내고는 급하게 산속으로 달리기 시작했다.

"후이~ 후이~"

북소리와 함께 아이들이 질러 대는 괴성에 돼지는 올무가 쳐 있는 북쪽 산을 향해 무작정 달렸다.

'꽤엑, 꽤엑~'

또 다시 들판이 떠날 듯한 비명소리가 들렸다. 마침내 사냥몰이에 성공한 것이다. 돼지는 강한 삼줄로 만든 올무에 걸려 버둥거리고 있었다.

"오늘 저녁은 포식하겠는데."

자신들이 이뤄 낸 성과에 만족한 듯 흐뭇한 미소와 함께 대일하의 목소리에는 잔뜩 힘이 들어가 있었다. 그의 옆에는 열에닐곱쯤 되어 보이는 청년 세 명이 가쁜 숨을 고르고 있었다. 하지만 올무에 걸린 돼지가 얼마나 사납고 거칠게 움직이는지 쉽게 접근할 수가 없었다. 아이들은 대일하의 눈치를 살폈다. 그것이 무엇을 의미하고 있는지 대일하는 알고 있었다. 아이들의 기대를 저버릴 수 없었든지 그는 허리춤에 지니고 있던 칡넝쿨을 꺼낸 후 순식간에 돼지의 등 위에 올라탔다. 순간 돼지는 비명소리와 함께 심하게 몸부림을 쳐 대일하를 내동댕이치고 말았다.

"어이쿠!"

비명소리가 절로 났다. 무안하기도 하고 화나기도 한 대일하는 들고 있던 목도로 돼지의 정수리를 세차게 내리쳤다.

'꽤엑~'

또 다시 비명소리가 진동했다. 하지만 돼지는 대일하의 몽둥이질에도 끄떡없이 더욱 사납게 울부짖었다. 이럴 때는 상대하지 않는 것이 좋았다. 물론 사정없이 몇 대 더 때리면 제 아무리 힘이 센 돼지라도 끝내는 명이 끊어지겠지만 그럴 필요가 없었다. 어차피 올무에 걸린 놈, 하룻밤 지나면 밤새 발버둥치다 절로 힘이 빠져 있을 것은 뻔한 이치였다. 물론 재수 없어 밤중에 맹수라도 덮치면 모든 것이 공수표가 될 가능성도 있었다. 그러나 이곳은 깊은 산속이 아니었기에 그럴 가능성이 적었다. 또한 올무에 걸리긴 했지만 놈의 힘이 워낙 세고, 어금니가 강하였기에 웬만한 놈은 쉽게 건드릴 수 없는 노릇이기도 했다.

"오늘은 안 되겠다. 내일 다시 오자."

아이들은 대장의 판단에 군소리 없이 따랐다. 대장도 쉽게 하지 못하는 일에 굳이 나서고 싶지 않았다. 서리가 하얗게 벌판을 뒤덮은 다음날 이른 아침, 들뜬 기분에 밤잠을 설친 아이들은 만반의 준비를 하고 다시 들판에 나타났다. 예상대로였다. 밤새 올무에서 벗어나기 위해 힘을 쓴 돼지는 지쳐 쓰러져 있었다.

"이노~옴."

대일하는 준비해간 몽둥이로 돼지의 정수리를 내려쳤다.

'꽤엑!

비명소리와 함께 돼지는 정신을 잃고 말았다.

"놈이 깨기 전에 어서 묶어."

대장의 소리에 아이들은 익숙한 솜씨로 돼지의 다리를 둘씩 묶기 시작했다. 오래지 않아 돼지의 네 발은 꽁꽁 묶였다. 아이들은 목도를 꺼내 둘씩 양어깨에 걸친 채 묶인 돼지를 들어올렸다.

"끙!"

모두 용을 썼지만 돼지가 꿈쩍도 하지 않았다. 얼마나 무거웠던지 네 명의 아이들이 들어 올렸는데도 별무 소용이었다.

"하나, 둘, 셋!"

리듬에 맞춰 힘을 모으자 그때서야 조금씩 움직이기 시작했다. 하지만 이런 속도로는 성 안으로 가져가기가 만만치 않았다.

"꼬마야 우리가 좀 도와주련?"

"아니에요. 괜찮~"

무심코 사양하던 대일하는 상대의 목소리가 낯설다는 생각과 함께 고개를 돌렸다가 그만 그 자리에 온 몸이 얼어붙는 것을 느꼈다. 눈앞에는 중무장한 수십 명의 군사가 득의만만한 웃음을 띤 채 자신들을 바라보고 있었다. 당나라군이었다.

"왜 싫으냐?"

"아~ 아뇨. 튀어!"

대일하는 무조건 달렸다. 잡히면 죽는다는 생각에 그의 발은 자신이 상상할 수 없을 정도로 빨리 움직였다. 힐끗 뒤돌아보았다. 그를 따르는 동무는 아무도 없었다. 겁에 질려 얼어붙은 동무들은 발을 한 발짝도 뗄 수 없었던 것이다. 어지러운 발자국 소리가 우레 소리인 양 귓가를 찢었다. 대일하는 눈앞에 보이는 산을 향해 달렸다. 산 속에만 들어가면 저들을 따돌릴 자신이 있었다. 그렇지만 그곳까지 가는 것도 쉽지 않았다.

'피~잉'

날카로운 바람소리가 귓전을 울렸다. 저들이 활을 쏘기 시작한 것이다. 대일하는 지그재그로 달리기 시작했다. 다행히 저들 중에 말 탄 자가 없었기에 추격권에 들었음에도 그는 쉽게 잡히지 않았다. 마침내 산 속으로 접어들었다. 지난 겨울에도 사냥을 나섰던 익숙한 산이었다. 봄볕에 쌓인 눈이 녹아 질퍽했지만 문제가 아니었다.

대일하가 산 속으로 뛰어들자 쫓고 있던 일단의 병사들이 그의 행방을 놓친듯했다. 아직 이른 봄이라 산에는 여전히 눈이 쌓여 있었고, 몸 숨길 곳이 많지 않았지만 대일하는 당황하지 않고 깊은 산 속으로 달렸다. 이제 열일곱 밖에 되지 않았지만 이곳은 자신의 몸과 마음을 성장시킨 산이었다. 그가 산 속으로 들어선지 얼마 지나지 않아 당나라군의 모습은 이내 보이지 않았다. 이 골짝 저 골짝을 쉼 없이 뛰어다니자 그들은 쫓아올 엄두를 내지 못했다. 바위 밑에서 숨을 고른 대일하는 그제야 동무들 생각이 났다.

'어떻게 되었을까? 죽이지는 않았겠지? 지난가을 당나라군은 이곳에서 쫓겨 갔는데 저들이 어떻게 여기에 나타났지?'

꼬리를 무는 의문이었다. 자신이 풀 수 있는 것은 아무것도 없었다. 다만 저들의 등장으로 인해 뭔가 알 수 없는 위험이 곧 닥쳐올 것 같았다. 일단은 집으로 돌아가 어른들께 알려야 한다는 생각에 대일하는 자리에서 일어나 산자락으로 나갔다. 여기 저기 산을 수색하는 당나라군의 모습이 눈에 띄었다. 어두워지기를 기다리는 수밖에 없었다.

산록을 뒤덮은 전나무의 그림자가 길게 늘어질 무렵 대일하는 다시 자리에서 일어났다. 그리고는 몸통을 반쯤 숙인 채 익숙한 길로 달리기 시작했다. 어두운 밤길이라 잘 보이지 않았지만 문제되지 않았다. 이곳을 수없이 다녀 본 대일하는 눈감고도 달릴 수 있는 길이었다.

성문은 이미 닫혀 있었다. 하지만 어느 곳이나 개구멍은 있게 마련이다.

염주성의 배수구는 자연 해자(垓字)인 염주하로 흘러들었다. 대일하는 아직 살얼음이 드문드문 남아 있는 하천 속으로 뛰어 들었다. 온 몸에 차가운 기운이 파고들었지만 아랑곳하지 않고 깊이 잠수하여 수로를 통해 성 안으로 들어갔다.

"에~취."

소름이 온몸에 돋았고 재채기가 절로 나왔지만, 낮에 겪은 급박했던 상황을 서둘러 어른들께 알려야 한다고 생각했다. 아버지를 찾아 오늘 있었던 일을 고했다. 아버지 대해영의 얼굴이 일그러졌다. 대해영은 곧바로 성청으로 들어가 성주이자 아버지인 걸걸중상에게 아들이 보고 들은 것을 아뢰었다.

"당나라 놈들이 어떻게……."

걸걸중상은 병중에 있었다. 지난가을의 책성공략에서 부상을 당한 이후 아직도 회복되지 못한 채 오히려 병이 더 깊어지고 있었다. 육십을 넘긴 그가 싸움터에 나섰던 것부터가 무리였다. 둘째 아들 대해영의 보고를 받은 그는 병상에서 몸을 일으켜 이것저것 캐물으며 상황을 분석하려 애썼다.

"쫓겨난 책성 성주 놈이 다시 세를 규합해 공격해오는 것이 틀림없어."

"그렇다면 큰일 아닙니까? 우리 군사들은 멀리 떠나고 없는데……."

"놈들은 당연히 그 틈을 노린 것이지. 아직 소도리강도 해빙이 되지 않아 해자 역할을 못하고 있으니 적기라 판단했겠지."

"어떡해야 합니까?"

"대조영한테서는 소식이 없느냐?"

걸걸중상은 숨이 차는지 가쁜 숨을 내쉬며 말을 이어갔다.

"예, 아직."

"대조영에게 급히 파발마를 띄우고 성 안에 남아 있는 싸울 수 있는 사람은 다 끌어 모아. 버틸 때까지 버텨야지. 조상님들이 우리를 버리지 않는다면 이길 것이다."

걸걸중상은 힘겹게 말을 마치고는 다시 침상에 눕고 말았다. 달리 기대할 수 있는 것도 없었다. 대해영의 얼굴이 굳어졌다.

"네 어머니하고 의논해라."

걸걸중상은 더 이상 말을 잇기 힘든 듯 눈을 감았다.

책성 성주였던 최광은 당나라에서 파견된 장수였다. 고구려를 멸망시킨 후 순나부의 숫골(으뜸골, 서울)이던 책성까지 들어와 그대로 눌러 앉았다. 책성 성주로 추인을 받은 후 호시탐탐 염주성을 넘보던 자였다. 지난해 가을 염주성이 먼저 책성을 공격하여 성이 함락 당하자 도망갔던 그가 다시 나타났다면 이는 당나라 조정의 지원을 받고 있음이 분명했다. 염주성의 주력군이 성을 비운 상태에서 그가 당나라군을 이끌고 염주성을 공격한다면 막을 방도가 없었다.

대해영은 급한 마음에 어머니 연씨부인을 찾았다. 아버지가 일본으로 무역을 떠난 뒤에 염주성을 지켰던 어머니는 여장부였다. 이런 상황을 알고 있는 아버지였기에 이런 위기의 순간 어머니를 내세운 것이다.

"그놈이 우리 주력군이 없는 것을 알고 염주성을 공격하기 위해 군사들을 모은 것이 분명하다."

상황 설명을 들은 연씨부인은 단호하게 말했다.

"어떻게 했으면 좋겠습니까?"

"우리 염주성은 토성이라 적의 공격을 막기가 쉽지 않는데……."

연씨부인은 침통한 얼굴로 한참 동안 고뇌에 빠졌다.

"놈들은 아직 우리가 저들을 발견하지 못했을 것이라 생각하고 있을 것이다. 이때 우리가 저들을 기습한다면 의외의 성과를 올릴 수 있을지 모른다."

한참을 생각하던 연씨부인은 여자답지 않게 뜻밖의 제안을 했다.

"어떻게 말입니까?"

"너는 지금 성 안의 모든 장정들을 이끌고 나가 저들을 기습해라. 적을 재빨리 기습하고는 곧바로 성으로 돌아와야 한다. 성 안에 남아 있는 유일한 군사라는 것을 명심해 승기를 잡자마자 곧바로 돌아와야 한다. 단, 돌아오는 길에는 반드시 다리를 통해 성 안으로 들어와야 한다."

"강이 얼었는데 왜 다리만 이용해야 합니까?"

"두고 보면 알 것이다."

아버지가 무역 차 일본으로 떠나 있는 동안에 미가살과 장간 등의 보좌를 받으며 성을 지켰던 어머니를 기억하고 있는 대해영은 그녀를 믿기로 했다. 성 안에 싸울 만한 군사는 채 오백정도밖에 되지 않았다. 그나마 이제는 전성기가 지나 은퇴한 군사들과 아직 싸우기에는 어린 십대의 사내들이었다. 대해영은 이들을 모아 성을 빠져나갔다. 향도가 된 아들 대일하는 어둔 밤길을 머뭇거리지 않고 잘도 찾아 나섰다.

자다 말고 갑자기 소집당하여 당나라군을 상대로 싸움터에 나서야 하는 염주성 군사들은 황당함과 함께 두려운 마음으로 성문을 나섰다. 이들 앞에 매서운 바닷바람이 옷 속으로, 마음속으로 파고들어 전신을 움츠리게 만들었다.

태어나 처음 전쟁터에 나서는 대일하는 긴장감과 두려움이 온몸을 엄습했다. 과연 내가 어른들을 상대로, 그것도 잘 훈련된 당나라군을 상대로 잘 싸울 수 있을까 하는 생각이 행군하는 도중 뇌리를 떠나지 않았다. 하지만 이보다는 아이들의 대장노릇을 하는 자신이 위급한 상황에서 동무들을 버려두고 혼자 도망쳤다는 죄책감이 더 크게 그의 머릿속을 지배했다. 빨리 가고 싶었다. 동무들이 어떻게 되었는지 궁금했다. 그것이 그의 발걸음을 재촉했다.

염주성 근처에는 깊은 산이 없었다. 야트막한 둔덕이 널려 있을 뿐이었다. 어스름한 달빛만으로도 숨어 있는 적을 찾는 것은 어렵지 않은 일이었다. 말에 재갈을 물린 후 조심스럽게 언덕 하나를 넘어서자 그 너머에 불꺼진 당나라 군영이 드넓게 펼쳐져 있었다.

"잘 들어라. 적의 숫자는 많고 우리의 숫자는 적다. 이곳에서 오래 싸우지는 않는다. 적을 기습한 후 최대한 빨리 성으로 되돌아간다. 그리고 성으로 돌아갈 때는 반드시 다리를 이용해야 한다. 이점 명심하길 바란다. 하느님과 조상신이 함께 하길 빈다."

대해영은 주의사항을 짧게 말한 후 곧바로 적진으로 공격해 들어갔다. 잠들어 있던 당나라 진영에 갑자기 불길이 치솟았다. 오늘 약간의 불미스러운 일이 있긴 했지만 이곳까지 오는 동안 한 번도 적의 눈에 띠지 않아 안심하고 잠들어 있던 당나라군은 갑작스런 기습에 당황했다. 매서운 바람에 쉽게 잠들지 못하다 겨우 잠이 들었기에 깊은 잠에서 깨어나기가 쉽지 않았다. 뜨거운 불이 온 몸에 옮겨 붙을 즈음에야 사태의 심각성을 깨닫고 군막 밖으로 뛰쳐나왔다. 그렇다고 군막 밖이 안전한 것은 아니었다. 그들을 기다리고 있는 것은 차가운 칼날밖에 없었다.

대일하는 어른들이 하는 대로 따라 했다. 적진 속으로 말을 달려 불붙인 관솔불을 사방에 던졌다. 그때까지만 해도 그저 전쟁놀이의 연장이려니 생각했다. 오래지 않아 사방에서 비명소리와 함께 불붙은 몸으로 뛰쳐나오는 적의 모습을 보았을 때, 아군들이 휘두르는 칼에 피가 솟구치고 목이 땅바닥에 구르고, 비명소리가 온 하늘에 가득해서야 비로소 실전임을 실감할 수 있었다. 하지만 그는 칼을 휘두를 수 없었다. 사람을 상대로 칼을 사용해본 적이 없었기 때문이다.

눈앞에 장창을 든 당나라군이 보였다. 놈은 대일하를 향해 창을 깊이 찔러왔다. 대일하는 본능적으로 이를 막았다. 이 정도는 동네아이들과의 전쟁놀이에서도 늘 있는 일이었다. 그러나 그는 적의 공격을 막고서도 차마 칼을 내치지는 못했다. 그냥 방어만 할 뿐이었다. 그의 칼에는 핏방울 하나 맺혀 있지 않았다. 얼마의 시간이 흘렀는지 모른다. 전신에는 땀이 비오듯 쏟아졌다.

"퇴각하라!"

마침내 대해영은 후퇴명령을 내렸다. 얼마인지는 알 수 없었지만 달빛 아래 비친 들판에는 피비린내와 함께 시체가 길을 포장한 것처럼 널려 있었다. 기습전은 대성공이었다. 그때까지도 열심히 칼을 휘둘렀지만 한 명의 적도 죽이지 못한 대일하는 말머리를 돌려 염주성을 향해 달리기 시작했다.

한참을 달리던 대일하는 문득, 이렇게 무책임하게 물러서서는 안될 것 같았다. 지금은 경황이 없어 물어보는 사람이 없지만 전투가 끝난 후 동무들의 소식을 물어올 때 어떤 답을 할 것인가, 사연을 알게 되면 자신은 비겁한 사람으로 낙인찍힐 것 같았다. 그럴 수는 없었다. 동무들을 버린 비겁한 자라는 소리는 듣고 싶지 않았다. 어떻게 해서든 동무들의 소식을 알아야 했다. 그는 대오를 이탈했다. 그리고는 다시 산 속으로 숨어들었다.

설인귀 휘하의 당나라 장수였던 최광은 평양성을 함락시킨 후 설인귀의 명령으로 책성으로 진군했다. 순나부 지역은 워낙 산이 험하고 강이 깊어 쉽게 오갈 수 없는 땅이었다. 그러나 백두산 동쪽으로 광활한 평원이 있다는 것을 알고 있는 당나라군으로서는 결코 무시할 수 없는 곳이었다.

고조선을 멸망시킨 한나라는 옛 조선 땅에 한사군을 설치하여 다스렸다. 하지만 예맥족이 살고 있던 백두산 근처에는 군사를 보내지 않았다. 워낙 산이 험하여 군사를 움직이기도 힘들었을 뿐 아니라 힘들게 정복해도 별로 유익이 없다는 것이 더 큰 이유였다. 그러나 그것이 실수였다. 그곳 예맥조선 땅에서 주몽이라는 자가 나와 고구려를 세우고 그 후손들이 마침내는 한사군을 몰아내고 요동 땅과 옛 조선 땅을 모두 수복했다. 당나라는 이를 교훈 삼으려 했다.

고구려를 점령한 당나라는 평양 땅에 안동도호부를 설치했다. 안동도호가 된 설인귀는 옛날 한나라 때의 일을 교훈 삼아 방효태를 머나먼 순나부 땅으로 보내 고구려의 발생지인 부여성은 물론 국내성, 책성을 공격하게 했다. 하지만 만만치 않았다. 고구려의 첫 출발지이자 부여의 본거지인 부여성은 항복하지 않았다. 오히려 이곳을 공격하다 방효태가 전사하는 불상사까지 생겼다.

결국 당나라는 깊은 산 속의 마을과 성을 공격하는 것은 포기했다. 하지만 순나부 땅의 중요한 곳은 절대 양보할 수 없었다. 그들은 고구려가 망한 지 십 년 만에야 부여성을 함락시킬 수 있었다. 그리고는 최광을 보내 고구려의 동쪽 본거지인 책성을 공격하게 한 후에 그를 성주로 앉혀 순나부 땅을 통치하게 했다.

그러나 최광은 책성만 점령하였을 뿐 염주성이나 인근의 백산부나 속말 말갈은 공략하지 못했다. 고구려의 일원이 된 이후 그들은 한 번도 외적에 굴복한 적이 없는 사람들이었다. 결국 당나라는 책성을 점령하여 당나라 군의 교두보를 마련하는 것으로 만족해야 했다.

지난가을 고구려가 망한지 삼십 년이 다 되어 가는 시점에서 염주성의 걸걸중상이 책성을 공격한 것이다. 감히 당나라군을 상대로 전쟁을 벌일 줄은 상상도 하지 못했던 최광은 염주성의 기습을 받아 성을 빼앗기고 말았다. 이미 안동도호부가 평양성에서 쫓겨나고 여러 차례 우여곡절을 겪은 지금 요동 땅의 신성 지역까지 밀려난 상황에서 책성마저 빼앗기면 사실상 당나라는 고구려 땅의 절반 이상을 포기하는 것이었다. 책성을 빼앗긴 최광은 신성으로 달려갔다. 그곳도 반란이 있어 매우 혼란한 상태였다. 하지만 그는 요동 지역의 여러 성을 돌며 협조를 받아 일만의 군사들을 모을 수 있었다.

험난한 산악대신 얼어붙은 압록강과 혼강, 두만강을 이용해 순식간에 책성까지 도달한 그는 뜻밖의 소식을 들었다. 책성에 주둔하던 염주성 군사들이 어디론가 떠났다는 것이다. 하늘이 준 절호의 기회였다. 그는 곧바로 텅 빈 책성을 점령한 후 곧바로 염주성 쪽으로 군사를 이끌고 떠났다.

들판에 진을 친 후 염주성을 정탐했다. 염주성에서는 자신들의 움직임을 전혀 눈치 채지 못하고 있었다. 내일 날이 밝으면 공격하리라 결심했다. 그런데 갑자기 염주성의 기습을 받은 것이다. 상상하지 못했던 일이다. 아침에 불미스러운 일이 있긴 했지만 문제 삼지 않았다. 한 놈이 도망가긴 했지만 그는 염주성과는 반대인 산 속으로 달아났다는 보고를 받았기에 별 염려를 하지 않았다. 그것이 잘못이었다.

분노한 최광은 적을 추격하기 시작했다. 이미 무수히 많은 군사를 잃었지만 염주성에 군사가 없다는 보고를 받았기에 염려할 것이 없었다. 더구나 염주성은 평지에 있는 토성이기에 공격하기도 쉬웠다.

동해의 해님이 용트림을 시작하는지 햇빛을 머금은 달빛은 붉은색의 기운을 대지 위에 쏟아 내고 있었다. 대해영이 이끄는 오백여 명의 군사들은 뒤돌아 볼 겨를도 없이 말안장에 바짝 몸을 붙인 채 급한 채찍질만 해댔다. 지금 이 순간 그들이 할 수 있는 것은 오직 그것밖에 없었다.

"성문을 열어라."

대해영의 다급한 목소리와 함께 굳게 닫혔던 성문이 열렸다. 해자로 사용되는 염주하 양쪽으로 길게 만들어진 나무다리 위를 대해영과 염주성의 군사들이 황급하게 달려들었다. 곧이어 성문이 굳게 닫혔다.

최광이 이끄는 당나라군은 호랑이가 토끼를 몰듯 염주성 군사들을 몰아왔다. 눈앞에 펼쳐 있는 염주성 정도야 단박에 무너뜨릴 것 같았다. 한 번 말에 채찍을 가하면 야트막한 염주성 벽을 단박에 뛰어넘을 수 있을 것 같았다. 사실 무서운 것은 염주성의 해군이었다. 저들이 소도리강에서 염주하로 이르는 길목에 진을 치고 있으면 불세출의 영웅 당태종이 온다 해도 쉽게 공략할 수 없었다. 이 근처에서 가장 무서운 부대가 염주성의 해군이었다. 하지만 지금은 이들이 배를 버리고 내륙 깊숙이 떠났기 때문에 무서운 것은 아무것도 없었다.

"이랴!"

속도를 늦추지 않았다. 계속 공격 명령만 내렸다. 달빛에 반사된 해자(垓字)가 보였다. 무시했다. 아직 강이 녹을 때가 아니었기 때문이었다.

"으악!"

갑자기 비명소리가 울리며 진중에 큰 혼란이 일어났다. 얼어있을 것으로 생각한 해자가 녹아내린 것이다. 아무 대책 없이 강을 건너던 당나라군은 차가운 얼음 밑으로 쏙쏙 사라져 갔다.

"이 놈들이!"

최광은 진노했다.

"다리를 건너라."

다리를 발견한 최광은 해자를 포기하고 다리를 통해 염주성을 공략하려 했다. 명령을 받은 당나라군은 다리 위로 몰려들었다. 그때였다. 지금까지 아무런 반응이 없던 염주성에서 화살이 날아오기 시작했다. 최광은 이를 무시하고 계속 공격할 것을 명령했다. 조금만 더 밀어붙이면 염주성이 손아귀에 잡힐 것 같았기 때문이었다.

'히히힝!

사방에서 들리는 비명소리는 애써 무시했다. 그런데 말들이 갑자기 큰 비명을 지르며 그 자리에 주저앉았다. 다리를 건너 성벽으로 접근하던 부대였다.

"무슨 일이냐?"

"다리 위에, 성문 근처에 무수히 많은 마름쇠가 깔려 있습니다."

상황을 점검하러 떠났던 부장이 헐떡거리며 사색이 된 채 말했다. 그제야 최광은 상황을 제대로 판단했다. 적에게 완벽하게 속은 것이다. 적들은 소수의 인원으로 기습하여 자신들을 이곳으로 유인한 후에 사방이 잘 보이지 않는 어둠을 이용하여 자신들을 함정 속으로 몰아넣은 것이다. 서전(緖戰)은 완전한 패배였다. 인정하기 싫었지만 인정해야 했다. 아무 생각없이 수적 우위만 믿고 몰아붙인 것이 잘못이었다. 해가 떠야 정확한 상황을 확인할 수 있을 것 같았지만 이미 적이 파 놓은 함정에 빠져 든 이상 머뭇거릴 수 없었다. 군사를 물려야만 했다.

"퇴각하라."

"와~"

당나라군이 물러나자 동시에 성 안에서는 환호성이 울렸다.

'두고 봐라 이놈들아. 내가 네놈들에게 어떻게 복수하는지…….'

최광은 이를 악물고 물러섰다. 적은 감히 추격할 엄두도 내지 못했다.

산 속으로 숨어든 대일하는 군사들이 빠져나간 틈을 이용하여 당나라군 진영으로 숨어들었다. 동무들의 생사를 알기 위해서였다. 처음 당나라군을 만났던 곳으로 갔다. 그곳에선 아무런 흔적도 발견할 수 없었다. 그들의 소식을 듣기 위해서는 당나라군을 한 놈 잡아야 했다. 그는 발소리를 죽이며 당나라 진영으로 접근했다. 이미 눈은 어둠에 익숙해져 사물을 분간하는 것이 어렵지 않았다.

신음소리만이 요란했다. 멀쩡한 놈은 보이지 않았다. 조심스럽게 사방을 살피며 소식을 알 수 있는 놈을 찾았다. 한 놈이 눈에 들어왔다. 다리를 다친 듯 울부짖고 있었지만 머리는 말짱했다.

"꼼짝 마라!"

대일하는 칼을 놈의 목에 겨누었다. 고개를 돌려 협박자가 누구인지 확인한 그는 숨소리조차 크게 내지 못했다.

"묻는 말에 대답만 해라. 그러면 아무 일도 안 생긴다."

겁에 질린 그는 떨려서 목소리가 나오지 않아 대답대신 고개만 끄덕였다.

"어제 잡힌 고려인들은 어떻게 되었느냐?"

"며~ 몇 가지 간단히 물어 본 후에……."

"물어본 후에."

대일하는 다그쳐 물었다.

"저 쪽으로 끌고 갔습니다."

포로는 손가락으로 한 쪽을 가리켰다.

"끌고 가서 어떻게 했어?"

"주~ 죽였……."

포로는 차마 말끝을 맺지 못했다.

"죽여? 왜?"

"우리 위치를 노~ 으악!"

분노의 마음에 대일하는 놈을 그 자리에서 목 베고 말았다. 전장에서도 사람을 죽이지 못한 그였는데 동무들을 죽였다는 말에 분노를 참지 못한 것이다.

"죽일 놈들. 아직 어린아인데."

분노의 마음과 함께 눈물이 절로 나왔다. 그는 피를 씻지도 않았다. 곧바로 놈이 가리킨 쪽으로 말을 몰았다.

둔덕을 하나 넘어서자 목이 잘린 시체 셋이 아무렇게나 널브러져 있었다. 그 중에는 들개들이 파먹었는지 제법 훼손된 것도 있었다. 말이 나오지 않았다. 태어나서 지금까지 함께한 동무들이었다. 이렇게 허무하게 삶을 마치리라고는 어제 아침까지만 해도 생각지 못한 일이었다. 분노와 울분이 전신을 감쌌다. 눈에서는 눈물이 끊임없이 쏟아졌다.

'반드시 복수해 주겠다. 죽을 때까지.'

순나부 땅에서 말갈족과 뒤섞여 사는 염주성 사람들에게도 복수는 중요한 덕목이었다. 대일하는 복수를 다짐하며 땅을 팠다. 들짐승의 공격을 막기 위해서였다. 단검을 이용해 얼어붙은 땅을 파기 시작했다. 두 손은 땀과 피로 범벅이 되었다. 벌써 해가 떠올라 사방에 붉은 기운이 넘쳤지만 그의 손길은 멈추지 않았다. 겨우 시체를 덮을 수 있을 만큼이 되자 비로소 그는 손을 멈추고 동무들을 묻었다. 그리고는 그 위를 무거운 돌로 덮어 짐승들이 함부로 할 수 없을 정도가 되어서야 비로소 흐르는 땀을 닦았다. 대일하의 마음속에는 복수의 마음이 가득했다. 이대로는 성으로 돌아가고 싶지 않았다. 최소한 몇 명이라도 죽여야 성이 풀릴 것 같았다. 다시 당나라 진영으로 말을 몰았다. 이제는 죽일 수 있었다. 닥치는 대로 죽일 수 있을 것 같았다.

텅 빈 진영으로 말을 몰았다. 울분에 찬 비명을 쏟아 내며 한 참 달리자 눈앞에 당나라 군사들이 보였다. 한두 명이 아니었다. 수십 명이었다. 이들은 수레에 실린 뭔가를 지키고 있었다. 그것이 뭔지는 알고 싶지 않았다. 눈앞에 보이는 당나라 놈만 죽일 수 있다면, 그래서 죽은 동무들의 복수만 할 수 있다면 원이 없겠다 싶었다.

활을 뽑아 들었다. 활이라면 누구보다도 자신 있었다. 대일하는 달리는 말에서 적을 향해 활을 쏘기 시작했다. 놀란 적들도 활을 쏘기 시작했지만 이쪽저쪽 어지럽게 달리는 대일하를 맞추지 못했다. 하지만 대일하가 쏜

화살은 정확하게 한 번에 한 명씩 명중했다. 여세를 몰아 대일하는 칼을 빼내 들었다. 마주쳐 달려오는 적들의 모습이 보였다. 그냥 사정없이 베었다. 내 한 몸 돌보고 싶은 생각이 없었다. 분노에 찬 마음이 원하는 대로 휘둘렀다. 얼마만큼의 적을 베었는지 모른다. 보병인 적들은 말을 타고 달리는 대일하를 쉽게 잡지 못했다.

대일하는 한참을 싸운 뒤에야 번쩍 정신이 들었다. 분노도 어느 정도 풀렸다. 적진 한 복판에서 수십 명의 적을 상대로 싸움을 벌이고 있는 자신을 발견한 것이다. 이전까지 단 한 번도 사람을 죽인 일이 없는 자신을. 더 늦기 전에 도망가야 했다. 그는 비로소 칼을 거두고 오던 길을 되돌아가 염주성 쪽을 향해 달리기 시작했다. 적이 추격해오기 시작했다. 그러다 문득 저들이 지키고 있는 것이 보급품일 것이라는 생각이 들었다. 그렇다면 그냥 돌아갈 수 없는 일이었다. 한참을 달리던 그는 방향을 바꿔 산 속으로 향했다.

서전은 큰 승리였다. 성 안의 사람들은 당나라군이 물러가자 환호성을 울렸다. 대해영은 어머니 연씨부인의 계략에 감탄했다. 언제 염주하의 얼음을 깼는지, 어떻게 그렇게 완벽한 계책을 세울 수 있었는지 감탄할 뿐이었다.

"아버님, 우리가 이겼습니다!"

아버지 걸걸중상의 침소를 찾은 대해영은 기쁨에 겨워 소리쳤다.

"그래 수고했다. 이제 서전에 불과 해. 우리 염주성은 토성이라 높지도 않고 견고하지도 않아 오래 버티기 힘들어."

아버지 걸걸중상은 아들의 보고를 듣고 기뻐하기보다는 오히려 근심어린 표정이었다. 수고했다는 말뿐 아들을 칭찬하지도 않았다.

"염려 마십시오. 자신 있습니다."

대해영은 아버지가 자신을 못 미더워하는 것 같아 좀 섭섭한 면도 있었다.

"자신감만으로 대처할 일이 아니야. 적은 단기전을 목표로 계속 공격할 것이다. 적이 수적우세를 믿고 몰아붙이면 감당하기 힘들어. 그래서 말인데 좀 전에 네 아버지와 상의했는데 아무래도 후퇴해야겠다."

말하기를 힘겨워 하는 아버지 대신 어머니가 나서서 말했다.

"후퇴라뇨? 승리한 쪽은 우립니다."

"물론 버티면 버틸 수도 있을 것이다. 하지만 지금 제일 중요한 것은 살아남는 것이다. 살아남아야만 훗날을 기약할 수 있는 것이다."

"후퇴한다고 살아남으리라는 보장이 있는 것은 아니지 않습니까?"

"대조영이 오고 있다. 네 형이 올 때까지만 버티면 된다."

"형님이 돌아온다고요?"

이제는 낯선 이름이 되고 말았지만 한 때는 가장 믿었던 사람이다. 형만 곁에 있으면 두려운 것이 없었다. 큰 뜻을 품고 형은 고향을 떠나갔고, 한 때는 생사조차 알 수 없었다. 하지만 지금의 형은 희망이었다. 형만 돌아오면 변방의 이 구석진 땅에 새로운 기운이 돋아날 것이라는 희망이었다. 그 형이 드디어 돌아온다는 연락이 왔다는 것이다.

"그래 네 형 대조영이 큰 승리를 거뒀다는 전갈을 보냈다. 형이 올 때까지 큰 피해 없이 살아남으려면 바다로 나가야 한다. 바다로 나가면 얼마든지 버틸 수 있을 것이다. 싸울 수 있는 군사만 남고, 노약자들과 군량, 그리고 쓸 만한 물건들은 오늘 밤 다 배로 옮긴다."

"그러면 염주성이 파괴될 것입니다."

"그것이 가장 가슴 아프다. 그러나 아버지께서는 염주성과 백성들이 가장 중요하다 말씀하셨다. 백성들만 있으면 염주성은 언제든지 재건할 수 있지만 백성들이 없으면 염주성도 함께 몰락하는 것이다."

연씨부인은 힘든 결정을 한 듯 입술을 꼭 다물었다. 그리고는 더 이상 말이 없었다. 염주성에 얽혀 있는 추억이 떠올랐음이 분명했다. 대해영은 어머니의 그런 마음을 이해했다. 아쉽고 안타까운 마음은 자신보다 어머니가 분명 더 클 것이리라.

대해영은 성청을 물러났다. 해야 할 일이 무엇인지 머릿속으로 정리하던 중 갑자기 아들이 생각났다. 바쁘게 전투가 진행되는 동안 미처 생각지 못한 부분이었다. 성으로 돌아온 뒤 아들을 못 본 것 같았다. 첫 전투에서 전사자가 거의 없기 때문에 아들도 무사하리라 막연히 생각하고 있었다. 하지만 아들의 얼굴을 확인하기 전에는 알 수 없는 일이었다. 그의 발걸음은 빨라졌다.

인원을 점검했다. 전사자와 실종자가 십여 명에 불과했다. 그런데 그 속에 아들 대일하가 포함되어 있었다. 아내는 정신을 잃고 쓰러졌다. 어느 누구의 목숨이 아깝지 않으랴만 막상 남이 아닌 내 아들이 전사했다는 소식에 대해영은 두 다리가 떨어져나가는 것 같았다. 그러나 참았다. 억지로 눈물을 삼켰다. 자신이 슬픔에 빠져 있으면 성민(城民)이 불안에 빠질 것이라는 생각에 억지로 자리에서 일어났다. 순시를 핑계로 성 안을 샅샅이 뒤졌다. 그러나 아들의 모습은 끝내 보이지 않았다.

밤이 깊었다. 오늘은 일진이 좋지 못했다. 내일은 반드시 염주성을 점령하리라. 그래서 오늘 당한 수모를 갚으리라. 이렇게 다짐하며 최광은 잠이 들었다.

"불이야!"

새벽 무렵, 제대로 잠을 이루지 못하고 자는 둥 마는 둥 뒤척일 때 또 다시 불길한 목소리가 진중에 퍼졌다. 최광은 자리에서 벌떡 일어났다. 정말 끈질긴 놈들이라 생각했다.

"자사님, 식량창고에 불이 났습니다."

상황을 파악한 부장이 다급하게 말했다.

"뭐라고? 적은 얼마나 되는가?"

"적의 모습은 보이지 않습니다."

"뭐라고! 그럼 범인은 누구란 말인가?"

"그게~ 아직."

정말 간장(肝腸)이 뒤집히는 소리였다. 최광은 얼른 자리에서 일어나 무장을 갖춘 후 현장으로 달려갔다. 군량 보관 막사가 불타고 있었다. 그 옆에 이제 막 잠에서 깨어 불을 끄기 위해 달려온 병사들이 안타까운 듯 바라만 보고 있었다. 강이 얼어붙어 물을 구하기가 쉽지 않을 뿐 아니라 강으로 나가기에는 너무 멀었다.

"밥 굶지 않으려면 빨리 불을 꺼!"

최광은 소리를 질렀다. 마땅한 대책이 있는 것도 아니었다. 소리라도 질러야 분통이 풀릴 것 같았다.

"식수라도 끌어다 불을 꺼야 할 것 아냐!"

최광의 호통에 그제야 병사들은 허겁지겁 움직이기 시작했다.

"인근을 샅샅이 뒤져 범인을 잡아라. 꼭 잡아야 한다!"

서슬 퍼런 명령에 부장은 부하들을 이끌고 바삐 움직이기 시작했다.

'철저하게 복수해줄 것이다.'

최광은 이를 갈았다.

대일하는 어둔 밤길을 달렸다. 적 군량 막사에서 불길이 솟구치는 것을 확인한 후에야 동무들의 죽음에 대한 분함이 어느 정도 풀렸다.

"멈춰라!"

어둠 속에서 위협적인 목소리가 들렸다. 염주성의 동태를 살피기 위한 당나라 초병의 목소리였다. 대일하는 무시하고 그대로 달렸다.

"쏴라!"

화살이 날아오기 시작했다. 대일하는 말잔등에 바짝 몸을 숙이고 최대한 빨리 달렸다.

"억!"

자신도 모르게 비명소리가 났다. 속도를 낼수록 통증은 더했다. 그렇다고 말을 멈추고 상처를 돌볼 수도 없었다. 그냥 달렸다. 적들이 추격해오기 시작했다. 얼마를 달렸는지 모른다. 핏물인지 땀방울인지 모르는 것이 전신을 적실 무렵, 염주성의 모습이 보였다. 추격하는 적들의 발자국소리는 점점 가까이 들렸다.

"성문을 열어라!"

대일하는 성이 가까이 오자 멀리서부터 다급하게 계속 소리를 질렀다. 불과 십여 보 가까이 접근했지만 성문은 끝내 열리지 않았다.

"나 대일하다. 성문을 열어라!"

다시 한 번 온 힘을 끌어 모아 소리 질렀지만 성문은 열리지 않았다. 화살은 귓가를 스쳤고 추격병의 말발굽 소리는 점점 더 크게 들렸다. 어깨에 박힌 화살을 뽑은 그는 말을 버린 채 물 속으로 뛰어들었다. 십수 년 동안 함께한 말에게 작별인사를 나눌 시간마저 없었다. 수구(水口)를 통해 염주성에 가려면 한참동안 숨을 쉬지 않고 물속에서 헤엄을 쳐야 하는데 아픈 팔로 과연 갈 수 있을까 순간적으로 염려되었다. 그러나 그런 것을 생각할 틈마저도 없었다.

분노한 최광은 아침 해가 돋자마자 군사들을 집합 시킨 후 아침 식사도 하지 못한 병사들에게 염주성 공격을 명했다. 군량 막사가 불타 버려 매끼 식사를 할 수 없다는 것을 이미 군사들에게 각인시켰다. 대신 성을 빼앗으면 그때는 매끼 식사를 제공하겠다는 말로 군사들을 다그쳤다.

"오늘은 성을 빼기 전에는 물러서지 않는다."

최광은 자신의 굳은 결심을 내보인 후에 진군 명령을 내렸다. 염주하에 도착한 당나라군은 해자부터 메우기 시작했다. 적의 활 공격이 매서웠지만 문제 삼지 않았다. 성 안에 군사가 별로 없다는 것을 알고 있는 최광은 어느 정도의 희생을 이미 각오하고 있었다. 엄호사격을 가하며 해자 메우는 일에만 열중했다. 해가 중천에 뜰 무렵 드디어 해자가 메워졌다.

"공격!"

일만 명의 대군이 일시에 성을 향해 돌진했다.

"활을 쏴라! 마름쇠를 던져라!"

다급한 명령이 이어졌다. 대해영은 성 안에 남아 있는 오백여 명의 군사들을 독려하며 싸움에 열중했다. 그러나 적의 숫자는 너무 많았다. 운제가 성벽에 걸쳐지고 충차는 성문을 부수기 시작했다.

대해영은 필사적으로 싸웠지만 수적 열세를 만회할 방법이 없었다. 마침내 성 안으로 당나라군이 하나둘씩 밀려들기 시작했다. 시간이 지날수록 염주성 병사보다 당나라군의 숫자가 더 많아지기 시작했다.

"후퇴하라. 배 있는 곳으로 후퇴하라!"

대해영은 마침내 후퇴 명령을 내렸다.

"선착장에 우리 전함이 있다. 그곳에서 만나자."

대해영은 차분히 전투를 지휘했다. 적과 접전을 벌이며 천천히 후퇴했다. 한발 한발 뒤로 물러선 대해영을 마지막으로 염주성 군사들 모두 배에 올라탔다. 대해영이 배에 오르자 곧바로 출항명령이 떨어졌다.

"닻을 올려라."

추격하던 적들은 눈앞에서 염주성 사람들이 사라지자 발을 동동 구르며 어쩔 줄 몰라 했다. 그 모습을 염주성 사람들은 놓치지 않았다.

"놈들에게 선물을 안겨라!"

화살이 비 오듯 당나라군을 향해 날기 시작했다. 무수히 많은 적들이 쓰러졌다. 그러나 적들도 마냥 손을 놓고 있지는 않았다. 떠나는 배를 향해 활과 불화살을 쏘며 마지막 안간힘을 썼다. 그렇지만 바다 한 가운데로 나간 염주성 사람들을 뒤쫓을 수는 없었다.

염주성 사람들이 떠난 텅 빈 성에 진주한 당나라군은 화풀이를 해대기 시작했다. 성청과 집들에 불을 지르고 값나갈 물건들은 약탈하기 시작했다. 닥치는 대로 부수고 불지르는 이들의 모습을 갑판 위에서 바라보는 걸걸중상은 마음이 아팠다. 염주성이 구축된 이후 아직까지 한 번도 외적에게 성을 빼앗긴 적이 없었는데 자기 대에 와서 이런 수모를 당하는 것이 참을 수 없는 고통이었다. 자신의 몸만 성했어도, 염주성 군사들만 있었어도 이런 수모는 당하지 않을 수 있었다.

'조금만 기다려라. 아직 싸움이 끝나지 않았다. 싸움은 아직 시작도 하지 않았다. 네 놈들이 염주성을 파괴한 대가를 톡톡히 치르게 해 줄 것이다.'

병상의 걸걸중상은 이를 악물었다.

최광은 비록 염주성의 항복을 받아내진 못했지만 성을 점령한 것으로 위안을 삼았다. 책성과 염주성만 자신의 손아귀에 있으면 순나부 지역을 거의 다 점령한 것이나 다름없었다. 이 두 성에서 나오는 경제력만으로도 순나부를 점령할 수 있는 충분한 재력을 확보할 수 있었기 때문이었다. 아직 적의 잔당을 다 토벌하지 못했지만 이 정도의 결과에 만족하기로 했다.

"부하들에게 휴식을 주고 오늘 저녁에는 술과 쌀밥을 하사하라."

요동에서부터 시작된 오랜 원정 끝에 드디어 염주성을 점령한 최광은 부하들에게 휴식을 명하고 자신도 오랜만에 달콤한 휴식을 취했다. 책성에서부터 데려온 애첩도 품에 안았다. 그동안 잘도 참았던 욕구가 한꺼번에 밀려들었다. 오늘 밤은 밤새도록 운우지락을 나누리라 생각하며 설레는 마음으로 그녀를 안았다.

하지만 그의 꿈은 물거품이 되고 말았다. 어두워진 틈을 이용하여 바다로 나갔던 염주성 군사들이 기습을 한 것이다. 염주성 곳곳에서 불길이 솟고 잠들어 있던 군사들은 피할 틈도 없이 기습을 당하고는 나자빠졌다. 미처 손 쓸 틈도 없었다.

다음날도 그 다음날도 마찬가지였다. 긴긴 밤 언제 적이 내습할지 몰라 잠 못 이루는 날이 이어졌다. 낮에 자고 밤에는 경계하는 날이 지속되자 온몸이 나른해지고 기운이 빠지는 고통이 이어졌다. 어떤 때는 대낮에 기습을 했다. 그렇다고 이쪽에서 충분히 대처할 수 있는 뾰족한 방법이 있는 것도 아니었다. 배 한척 없이 바다에 떠 있는 적을 공격할 수는 없었다. 그저 저들의 공격에 대비하여 방어만 할 뿐이었다. 속수무책이었다.

마침내 최광은 철수하기로 작정했다. 더 이상 버티다가는 미칠 것 같은 생각이 들었기 때문이다. 염주성은 쉽게 공략할 수 있는 곳이 아니라고 판단한 것이다. 책성에 있는 해군을 동원하여 저들을 견제할 수도 있지만, 아직 얼었던 강이 풀리지 않아 두만강 밖으로 나설 수가 없었다. 그렇다고 책성의 해군이 염주성의 해군을 이긴다는 보장도 없었다. 책성의 배들은 가까운 바다와 강을 다니기 위한 배였기 때문에 먼 바다를 다니는 염주성의 해군을 상대하기가 쉽지 않았다. 책성의 해군력을 좀 더 키운 다음에 염주성을 공략해야 한다는 결론만 내렸을 뿐이다.

"철군한다. 대신 염주성을 철저히 파괴한다. 다시는 재기할 수 없도록."

이번에는 염주성 사람들이 속수무책으로 바라봐야만 했다. 소수의 병력으로 수많은 적을 상대할 수는 없었다. 갑판 위에서 몇 백 년 동안 일구어 온 삶의 터전이, 조상들 대대로 물려받은 집과 염전과 텃밭, 점방 등이 훼손되고 불타는 것을 안타깝게 바라봐야만 했다.

그동안 당한 분풀이를 하듯 염주성을 파괴한 최광은 천여 명의 병력을 남겨 염주성 군사들을 경계하기 한 후에 염주성을 빠져나와 책성으로 돌아갔다. 결과적으로는 아무런 성과를 얻지 못했다. 염주성주 걸걸중상의 목을 베고 성을 장악해야 했는데 얻은 것이 아무 것도 없었다. 저들이 바다로 도망갈 줄 미처 생각하지 못했기 때문이었다.

군사들의 발걸음이 무거웠다. 요동에서부터 먼 길을 달려 이곳까지 와 아무런 성과도 얻지 못하고 돌아가니 기분이 좋을 리가 없었다. 더구나 물산이 풍부한 염주성에 들어가기만 하면 한밑천 잡을 것이라는 기대가 있었는데 값나갈 물건은 죄다 빼돌려 손에 쥔 것이 별로 없어 실망이 더 컸다.

창을 거꾸로 매었다. 식량도 넉넉하지 못하여 하루에 한 끼만 겨우 먹고 버티는 중이었다. 언제 기습을 받을지 몰라 잠 못 자던 날들이 끝난 것만으로도 다행이었다. 하지만 미래는 없었다. 책성에 들어가면 언제 고향으로 돌아갈지 알 수 없는 일이었다. 말갈족 여자라도 하나 얻어 살 수만 있다면 그나마 괜찮았다.

염주성에서 책성으로 가는 길은 험하지 않았다. 높은 산도 없었다. 야트막한 산과 둔덕이 이어진 평원이었다. 이른 봄의 대륙풍은 휑한 들판을 매섭게 몰아쳐 희망 없는 곳으로 돌아가는 군사들의 몸과 마음을 움츠리게 했다. 진눈깨비라도 내릴 듯 날은 어두웠다. 칙칙한 들판의 색은 왠지 불길한 일이 일어날 것만 같았다.

이런 불안했던 마음들과는 달리 책성으로 돌아가는 길에 아무 일도 일어나지 않았다. 하늘이 무너지고 땅이 꺼질 듯한 기분은 기우에 불과했다. 멀리 높다란 책성의 망루가 보였기 때문이다. 이제는 편히 쉴 수 있었다. 긴장감이 풀어졌다. 다리가 풀어지고 어깨에 둘러맨 창은 무겁게만 느껴졌다.

"성문을 열어라!"

최광은 성문 안으로 들어갔다. 수십 명의 군사들이 나와서 군례를 하며 성주를 맞았다. 최광은 귀찮은 듯 무시하고 성청을 향해 말을 몰았다. 그런데 무례하게 앞을 가로막는 놈들이 있었다.

"비키지 못할까!"

호통을 쳤다. 그런데도 비키지 않았다.

'이놈들 봐라, 이 자식들이 죽으려고 환장했나 보다.'

"저놈들을 체포해!"

최광은 귀찮은 듯 좌우에 말했다.

그래도 꼼짝 안 했다. 이상했다. 눈을 들어 자세히 놈들을 살폈다. 파란 깃발이 보였다. 파란색은 책성의 기치가 아니었다. 진(震)이라는 글씨가 어렴풋이 보였다.

"네 놈들은 누구냐?"

"나는 대조영이다."

"대조영?"

"염주성의 태자님이시다."

"염주성의 태자라면, 함정이다. 후퇴하라!"

최광은 다급하게 외쳤다. 그리고는 말머리를 돌려 급하게 오던 길을 빠져나갔다. 대조영은 쫓지 않았다. 웃고만 있었다. 긴장감을 완전히 놓고 있던 당나라 군사들은 영문을 몰라 우왕좌왕하다 자기들끼리 부딪히고 짓밟히며 아수라였다. 대조영은 이런 모습을 보고만 있었다.

최광은 겨우 성문을 빠져나왔다. 성에서 멀찌감치 떨어진 곳까지 군사를 물리고서야 안도의 한 숨을 내쉬었다. 성을 벗어난 것이 결코 좋을 수만은 없었다. 다만 순간의 위기를 벗어난 것만으로도 다행이라 생각했다. 그러나 그도 잠시였다. 이제는 어떡해야 하는지 막막했다. 돌아갈 터전이 없어진 것이다. 터벅터벅 속도를 늦추고 땅만 보며 걷던 그의 앞을 가로막는 무리들이 있었다.

"웬 놈들……."

말이 끝까지 나오지 못했다. 앞을 막아선 무리들을 보는 순간 입이 얼어버렸다. 발끝에서부터 머리끝까지 찰갑으로 무장한 놈들이었다.

"개마무사!"

맥이 풀렸다. 뒤를 돌아보았다. 대조영이라는 놈이 능글맞은 웃음으로 군사들을 이끌고 천천히 다가오고 있었다.

"우리는 고구려 부흥군이다. 너희들 중에 원래 고구려 사람이 있을 것이다. 원치 않게 당나라군이 되어 동포들에게 창을 겨눈 자들이 있을 것이다. 이제 고구려가 다시 건국될 것이다. 새로운 고구려에 참여할 자들은 창을 버리고 저쪽으로 물러서라."

"……."

"그렇지 않으면 개죽음을 당할 것이다."

대조영의 목소리는 피가 섞여 있는 듯 잔혹하게 들렸다.

"마지막 기회다. 다섯을 셀 때까지 나서라. 그 다음에는 무자비한 죽음이 있을 뿐이다."

대조영은 천천히 숫자를 세며 적진을 살폈다. 눈치를 보던 자들 중 한 둘이 나서자 수십, 수백, 수천의 무리들이 창을 버리고 한쪽 가로 물러섰다.

"넷, 다섯, 공격하라!"

대조영은 항복하는 자들이 한쪽으로 물러남과 동시에 공격 명령을 내렸다. 사방에서 화살이 날고 곧이어 개마무사들이 진군하기 시작했다.

'찰~ 찰~ 찰~ 찰~'

천지를 진동하는 무쇠가 부딪히는 소리가 책성의 벌판에 울리기 시작하자 날새도, 들짐승도 숨을 죽이고 움직이지 못했다. 그 틈을 이용해서 대조영이 이끄는 경기병들이 최광을 덮쳤다.

"한 놈도 남기지 마라. 이놈들은 우리 고향을 짓밟고, 우리 부모 형제에게 창을 겨눈 놈들이다."

대조영의 분노는 대단했다. 그는 무자비하게 화극을 휘둘렀다. 그의 뒤에는 이제 한 명의 장정으로 거듭난 대무예가 아버지와 똑같은 화극을 휘두르며 당나라군을 공격하고 있었다. 당나라군이라면 진절머리가 나는 속말말갈의 기병대도 그동안 당한 수모와 울분을 풀기라도 하듯 맹렬하게 돌격했다.

성에 도착했다는 안도감에 온 몸의 긴장감을 풀고 있던 책성의 당나라군은 졸지에 밀려오는 태풍 같은 기세를 감당할 힘이 없었다. 몇 번 창을 휘두르다 목이 베이고, 팔이 잘리고, 배가 찔려 몸 밖으로 나오는 내장을 보고 기겁하기도 했다. 더러는 도저히 기세를 이기지 못해 두 손을 번쩍 들어 항복하기도 했다. 그러나 대조영은 멈추지 않았다. 항복한 자, 내장이 몸 밖으로 드러난 자를 가리지 않았다. 무자비하게 목을 쳤다.

"우리에게 저항하는 놈은 어떻게 되는지, 내 부모 형제에게 창을 겨눈 자는 어떻게 되는지 똑똑히 보여줘야 한다. 당나라 놈들은 어떻게 되는지 똑똑히 보여줘야 한다. 한 놈도 살리지 마라."

어디에 이런 잔인한 면이 숨겨져 있었는지 지금까지 대조영을 가까이서 본 자들은 도저히 이해하지 못했다. 대조영은 마치 그동안 쌓인 울분을 풀기라도 하듯 철저하게 적을 유린했다. 소수의 군사를 지녀 남의 눈치를 살필 수밖에 없었던 분풀이라도 하듯, 나도 고향이 있고, 고국이 있고, 내 고향 내 고국에는 이런 무서운 전사들이 있다는 것을 과시하듯, 자신을 억누른 자들에게 절규하기라도 하듯, 멀리 장안성에 있는 사람들에게 외치기라도 하듯 대조영의 분노가 폭발하고 있었다.

이미 기세를 잃은 최광은 대조영의 상대가 되지 못했다. 그는 도망갈 기회만 노렸다. 이국땅에서 이렇게 죽고 싶지는 않았다. 하지만 대조영은 틈을 주지 않았다. 독 안에 쥐를 몰아가듯 사방에서 에워 싼 후 잔인한 도륙전을 전개할 뿐이었다. 그렇다면 맞설 수밖에 없었다. 자신은 그래도 당나라의 장수였다. 이 상황에서 분위기를 반전하는 유일한 방법을 그는 알고 있었다. 이기면 분위기가 반전되고, 지더라도 장수답게 죽을 수 있는 유일한 방법은 항전이었다.

"대조영 네 이놈! 네가 감히 당나라군을 이렇게 죽이고도 무사할 것 같으냐?"

최광은 대조영을 택했다. 싸움의 반전을 기대하는 유일한 방법이었다. 그는 자신이 당나라 장수임을 내세우며 그의 기를 꺾으려 했다.

"당나라는 내 원수다. 네 놈이 당나라 장수라면 절대 용서할 수 없는 일이다."

통하지 않았다. 대조영은 호랑이처럼 달려와 곧바로 화극을 휘둘렀다. 최광은 그의 공격을 막았다. 묵직한 힘이 전해졌다. 묵직하다기보다는 하늘에서 바위가 떨어지는 듯한 끔찍한 괴력이었다. 자신은 그의 상대가 되지 못한다는 것을 금방 느낄 수 있었다. 하지만 지금은 물러 설 곳이 없었다. 죽음을 각오하고 싸우는 수밖에 없었다. 이런 곳에서 싸움의 승패는 꼭 실력만으로 결정되는 것은 아니라는 것을 오랜 경험에서 알고 있었다.

"얏!"

선제공격을 가했다. 이런 상황에서는 방어보다는 공격이 최선이었다. 공격을 하다 보면 적의 약점을 발견할 수 있는 법이었다.

'챙'

그러나 빨리 움직여야 한다는 생각에 서두르다 그만 칼을 놓쳤다. 하늘이 노래졌다. 동시에 그의 목도 잘려나갔다.

"와~"

함성이 일었다.

"한 놈도 살려주지 마라!"

대장의 목을 쳤지만 대조영의 잔인한 명령은 계속될 뿐이었다. 해가 떨어질 무렵이 되어서야 도살장 같은 들판의 살육전이 끝났다. 이날 사천여 명의 당나라군이 목숨을 잃었다. 그중에는 당나라 사람뿐 아니라 고구려 유민도, 거란족도, 말갈족도 있었다. 그들은 자신의 정체성에 대해 결론을 내리지 못하고 머뭇거리다 아까운 목숨을 잃고 말았다.

천문령 전투에서 승리한 대조영은 동모산 근처에 군대를 머물게 하며 새로운 정착지를 모색하고 있었다. 그러던 중 염주성이 공격받고 있다는 소식을 듣고 곧바로 군사를 이끌고 남하했다.

그는 이곳으로 오는 동안 많은 생각을 했다. 영주성에서 반란을 일으킨 이후에도 그는 강한 세력을 지니지 못하였기에 무슨 일에서든 조력자가 될 수밖에 없었다. 자신의 색깔을 드러낼 기회가 한 번도 없었다. 위상을 세울 기회도 없었다.

이제는 자신의 군대를 지녔다. 하지만 이들은 이질적인 집단이었다. 염주성 출신들은 문제가 없지만 고구려 유민도 있고, 말갈족, 거란족도 섞여 있었다. 이들에게 자신은 걸사비우의 대리자일 뿐일 수도 있었다. 유약한 지도자로 비춰질 수 있었다. 이들에게 자신의 강한 모습과 색깔을 보여줄 필요가 있었다. 이들 뿐만 아니라 미래의 적들에게도 자신의 강인한 모습을 보여줄 필요가 있었다. 감히 대들거나, 명령을 우습게 여기는 생각을 갖지 못하도록 싹을 잘라버려야 했다.

고구려의 부흥이라는 대의를 내건 이상 언젠가는 요동 땅까지 가야 했다. 그래서 잃어버렸던 고구려의 영토를 반드시 되찾아야 했다. 이를 위해서는 엄한 규율을 가진 강한 상승의 군대를 가져야 했다. 기강을 확립하기 위해서 명령을 목숨처럼 받들게 하기 위해서 잔인한 전투를 치렀다. 앞으로 자신의 앞을 막을 경쟁자들이 보라고, 자신을 막아서면 어떤 최후를 맞게 될지 똑똑히 봐 두라고 그는 일부러 이런 잔인한 전투를 택했다. 항복한 자들은 눈앞에서 벌어진 무시무시한 모습에 치를 떨었다. 그리고 자신도 그와 같은 운명을 맞이하지 않을까 두려움에 사로잡혔다.

"너희들은 살려준다. 대신 상승의 고구려 부흥군이 되어야 할 것이다. 조금이라도 꾀를 부리거나 다른 마음을 품으면 저들과 같은 운명을 맞이할 것이다. 알겠느냐?"

"예, 알겠습니다."

온 들판이 떠나갈 듯 소리를 질렀다. 그렇지 않으면 살아남을 수가 없음을 알았기 때문이었다.

완벽한 승리를 거뒀다. 자신들의 우두머리인 대조영이 어떤 사람인지 확실히 알지 못하던 여러 부류의 사람들은 이 싸움으로 인해 자신들의 주인이 어떤 사람인지 확실히 알게 되었다. 완벽한 계책과 역발산의 힘과 잔인할 정도의 승부욕을 가진 무서운 사람이라는 것을, 절대 거역할 수 없는 권위를 지녔다는 것을, 그래서 함부로 그에게 맞설 수 없다는 것을 직접 목도한 것이었다. 승리를 거둔 대조영은 속말말갈의 새로운 추장이 된 걸사랑에게 책성을 방어하게 한 후에 군사들을 이끌고 염주성으로 향했다.

2. 정복자 대조영

고구려를 부흥시키기 전에는 돌아오지 않겠노라며 고향 땅을 떠난 지 십오 년이 다 되었다. 요동 땅에서, 요서 땅에서 지내면서도 대조영은 한시도 고향을 잊어 본 적이 없었다. 햇빛 받아 하얗게 반짝이던 소금밭과 파란 바닷물이 조화를 이룬 염주성, 꿈속에서도 그곳을 잊지 않았다. 시월 영고제가 열리는 날에는 모든 사람들이 나와 하늘에 제사를 지내고 술 마시고 밤새도록 노래 부르고 춤추며 놀았던 고향 땅을 잊지 않았다. 가난하고 무시당하고 힘들 때는 홍성거리는 고향 땅에 당장 되돌아가고 싶은 생각이 절로 났다. 그러나 대의를 위해 참고 또 참았다.

그사이 아버지와 어머니는 가는 세월을 이기지 못하여 병들었다는 소식만 전해 들었다. 동생들의 모습은 어떻게 변했는지, 얼굴조차 제대로 떠오르지 않는 동생들도 있었다. 아버지는 아내 햇살을 보고 뭐라 하실까? 아들 대무예를 어떻게 여기실까? 고향을 떠올리면 마흔을 바라보는 나이에도 명절을 기다리는 아이마냥 설레었다.

파릇한 새싹들의 생동감 넘치는 봄의 노래를 들으며 대조영은 염주성에 다다랐다. 염주성에 남아 있던 당나라군은 대조영이 온다는 소식을 듣고 성문 밖으로 나와 항복했다. 이들에게는 이미 책성의 소식이 전해졌다. 항복하면 살아남지만 저항하면 모조리 죽는다는 무시무시한 소식이 이들의 마음을 순식간에 바꿔 놓은 것이다.

대조영은 순간적으로 고민했다. 이들의 죄과가 너무 컸기 때문이다. 고향을 파괴한 자들을 용서하고 싶은 마음이 하나도 없었다. 그러나 앞으로 수많은 원정(遠征)이 남아 있는 그로서는 이런 원칙을 지킬 필요가 있다고 생각했다. 죽을죄를 지은 자도 항복하면 살려준다는 믿음을 심어 줘야 한다고 생각했다. 그래서 이들의 죄과가 매우 컸음에도 용서했다. 이들은 땅에 머리를 처박고 살려주셔서 고맙다며 어쩔 줄 몰라 했다.

성 안에 들어선 대조영은 낙담했다. 꿈속에 그리던 고향의 모습은 어디에도 없었다. 햇빛처럼 반짝이는 하얀 소금밭도, 푸른 바닷가에 줄을 지어 늘어섰던 기와집들도 보이지 않았다. 파괴되고 무너진 집들만이 보였다. 아버지도 어머니도 없었다. 대조영은 미친 듯이 염주성 안을 돌아다녔지만 살아 있는 물생은 어느 곳에도 없었다. 분노했다.

'원칙이고 뭐고 필요 없다. 포로로 잡은 놈들을 모조리 도륙내리라.'

바다 위에서 힘겹게 저항하고 있는 걸걸중상의 병세는 점점 더 악화되었다. 휴식을 취해야 하는데 전투를 지휘하면서 긴장하게 되고 또 시간 맞춰 치료를 받지 못한 것이 결정적 원인이었다. 한 번 출항하면 몇날 며칠을 바다 위에서 보내는 생활에 익숙했지만 병중의 몸으로는 제대로 버텨내지 못한 것이다.

최광이 물러나고 소수의 적만 남게 되자 염주성 사람들은 자신들의 작전이 맞아 떨어진 것에 환호했다. 하지만 이도 잠시 불타는 성읍을 보면서 분노와 함께 패배의 마음이 교차했다. 본격적인 탈환전을 준비하며 바다에 머무르는 사이 또 다시 대규모의 군대가 들어왔다.

분명 낯선 군대였다. 긴장한 것도 잠시, 물개 문양의 낯익은 파란깃발이 유난히 눈에 띄었다. 대조영이 돌아온 것이다. 그렇게 기다리던 대조영이. 함선 위에서 함성이 터졌다. 다음 순간, 성읍은 파괴되고 삶의 기반은 무너졌는데 뒤늦은 귀환이 무슨 의미가 있냐는 자탄이 사방에서 들리기 시작했다.

대조영은 아버지 걸걸중상의 병들어 있는 모습에 통곡했다. 이전의 당당한 모습은 어느 곳에서도 찾아볼 수 없었다. 너무 늦게 돌아온 것 같았다. 힘겹게 싸움을 지휘했던 어머니 연씨부인의 기상은 여전했지만 눈가와 이마의 주름은 그를 슬프게 했다.

"제가 너무 늦게 찾아뵌 것 같습니다."

"아니다. 지금이라도 돌아온 것이 너무 다행이다. 하마터면 손자 얼굴도 보지 못 할 뻔했구나."

아버지 걸걸중상은 아들의 손을 붙잡은 채 가쁜 숨을 내쉬면서도 행복한 미소를 지었다. 대조영은 아내와 아들을 아버지와 어머니에게 소개시켰다. 할머니 할아버지는 너무나 그리웠던 손자들을 껴안고 한동안 뜨거운 눈물만 흘렸다. 원정을 떠났던 군사들은 그리웠던 가족들을 만나며 재회의 기쁨을 나눴다. 대조영도 동생 대해영과 조카 대일하, 여동생과 그의 가족들을 만나며 혈육의 정을 느꼈다.

부모를 만나고 형제들을 만나면서도 오매불망 그리던, 세상에서 제일 좋은 곳이라 생각했던 고향이 잿더미로 변한 것에 대한 대조영의 분노는 사라지지 않았다.

"포로들을 끌어내라!"

이제 대조영의 권위에 도전할 자는 아무도 없었다. 그의 명령은 추상같았다. 영문을 알지 못하는 군사들은 겁먹은 얼굴의 포로들을 광장으로 끌고 나왔다.

"저놈들을 모조리 참수하라! 내 고향 땅을 짓밟은 대가다."

아무도 말릴 수가 없었다. 그의 분노를 알고 있었기 때문이다. 아니 염주성의 군사들 또한 자신의 집과 삶의 터전이 사라진 것에 대한 분노의 마음으로 이놈들을 당연히 죽여야 된다고 생각했다. 수천의 염주성 군사들이 시퍼렇게 날 선 칼을 들고 나섰다. 오히려 이런 명령을 내린 대조영에 대한 감사의 마음을 품었다.

"잠깐만 기다리십시오."

불쑥 한 명의 젊은 선비가 나섰다. 고인의였다.

"분노의 마음은 이해합니다. 하지만 앞으로 수많은 전투를 벌여야 합니다. 그 과정에서 제일 중요한 것이 덕을 베푸는 것이고 또한 약속한 것은 반드시 지켜야 한다고 생각합니다. 저들은 항복한 자들입니다. 항복한 자는 살려준다고 공자님께서는 약속하셨습니다. 저들을 살려주겠다는 약속을 지키셔야 합니다. 그래야만 우리가 살아남습니다. 순나부 땅에는 수십, 수백의 부족들이 살고 있습니다. 그 중에는 과거의 은원(恩怨)이 수없이 얽혀 있을 것입니다. 그것을 낱낱이 밝혀서 싸운다면 우리는 수십만의 군대가 필요할 것입니다. 우리는 모든 적과 하나하나 일일이 싸울 수 없습니다. 약한 적에게는 항복을 받아내고, 강한 적과는 싸워 이겨야 합니다. 당나라군과 싸워야 합니다. 그러기 위해서는 자비를 베풀어야 합니다."

고인의는 애걸하듯 말했다.

"자네 말이 맞다. 하지만 이번만은 아니다."

대조영은 생각을 바꾸지 않았다.

"저들은 항자(降者)를 살려주었다는 소문을 듣고 자진하여 항복한 자들입니다. 만약 저들을 베면 과거 염주성과 원한이 있는 부족들은 이러나저러나 죽을 수밖에 없기 때문에 끝까지 싸우려 들 것입니다. 다시 한 번만 더 생각하여 주십시오."

고인의 또한 물러서지 않았다.

"……."

대조영은 고인의의 애걸하듯 사정하는 모습을 바라보았다. 그는 자신의 분노를 모르리라 생각했다. 하지만 그는 제 삼자였다. 이 일과 관계가 없기 때문에 냉정하게 사태를 분석할 수 있으리라 생각했다. 마음속에 갈등이 일었다. 미래를 내다보면 저들을 살려주는 것이 맞는 것 같았다. 하지만 과거의 일을 생각하면 살려 둘 수 없었다.

"포로들을 살려 둔다. 대신 염주성의 본 모습을 찾을 때까지 놈들은 노역을 시켜라."

대조영은 다가올 미래를 택했다. 염주성 군사들은 아쉬운 듯 허공에 칼을 휘두르며 분함을 참지 못했다. 하지만 대조영의 권위에 맞설 수 없었다. 그도 자신들과 같은 아픔을 지녔기에 그의 심정을 이해해야만 했다.

걸걸중상은 염주성의 모든 가신들을 불렀다. 미가살, 장간을 비롯한 각부의 장들이 다모였다. 그는 아직 해야 할 일이 남아 있는 듯 아픈 몸을 이끌고 회의를 주제했다.

"나는 이제 노쇠하고 병들었다."

걸걸중상은 한마디 말하고는 가쁜 숨을 몰아쉬었다.

"내가 아직 할 일이 많은데, 하늘이 내게 준 사명은 여기까진 것 같다."

"아닙니다. 욕살님은 금방 회복되실 것입니다."

평생을 그와 함께 해온 미가살이 안타까운 듯 말했다.

"내 몸은 내가 잘 알아. 이제 대조영이 돌아 왔으니 마음 놓고 물러 날 수 있게 되었어."

걸걸중상은 다시 한 번 가쁜 숨을 내쉬었다.

"이제 염주성과 책성의 성주 자리를 대조영에게 물려준다. 너희들은 나를 대하듯 대조영을 대하고 그에게 충성하라."

걸걸중상은 공식적으로 성주의 자리를 대조영에게 물려주었다. 대조영은 이제 욕살[1]이 되어 염주성과 책성의 성주가 되었다. 물론 이제 고구려는 망하고 없었지만 그 제도와 뿌리는 이 사회에 엄연히 존재하여 고구려 시절의 욕살이라는 위치는 예전과 다름없이 막강한 권력을 가지고 있었다. 지역의 왕이었다. 걸사비우가 죽으면서 속말말갈 부족의 운명을 대조영에게 맡겼기 때문에 대조영은 이미 속말말갈의 가한이었다. 두만강 근처의 가장 큰 세력인 책성과 염주성을 장악하고 있던 걸걸중상이 욕살 자리를 대조영에게 넘겨줌으로 인해 대조영은 이제 속말말갈과 염주성, 책성을 통치하는 두만강 상류지역의 경제권과 군권을 장악한 순나부 지역 최고의 세력가가 되었다.

욕살의 자리에 오른 대조영은 해군 대장 장간에게 염주성 복원을 맡기고 나머지 사람들을 이끌고 책성으로 떠났다. 염주성에서는 도저히 살 수 없었기 때문이었다.

"나는 고구려를 부흥시키겠다는 생각으로 먼 요동 땅까지 갔었다. 많은 어려움이 있었지만 리하이구가 이끄는 당나라군을 물리침으로써 이제 우리를 막을 군대는 당분간 없다. 나는 이 틈을 이용해서 다시 고구려를 세

1) 고구려는 크게 다섯 개의 행정 조직을 가지고 있는데 각각의 부를 '나부' 라 한다. 나부의 제일 우두머리를 '대가' 라 부른다. 나부에는 보통 다섯 개의 큰 성이 있는데 이 성주를 '욕살' 이라 한다. 욕살이 다스리는 큰 성은 또 다시 중간급의 성이 소속되어 있는데 이 중간급 성의 성주를 '처려근지' 라 부르고, 그 아래 또 작은 성은 성주를 '루초' 라 한다. 이들 직위들은 특별한 일이 발생하지 않는 이상 중앙정부의 간섭을 받지 않고 세습되었다. 연개소문은 동부족인 순나부의 '대가' 이고 양만춘은 서부족인 연나부의 '처려근지' 였다.

우려 한다."

책성에 도착한 후에야 대조영은 비로소 참모들을 불러 욕살이 된 자신의 포부를 밝혔다. 천문령 전투 이후 지금까지 계속된 전투를 치르며 이곳까지 이르렀기에 자신의 생각이 무엇인지 어떤 포부를 가지고 있는지 말할 시간이 없었던 것이다. 이 자리에는 동생 대해영과 아버지의 가신이었던 장간, 미가살 등은 물론 자신과 함께 생사를 같이한 미발계, 고인의 그리고 속말말갈 추장 걸사랑까지 함께 자리를 했다. 뿐만 아니라 아들 대무예와 대문예도 말석의 한 자리를 차지하고 있었다.

나라를 세우겠다는 말에 좌중은 한동안 술렁거림이 있었다. 이런 혼란기를 이용해 나라를 세우는 것이 당연한 것이라는 생각과 함께 과연 그것이 타당한지 고개를 갸웃거리는 사람도 있었다. 하지만 이제 권력자가 된 대조영의 생각에 감히 반대하고 나설 사람은 없었다. 가신(家臣)들의 최고 덕목은 주군(主君)에게 충성하는 것이기 때문이었다.

"누구를 왕으로 세우느냐 이것이 문제다. 내가 세우려는 나라는 고구려는 물론 옛 조선의 전통을 계승하려는 나라이기 때문에 여러 부족을 통합해야 한다. 이를 위해서는 옛 고구려 왕의 혈통을 이어받은 사람 중 하나가 왕이 되어야 한다고 생각한다. 하지만 고구려가 망한 지 삼십 년이 넘어 보장왕과 같은 정통성을 지닌 인물이 떠오르지 않는다. 그대들 중에 적절한 인물이 있으면 천거해 보라."

"보장왕은 돌아가신지 오래되었고, 고구려의 왕족들은 대부분 당나라로 잡혀가 당나라 사람이 되었거나 아니면 신라에 귀순하고 말았습니다. 이제 옛 고구려 땅에 남아 있는 적자는 없습니다."

고인의였다.

"하지만 찾아내야 해."

"공자님께서 굳이 고구려의 왕족을 왕으로 내세우려는 이유가 무엇입니까?"

"고구려의 왕은 단군의 후손이며 대제사장인 주몽대왕의 피를 이어받은 분일세. 그분이 왕위를 이어야만 예맥조선은 물론 불한, 마한 조선[2] 땅에 사는 모든 사람들이 굴복하고 또 통합을 이룰 수 있을 것이네."

"물론 맞는 말씀입니다. 하지만 고구려 왕족들은 조상의 신을 버렸습니다. 그들은 호족들을 경계하고, 선인[3]들의 간섭을 뿌리치기 위해 불교를 받아들여 조상신 대신 부처를 섬겼습니다. 예맥조선 땅에 사는 백성들은 더 이상 그들을 하늘의 뜻을 이어받은 자들이라 생각지 않습니다. 더구나 백성들 사이에서도 불교를 받아들인 자가 많아 더 이상 단군과 해모수의 혈통을 따지는 자가 없습니다. 세상이 바뀌었습니다. 더 이상 제사장이 필요하지 않다는 것입니다. 우리 부여족 중 누군가가 나서 강한 나라를 만들어 수나라와 당나라에 당당히 맞섰던 고구려 시절의 자존심을 되찾아 주고, 평화롭게 안정되게 생업에 종사할 수 있게 해주시는 분을 원하고 있습니다. 더 이상 단군의 혈통을 말하는 사람이 없습니다."

"말하고자 하는 의도가 뭔가?"

"자격이 있는 사람이 왕이 되어야 한다는 것입니다. 백성들의 삶을 안정시켜줄 수 있고 뿔뿔이 흩어진 옛 고구려 유민들을 통합할 수 있는 자가 왕이 되어야 한다는 것입니다."

이들 중 대조영에게 당당하게 말할 수 있는 사람은 고인의밖에 없었다.

---

2) 옛 고조선의 영역. 예맥조선은 오늘날 중국의 길림성, 불한조선은 요령성, 마한조선은 북한 땅에 해당한다. 고구려는 이 고조선의 옛 지역을 수복한 고조선의 전통을 이어받은 나라다. 고구려 때는 예맥조선 지역을 순나부 불한조선지역을 연나부(혹은 소나부), 마한조선지역 즉 평양성 근처를 계루부라 불렀다.

3) 고구려의 전통종교세력, 이들을 조의선인이라 불렀다. 초기 고구려에서는 이들의 세력이 왕권과 맞설 정도였다.

"내가 찾는 사람도 바로 그런 사람이다."

"욕살님께서 하십시오."

"내가? 난 고구려를 통합할 자격이 없어."

"자격을 타고난 자는 아무도 없습니다. 욕살님께서 말갈족을 통합하여 옛 옥저나 부여의 영토를 회복한다면 옥저나 부여의 왕으로 머무르면 되는 것이고, 옛 고구려의 영토를 회복한다면 고구려의 왕이 되시면 되는 것입니다. 또한 고구려를 뛰어 넘으면 조선(朝鮮, 밝은 아침 해의 나라)의 왕이 되시는 것입니다."

"조선?"

"해돋이의 나라. 우리 동이족의 거대한 삶의 원형인 해돋이의 나라 밝은 해의 나라(붉해) 임금이 되시는 것입니다. 우리 조상의 하느님께서 이미 그것을 정해 놓으셨습니다. 다만 인간이 그것을 두려워하고 감당하지 못하기에 하지 못하는 것뿐입니다."

고인의는 당당하게 자신의 세계관을 밝혔다. 좌중은 그의 말에 압도되어 경청할 뿐이었다. 대조영은 흐뭇한 미소를 띠고 고인의를 바라보았다. 이심전심이었다.

"선생의 말이 맞소. 하지만 말갈족이 수적으로는 더 우세한데 이런 논리를 받아들일 수 있을까?"

"물론 숫자를 따진다면 이 지역에서는 말갈족이 부여족(예맥족의 별칭)보다 많습니다. 하지만 우리가 내세운 명분은 고구려의 부활입니다. 따라서 우리는 이곳 순나부 땅에만 머물러 있지 않을 것입니다. 요동과 요서는 물론이고 계림 땅까지 다 되찾아야 합니다. 그러기 위해서는 부여족이 왕이 되어야 합니다. 그래야만 여러 종족들이 굴복할 것입니다."

대조영은 내심 고인의가 자신이 왕이 될 수 있는 명분을 마련해 주길 바라고 있었는데 그가 그의 의도를 정확하게 짚어 내 고마웠다. 가신들은 이런 고인의의 의견에 분명 동의할 것이다. 그런데 문제는 말갈족이었다. 수적으로는 부여족보다 말갈족이 더 많았다. 그들의 동의를 받아내는 것은 쉬운 일이 아니었다. 그래서 그는 걸사랑의 마음을 떠 보기 위해 질문을 던졌다.

"걸사랑은 어떻게 생각하시오?"

마지막으로 그의 생각을 듣고 싶었다.

"옛날 이 지역에 있었던 옥저나 동예의 왕을 뽑는다면 당연히 욕살님이 왕이 되는 것은 반대합니다. 말갈족 출신이 왕이 되어야지요. 하지만 옛 고구려의 왕이 되시겠다면 저는 적극적으로 욕살님을 지지합니다."

걸사랑은 고인의의 논리에 설복당한 것 같았다. 물론 그도 고구려의 부흥을 위해 형 걸사비우를 따라 요동 땅까지 따라 나섰던 사람이라 대의가 무엇인지를 알고 있는 사람이었다.

"여러분들의 뜻이 어떠한지 알겠소. 하지만 이 논의는 당분간 접겠소. 순나부 지역에 사는 모든 종족을 다 통합한 뒤에 다시 거론하겠소. 다만 지금 분명히 말할 수 있는 것은 나는 반드시 고구려의 옛 땅을 되찾겠다는 것이오."

고인의는 미소를 지었다. 대조영이 고구려의 부활을 내세우는 것은 자신이 왕이 되겠다는 뜻이다. 그가 왕이 된다면 고구려의 부활은 어렵지만도 않은 일이라 생각했기 때문이다.

"책성과 염주성은 물산이 풍부하여 정복활동을 벌이기에는 적합한 곳이다. 당분간은 책성을 중심으로 정복활동을 벌인다."

대조영은 책성을 중심으로 하여 정복활동을 벌이겠다는 뜻을 밝혔다.

"제 생각은 다릅니다. 한 번 수도를 정하면 옮기기가 쉽지 않습니다. 이곳은 욕살님 말씀처럼 물산이 풍부하여 한 나라의 도읍지가 되기에 충분한 곳이라 생각합니다. 하지만 앞으로 순나부의 말갈족을 통합하고 또 천문령을 넘어 요동 땅으로 다시 군사를 휘몰아 나가기에는 너무 외진 곳에 있다고 생각합니다."

고인의가 반대를 하고 나섰다. 하지만 곰곰이 생각해보니 그 말이 더 일리가 있는 말 같았다.

"그럼 어디가 더 좋겠는가?"

"순나부의 한 복판인 동모산 근처가 왕도로는 적격이라 생각합니다."

"동모산, 그곳은 속말말갈의 중심지가 아닌가?"

"동모산은 북쪽의 북부말갈과 남부말갈의 중간지점에 있습니다. 북부말갈의 불열부나, 굴돌부, 흑수부를 공격하기에 적합할 뿐 아니라 천문령을 넘어 요동 땅으로 나가기에도 알맞은 위치라 생각합니다."

"괜찮은 생각 같은데, 다른 사람들의 생각은 어떤가?"

"고구려 땅을 회복하기 위해서는 동모산이 더 적합하다고 생각합니다."

속말말갈 추장 걸사랑은 자신의 땅이 새로운 나라의 왕도가 되는 것을 적극 지지했다.

결국 대조영은 참모들과 한참을 논의한 후에 동모산에 새로운 나라의 근거지로 삼기로 하고 모든 병력을 그곳으로 이동키로 결정했다.

"병중에 계신 아버님 곁을 떠나는 것이 죄송합니다만 여러 가신들과 의논한 결과 새로운 나라의 왕도를 동모산에 정하기로 결정하여 떠나야 할 것 같습니다."

대조영은 아버지 걸걸중상을 찾아 나라를 세워야겠다는 생각과 함께 여러 참모들과 의논한 결과를 보고하였다.

"잘 생각했다. 네가 나라를 세워야겠다는 결심을 한 이상, 또 그 나라가 고구려라면 당연히 이곳을 떠나야 한다. 이곳은 나라를 세우기에는 너무 외진 곳이야."

어느 정도 건강을 되찾은 걸걸중상은 아들의 결정을 지지했다.

"다만 주의할 것이 있다."

"말씀하십시오."

"옛날 우리 조상들은 나라를 세울 때 제일 중요한 덕목을 하늘의 뜻에 두었다. 누가 하늘의 뜻을 받았는가, 하늘의 뜻이 무엇인지를 중시 여겼다. 하지만 이제는 아니다. 누가 우리를 잘살게 해줄 것인가, 누가 우리를 평안하게 살게 해 줄 것인가를 따진다. 그래서 나는 네게 한 가지 충고를 하고 싶다."

"말씀하십시오."

"내가 처음 네 할아버지의 뒤를 이어 욕살이 되었을 때 제일 중요한 덕목은 덕이라 생각했다. 덕을 베풀면 백성들은 자연히 나를 따를 것이라 생각했다. 틀린 말이 아니었다. 하지만 나라를 잃어버린 후에는 그것이 제일 중요한 덕목이 아니라는 것을 깨달았다. 덕만으로는 절대 염주성을 벗어날 수 없었다."

"……."

"중국은 힘 있는 자가 왕이 되고 하늘의 정통성을 이은 사람이라 인정된다. 이제는 우리도 마찬가지다. 하늘의 정통성보다는 힘 있는 자가 왕이 되고 그 자가 하늘의 정통성을 계승한 자로 인정받게 될 것이다."

"저도 그렇게 생각합니다."

"그렇다면 나라를 세웠던 중국의 왕들을 배워야할 것이다. 유약하게 보이던 유방도 한나라를 세운 후에는 가신과 공신을 숙청하면서 나라의 기틀을 세웠고, 당 태종은 형제들을 죽이면서까지도 나라의 기강을 세웠다. 이것을 참고하라는 것이다. 유약한 모습을 절대 보이지 마라. 백성들이, 가신들이 두려워하는 존재가 되어야 한다. 경외하는 모습으로 남아야 한다. 감히 범접할 수 없는 군왕이 되지 않고서는 절대 고구려를 회복할 수 없다. 이 말을 명심하거라."

"명심하겠습니다. 저도 이런 것을 많이 생각하고 있었는데 때마침 아버님이 이런 말씀을 해주시니 이제 명확해졌습니다. 절대 아버님을 실망시키지 않는 아들이 되겠습니다."

"언젠가 너와 함께 일본에 갔었던 일이 생각난다. 폭풍우에 돛대가 부러지고 비바람에 선원들이 쓸려나가던 상황에서도 키를 잡고 버티던 너의 모습이 네가 요동으로 떠나고 난 뒤에도 아른거렸다. 너는 그때 내게 어떤 일이라도 해 낼 것이라는 믿음을 심어주었다."

걸걸중상은 아들의 손을 꼭 잡았다. 이상하게 대조영은 아버지의 이 말이 마지막 말인 것처럼 들렸다. 지금 떠나가면 다시는 아버지를 뵐 수 없을 것 같은 불안감에 아버지의 손을 놓을 수가 없었다. 눈에서는 찔끔 눈물이 맺혔다. 이런 모습을 보이다니, 지금까지 한 번도 울지 않았다. 그 숱한 시련 속에서도 울지는 않았다. 그런데 병상에 누워있는 아버지의 모습이……. 대조영은 눈을 깜빡이며 애써 눈물 자국을 지우려 했다.

"너에게 이런 모습을 정말 보이고 싶지 않았는데."

아버지의 눈에도 눈물이 맺혔다.

"다녀오겠습니다. 다음에 만날 때는 자리에서 일어나 건강한 모습의 아버님을 뵙고 싶습니다."

대조영은 작별 인사를 올렸다. 더 이상 감상에 빠지고 싶지 않아서였다.

"오냐, 그때는 다시 칼도 잡을 수 있을 것이다. 건승을 빈다."

아버지는 벌써 눈물 자국을 지우고 있었다.

아버지 걸걸중상의 병환이 마음에 걸렸지만 책성과 염주성을 동생 대해영에게 맡기고 대조영은 나머지 군사를 이끌고 속말말갈의 근거지인 동모산으로 떠났다.

말갈족은 고구려가 망한 뒤 구심점을 잃고 곳곳에 흩어져 살았다. 요동에서 말갈의 영역까지 오는 동안에는 워낙 많은 산과 강을 건너야했기 때문에 한나라도, 당나라도 이곳까지 군대를 보내지 않았다. 이런 이유로 자치를 보장받은 그들이었지만, 구심점을 잃은 그들은 자신들의 삶의 영역을 지키기 위해 이해관계에 따라 서로 싸우며 지냈다. 그렇다고 부족의 경계를 벗어나는 것도 아니었다. 낯선 지역에 가서 사는 것이 두렵기도 하고 귀찮기도 했기 때문이었다.

말갈지역에 사는 사람들이 마지막으로 만들었던 나라가 동부여였다. 오랫동안 독립을 유지하고 살았지만 놀랍게도 아무도 하지 않았던 험한 강과 산을 넘어 자신들의 경계를 넘어 들어온 광개토대왕 앞에서는 곧바로 꼬리를 내렸다. 개개인의 전투력은 강하였지만 워낙 소수의 세력으로 흩어져 있었기 때문에 거대한 세력에는 맞설 수가 없었기 때문이었다.

더구나 천손의 후예인 광개토대왕은 스스로를 단군의 후손이라 자부하는 자신들이 공경하기에 적합한 인물이었으므로 맞설 생각이 없었다. 지금도 마찬가지였다. 자신들이 공경하는 사람이 나타난다면 얼마든지 힘을 보태고 또 그 세력 하에 들어가 자신들의 능력을 마음껏 뽐내고 싶은 것이 이들의 생각이었다. 하지만 그렇지 못한 소인배가 정복욕을 가지고 자신들의 영역을 지배하려 든다면 당연히 맞서려 했다.

동모산으로 근거지를 옮긴 대조영은 속말말갈의 통합에 나섰다. 수천 명의 군대를 이끌고 목단강을 따라가며 속말말갈의 부족들의 가한을 찾았다. 자신들의 정체성을 말한 후에 복속을 요구했다.

"항복하라."

"너무 무례한 말 아닌가?"

"항복하지 않으면 종족의 씨를 말리겠다."

대조영은 거칠고 강한 모습만 보였다. 덕은 내세우지 않았다.

"항복하면?"

"삶의 영역을 정해주고 이전의 삶은 보장하겠다. 가한자리도 그대로다. 다만 군대만 징집해서 보내면 된다."

"생각해보겠다."

"어쭙잖은 협상은 필요 없다. 항복하지 않으면 전쟁이다."

대조영은 단호했다. 조금이라도 머뭇거리면 곧바로 공격을 감행했다. 한 번 공격하기 시작하면 무자비했다. 철리족이 그랬다. 속말말갈 중 세력이 가장 강한 부족이었다. 이들은 자기네 땅을 침범한 대조영을 용납할 수 없다며 저항했다. 대조영은 곧바로 공격을 가했다. 이미 수만 명의 군대로 성장한 대조영을 막기에는 이들 부족 개개인의 힘이 너무 미약했다. 철리족 가한은 곧바로 사로잡히는 몸이 되었다. 살려달라며 애걸하는 그의 목을 쳐 강물에 던져 물고기의 밥으로 만들어 버렸다. 그것으로 끝나지 않았다. 어른과 어린아이 가릴 것 없이 남자들은 모조리 죽여 목단강에 수장했다. 섣불리 한두 명 살려 두었다가는 복수의 칼날만 키운다며 잔인한 징벌을 가한 것이다.

대조영의 이런 행동은 속말말갈 전 지역에 소문이 나 웬만한 종족은 다 항복하고 말았다. 그렇다고 그들의 삶이 달라진 것은 없었다. 오히려 더 나았다. 강한 세력이 구심점이 되어 부족간의 이해관계와 갈등을 중재할 수 있어 훨씬 평화롭게 지낼 수 있었기 때문이다. 이전에 고구려 시절 느꼈던 평화와 풍요로움을 되찾게 된 것을 환영하는 부족이 갈수록 늘어났다.

속말말갈을 통합함으로써 새롭게 오천의 기병대를 얻을 수 있었다. 이제 대조영의 군사는 염주성과 책성의 군사들을 합하여 삼만 명으로 늘어났다. 이들 속에는 오천 명 정도의 개마무사들도 있었다. 그는 보병을 없애고 기병으로만 부대를 편성했다. 기동력을 높이기 위해서였다.

순나부 땅은 크게 남부와 북부로 나누어진다. 목단강과 해랑하를 경계로 한다. 남쪽은 산과 강이 많은 곳이고 북쪽은 평원지대였다. 남쪽은 염주성과 책성을 비롯한 큰 성 주변에 예맥족이 많이 살았고, 그 이웃으로 백산부와 속말말갈, 그리고 호실부말갈이 삶의 터전을 일구고 살았다. 북쪽은 굴돌부, 불열부, 안거골부, 그리고 더 북쪽으로 흑수부말갈이 주축을 이루며 살았다.

손쉽게 속말말갈을 통합한 대조영은 다음으로 호실부말갈을 목표로 잡았다. 지난 해 아버지 걸걸중상은 백산부말갈과 책성을 공략했었다. 이번에 대조영이 속말말갈을 통일함으로 인해 남부 땅에서 아직 굴복하지 않은 곳이 호실부말갈이기 때문이다.

호실부말갈은 소도리강 동쪽에 위치한 넓은 평원 지역으로 솔빈성이 그 중심이었다. 솔빈 땅은 말이 많이 나는 곳으로 말갈족들이 타고 다니는 말은 대부분 이곳에 그 뿌리를 두고 있었다. 대조영이 이곳을 목표로 삼은 가장 큰 이유도 이곳이 말의 고장이라는 점 때문이었다. 과하마라 불리는 이 지역의 말은 산악지대에서도 유용하게 사용할 수 있어 대조영의 정복활동에 딱 맞는 말이었다. 소도리강과 흑룡강을 경계로 한 이 지역은 다른 부족의 공격을 받지 않아 독자적 세계를 구축하고 있었다. 고구려 시절에도 속말말갈과 백산부말갈은 고구려에 소속되어 있었지만 지리적 이유로 인해 독자적 세력을 형성하고 있었다. 고구려의 보호를 받았기 때문에 외부의 침입을 거의 받지 않아 평화로웠을 뿐 아니라 이 지역에서 나는 말을 팔아 많은 이익을 누려 풍요로웠다.

호실부를 지배하는 자는 솔빈 성주 위덕주라는 자였다. 그는 고구려가 망한 후 사실상 이 지역의 왕으로 살아왔다. 흑룡강과 소도리강이라는 천연의 경계로 인해 외적의 공격을 받지 않았을 뿐 아니라, 말을 팔아 막대한 이익을 얻었기 때문에 두려운 것이 없는 자였다. 그가 세상에 태어났을 때는 이미 고구려가 망한 후였기에 자신들 위에 군림하는 세력이 없었다. 또한 인근에 자신들보다 잘살고 풍요로운 땅이 없다는 것을 보고 들으며 자랐기 때문에 매우 거만했다. 그는 돌아가신 아버지와 자신에게 평화와 풍요로움을 안긴 지난 삼십 년간의 암묵적인 질서가 마음에 들었다. 이 상태에서 변화가 일어나는 것을 원치 않았다.

그런데 요서 지역에서 당나라의 포로생활을 하던 염주성 출신의 대조영이 군사를 일으켜 책성을 점령하고 속말말갈을 통합했다는 소문이 들렸다. 자신의 영역을 지키고 살면 되는데 이렇게 꼭 나서는 자가 있었다. 그런 자들이 싫었다. 더군다나 자신에게 복종하지 않으면 가차 없이 목을 벤다니 더욱 어이가 없었다. 이런 자는 혼을 내주어야 했다. 물론 염주성이나 책성이 강하다는 소리를 듣기는 했지만 천하에 호실부만큼 강한 부족은 없다는 것이 그의 생각이었다.

솔빈 성주 위덕주는 대조영을 혼내줘야겠다는 생각을 했다. 내심으로는 대조영을 진압하면 자신이 남부말갈족의 왕이 될 수 있다는 계산도 깔려 있었다. 호실부의 아홉 개 부족에 동원령을 내렸다. 오천여 명의 기병이 모였다. 말이라면 자신을 당할 부족이 없었다. 이 정도면 충분하리라 생각했다. 고구려가 망한 뒤 이정도의 병력을 동원할 수 있는 사람은 없을 것이라는 것이 그의 생각이었다.

속말말갈을 통합한 대조영은 동모성을 쌓고 궁궐을 짓기 시작했다. 그리고 새롭게 얻은 군사들을 훈련시키며 겨울이 다가오기를 기다렸다. 매서운 추위와 싸우는 것이 쉬운 일은 아니었지만 강을 건너고 산을 넘는 일도 번거롭고 힘든 일이었기에 가급적이면 강이 얼어붙는 겨울철에 전쟁을 시작해야 했다.

소도리강이 얼었다는 보고가 들어오자 대조영은 솔빈성 공략을 위해 군사동원령을 내렸다. 속말말갈에서 칠천여 명의 군사가 순식간에 모였다. 동모성 주변에 주둔하고 있는 백산부와 염주성, 책성 출신의 오천여 철기병을 이번 싸움에 동원키로 했다. 산악전에는 유리하지 않지만 평원에서의 전투에는 철기병보다 더 유리한 부대가 없었기 때문이다.

대조영은 오천의 철기병을 포함한 일만 이천의 군사를 이끌고 동모성을 출발했다. 이번에도 가급적 싸우지 않고 전쟁이 끝나기를 바라는 마음이었다. 소도리강을 건너 호실부말갈의 땅으로 막 접어든 순간 수천의 기병들이 대조영의 앞을 가로막았다.

"네 놈이 대조영이냐?"

맨 앞에는 삼십대 초반으로 보이는 장한이 길게 늘어뜨린 턱수염을 날리며 수십 명의 호위병들에 둘러 싸여 이쪽을 노려보고 있었다. 변발을 한 채 뒷머리는 길게 땋은 전형적인 말갈 사람이었다.

"네 놈은 누구냐?"

대조영은 그의 정체를 물었다.

"나는 솔빈 성주 위덕주다."

"항복하라."

대조영은 그에게 항복을 권유했다. 모르는 사람이 보기에는 매우 무례한 말일 수 있었다.

"하하하!"

위덕주가 그랬다. 그는 비웃었다. 말 다루는 법이라면 자신들의 부족을 당할 부족이 없기에 천하제일의 기병대는 자신들이라 생각했다. 숫자의 많고 적음이 아무 문제가 되지 않았다.

"나에게 저항하는 놈은 살려 두지 않는다."

대조영은 마지막 경고를 했다.

"가소로운 놈."

위덕주는 경멸에 찬 웃음을 보낸 후 곧바로 공격명령을 내렸다. 뜻밖의 상황에 대조영은 주춤했다. 저들이 항전으로 나올 줄은 몰랐던 것이다. 그렇다고 싸움을 전혀 준비하지 않은 것은 아니었다.

"발사!"

지난 일 년 동안 진법훈련에 열중한 대조영의 부대는 싸우는 법에 익숙했다. 무엇을 먼저 해야 하는지, 어떻게 싸워야 하는지를 알고 있었다.

호실부말갈 기병들은 비처럼 쏟아지는 화살을 뚫고 돌격해 들어왔다. 그들은 정말 말을 잘 탔다. 말잔등에 바싹 엎드려 말을 달리는 동안 그들의 모습이 보이지 않았다. 활 공격은 별로 효과를 보지 못했다. 대조영은 어쩐지 쉽지 않은 싸움이 될 것이라는 예감이 들었다. 그러나 산성을 공격하는 것도 아니고 들판에서 싸우는 것이라면 자신이 있었다. 저쪽도 이런 싸움을 더 원하는 것 같긴 했지만.

"공격!"

대조영의 돌격 명령에 오천여 철기병들은 창을 뽑아 길게 늘어뜨렸다.

'찰~ 찰~ 찰~ 찰~'

기분 나쁜 금속음을 내며 철기병은 천천히 진군하기 시작했다. 그 사이 경기병들은 적의 후방으로 바쁘게 움직였다. 그때까지도 솔빈 성주는 웃음을 잃지 않았다. 적의 활 공격에 아군의 피해가 별로 없었기 때문이었다. 하지만 그는 광개토대왕이 이 곳 말갈 땅을 점령할 때 이끌고 온 부대가 개마무사(蓋馬武士, 일명 철기병)라는 것을 알지 못했다. 동부여 왕이 단번에 항복한 이유가 바로 이들 때문이라는 것을 아버지에게 듣지 못했던 것이다.

드디어 호실부말갈과 개마무사들 사이에 접전이 벌어졌다. 말을 잘 타는 것과 싸움을 잘하는 것은 다른 문제였다. 개마무사들이 내려찍는 무시무시한 창날에 호실부 전사들의 몸이 산적(散炙) 꿰이듯 했다. 개마무사들의 칼날에 그들의 창대는 힘없이 부러졌다. 반면 그들이 찌르는 칼은 개마무사들에게 아무런 상처를 입히지 못했다. 기세 좋게 달려들던 그들은 점점 뒤로 물러서기 시작했다. 그러나 이도 수월하지 않았다. 앞에서 무시무시한 적들이 버티고 있는 사이 어느새 등 뒤로 돌아온 적들이 후방을 유린하기 시작한 것이다. 졸지에 적들에 포위된 형국이 되고 말았다.

"놈들을 도륙하라! 감히 나에게 저항한 자는 어떻게 되는지 똑똑히 보여줘라!"

싸움을 지켜보고 있던 대조영은 드디어 적이 포위망 속에 갇히자 잔인한 명령을 내렸다.

"으윽!"

어느 한 곳이 아닌 여기저기서, 사방에서 찢어지는듯한 비명소리가 들리기 시작했다. 어떤 자는 화살에 맞고, 어떤 자는 칼에 목이 베이고, 또 어떤 자는 날카로운 창날에 쓰러졌다. 싸움의 승패는 말을 잘 타는 것으로 결정되는 것이 아니었다. 용감성만으로 결정되는 것은 더더구나 아니었다. 훈련을 잘 받은 노련한 병사들이 얼마나 많으냐가 중요했다. 뛰어난 전략 전술을 구사하는 지휘관이 있느냐 없느냐가 더욱 중요했다. 말을 잘 탄다는 자신감으로 무모하게 접근전을 벌인 호실부말갈 전사들은 앞뒤에서 협공해오는 적들을 막을 재간이 더 이상 없었다. 이제 그들은 가을바람 앞에 선 수명 다한 낙엽처럼 힘없이 말에서 떨어졌다.

싸움의 판도는 오래가지 않았다. 실전 경험이 부족한 호실부족은 대조영의 상대가 되지 못했다. 풋내기의 치기어린 행동으로 억울한 사람들만 목숨을 잃었다. 솔빈 성주 위덕주는 이 모든 광경을 지켜보았다. 천하에 자기들보다 더 강한 부족이 없다고 생각하고 있던 그는 자신의 부족이 이렇게 허망하게 무너질 줄은 정말 몰랐다. 상대적으로 대조영이라는 자가 얼마나 대단한 사람인지도 그때서야 깨달았다. 그러나 그것으로 끝나는 것이 아니었다. 패배의 결과를 책임져야 했다. 저 사람이 자신에게 맞섰던 장수를 얼마나 잔인하게 죽이는 줄은 이미 소문을 들어 알고 있었다.

'도망가야 한다. 도망가야 한다.'

그의 마음이 급해지기 시작했다. 도망가는 것이 상책이라는 것을 알았지만 어디로 가야할지 몰랐다. 저놈은 분명 땅 끝까지도 쫓아올 것 같았다. 이제 집으로 돌아갈 수도 없었다. 대조영이 솔빈성에 진군하여 성을 약탈하고 빼앗는 것은 정해진 수순이었다. 아내와 아들, 그리고 딸들이 어떻게 될지 걱정이었다. 그렇다고 그들이 걱정되어 성으로 돌아갈 수는 없는 일이었다. 대조영에게 붙잡히면 비참한 죽음이 있을 뿐이었다. 그에게 맞선 것이 후회되었다. 그러나 이제는 후회해도 늦었다. 목숨 구걸할 곳을 찾는 것이 그가 할 수 있는 최선의 길이었다.

말을 몰았다. 찬바람이 부는 곳으로, 사람이 도저히 살 수 없는 곳이라 생각되는 곳으로, 그곳만이 자신이 살길이라 생각했기 때문이었다. 뒤를 따르는 군사도 없었다. 오직 부장 혼자만이 뒤를 따를 뿐이었다. 비참하긴 했지만 이렇게라도 살아남은 것이 다행이라 생각했다.

"이제 어디로 가지?"

더 이상 적의 추격이 없다고 생각한 위덕주는 비로소 입을 열었다. 벌써 몇 날 며칠을 무작정 달렸는지 알 수 없었다.

"흑수부 땅으로 가셔야 합니다. 그곳에서는 가한님을 홀대하지 않을 것입니다."

흑수부와는 오랫동안 말을 거래하였기 때문에 가한을 잘 알고 있었다. 그의 인물됨을 알고 있는 부장은 흑수부 가한이 의리를 버리지 않을 것이라는 확신이 들었다.

"여기서 얼마나 가야 하는가?"

"그것은 저도 잘 모릅니다. 그냥 가다 보면 나타날 것입니다."

그는 말을 타는 실력은 아직도 누구에게도 지지 않는다고 생각했다. 말을 타고 가는 것이라면 땅 끝까지라도 갈 자신이 있었다.

"흑수부말갈 땅으로 가자."

기세 좋게 나왔던 호실부는 부족장의 무지와 만용으로 인해 어이 없이 패하고 말았다. 전투가 치열하게 전개되면서 전세가 불리함을 깨닫고 미리 도망간 자는 목숨을 건졌지만, 가한의 명령을 목숨처럼 받들었던 호실부말갈족 전사들 중에는 살아난 자가 거의 없었다. 아군의 피해도 만만치 않았다. 호실부 전사들이 끝까지 저항했기 때문이었다.

대조영은 솔빈성에 입성한 후 부하들에게 마음껏 약탈하게 했다. 여자들도 원하는 대로 다 가질 수 있게 했다. 그동안 고생했던 것을 생각하면 이 정도는 얼마든지 허용해야 한다고 생각한 것이다.

말갈 출신의 병사들은 승리한 자가 약탈하는 것은 관습이기 때문에 아무런 죄의식이 없었다. 닥치는 대로 약탈하기 시작했다. 치열했던 싸움만큼이나 풍요로운 땅 솔빈성을 약탈하는 것은 이들에게 가치 있는 일이었다. 성청에서는 마음에 드는 여자를 먼저 차지하기 위해 난투극을 벌였다. 누가 젊은 솔빈 성주의 아내를 차지할 것이냐를 두고 싸우는 자들도 있었다. 힘 있는 자가 미녀를 차지하는 것이 이들의 법칙이었기 때문이었다. 보다 좋은 말을 차지하기 위해 싸우는 자도 있었고, 보석을 놓고 싸우는 자도 있었다.

대조영은 이런 이들의 모습을 지켜보기만 했다. 이들은 이것을 차지할 자격이 있다고 생각한 것이다. 하지만 고인의의 생각은 달랐다. 고구려의 부활이라는 대의를 세우려면 이런 식의 약탈은 당장 중지해야 한다고 생각했다. 전쟁터에 나서는 군인이 민심을 잃으면 절대 전쟁에서 이길 수 없기 때문이었다.

"약탈을 중지시켜야 합니다."

"저 놈들은 나에게 저항한 자들이야. 나에게 맞서면 어떤 결과를 맞는지 북쪽에서 나의 모습을 지켜보고 있는 말갈족들에게 똑똑히 알릴 필요가 있어."

"이런 식으로 나서면 무서워서 피하긴 하겠지만 백성들이 마음에서 따르지 않습니다."

"그것은 내 아들 대에서나 기대하게. 광활한 영토를 다스리려면 나에게 복종하는 법부터 가르쳐야 해."

대조영은 이전과는 달라져 있었다.

"말갈족은 복수를 중시한다고 들었습니다. 이렇게 무자비한 정책은 복수심만을 키울 뿐입니다."

"그래서 지금 아예 복수의 싹을 잘라 버리고 있는 중이네."

"두고 보십시오. 이런 식으로 나서면 머잖아 강력한 적을 만날 것입니다."

"강력한 적이 나서면 보다 크게 응징하면 돼."

"……."

대조영은 분명히 달라져 있었다.

"선생이 지혜로운 것은 내가 알고 있지만 이 지역에서 성장하지 않아 이 지역의 속성을 잘 모르는 것 같소. 승자가 약탈하는 것이 이 지역에서는 당연할 뿐 아니라 선한 일이오. 남편이 전사하여 혼자서는 살아갈 수 없는 패자의 아내와 자식을 거둬들여 그들을 먹여 살리는 것도 덕을 쌓는 일이오. 이것이 그들의 삶의 방식이오."

"그런 관습은 잘못된 것입니다. 잘못된 관습은 바꾸어야 합니다."

"이 지역 사람들의 삶의 지혜요."

대조영은 고인의의 말을 무시했다.

"……."

고인의는 가만히 생각해보았다. 당나라 땅에서 포로생활을 한 대조영은 분명 당나라의 발달된 문화를 접하고 온 사람이다. 무엇이 선하고 악한가는 충분히 판단할 수 있는 사람이었다. 그런데 그가 이전의 잘못된 말갈의 풍습을 지지하는 데는 분명 무슨 이유가 있을 것이라 생각했다. 그래서 그는 더 이상 이 일에 대해 관여하지 않아야겠다는 생각을 했다. 하지만 그의 얼굴에는 나타난 근심어린 표정까지 지울 수는 없었다.

솔빈 성주 위덕주는 북으로 북으로 말을 달렸다. 매서운 바람이 얼굴을 강타했지만 얼어붙은 얼굴은 이미 감각을 잃어 차가운 줄도 몰랐다. 먹을 것도 없었다. 배고픈 것은 아무것도 아니었다. 지금쯤 가족들이 어떻게 되었을까를 생각하면 피가 끓었다. 대조영을 너무 가볍게 생각한 것이 잘못이긴 했지만 이렇게까지 비참한 결과를 맞이할 줄 몰랐다.

밤에 쉴 곳도 없었다. 휑한 벌판에 날은 어두워 모닥불 피울 나뭇가지 하나 쉽게 발견할 수 없었다. 그냥 쉬지 않고 걸었다. 배고프면 눈을 한 움큼 먹고 말 엉덩이를 한 번 거칠게 때릴 뿐이었다.

엿새가 지났을 무렵 더 이상 배고픈 것을 참기 어려웠다. 이렇게 허기진 상태에서는 흑수부말갈 땅에 들어가기도 전에 아사할 것 같았다. 하지만 먹을 것을 구할 곳도 없었다. 그렇다고 말을 죽여 양식을 삼는 것은 이 광활한 벌판에서 살아남을 가능성을 더욱 희박하게 하는 일이었다.

"먹을 것을 구할 수가 없을까?"

"사냥거리가 없어서……."

부장은 여기까지 오는 동안 벌써 몇 번째 사냥에 나섰다. 하지만 얼어붙은 눈 덮인 평원에서 사냥감을 구하는 것은 보통 힘든 일이 아니었다. 그는 매번 빈손으로 돌아왔다. 그렇다고 그냥 주저앉아 있을 수 없었다. 그는 또 다시 활을 들고 나섰다.

한참이 지난 후에 부장은 사냥감을 들고 나타났다. 화살에 꿰인 꿩이었다. 미소가 떠올랐다. 실로 며칠 만에 지어보는 웃음인지 몰랐다. 불을 피우려 했지만 천지가 다 젖어 있어 땔감을 구할 수가 없었다.

"할 수 없습니다. 그냥 드시는 수밖에."

부장은 꿩의 깃털을 뽑아 낸 후 칼로 얼어붙은 고기를 썰었다. 위덕주는 한 번도 익히지 않은 고기를 먹어 본적이 없었다. 하지만 지금은 아니었다. 날고기가 이렇게 맛있는 줄 예전에 상상하지 못했다.

"컹~컹~"

개 짖는 소리가 들렸다. 피 냄새를 맡고 달려오는 듯했다. 정말 엎친 데 덮친 격이었다. 이제 겨우 배를 채울 수 있나 했는데. 서너 마리의 개가 달려들었다. 부장은 칼등으로 놈들을 사납게 후려쳤다. 비명 소리와 함께 개들이 나가 떨어졌다. 그러나 그것이 끝이 아니었다. 개가 이끌고 온 수많은 사람들이 어느새 이들 앞에 서 있었다. 온몸을 돼지가죽으로 감싼 사람들이었다. 길게 땋은 그들의 머리 아래로는 돼지어금니로 만든 목걸이가 걸려 있었다.

"네 놈들은 누구냐?"

"나는 솔빈 성주 위덕주다. 너희 추장에게 나를 데려다 다오."

3. 흑수부말갈

하늘과 땅은 한 빛이었다. 날짐승도 들짐승도 숨죽인 날들이 지속되었다. 한 길 높이 쌓인 눈 속에서 지난 가으내 마련해 놓은 사냥감을 조금씩 꺼내 먹으며 한 겨울을 힘겹게 나고 있는 흑수부말갈4) 땅에 낯선 손님들이 모여들었다. 자신들의 영역을 정해 놓고 사는 말갈족은 다른 부족의 땅을 함부로 방문하지 않았다. 사람과 짐승이 다 죽어지내는 이 한겨울에 낯선 지역을 방문하는 것은 매우 이례적인 일이었다. 약속한 사람들이 다 모이자 흑수부말갈 추장 아속리계는 방문객을 하나씩 소개했다.

---

4) 흑수부말갈은 일곱 개의 말갈족 중 가장 북쪽에 위치한다. 당나라 말기에 대부분의 말갈족들은 발해에 귀속되고 농경생활로 전환하면서 남쪽으로 남하하여 부족의 이름이 사라지게 되지만 흑수부말갈은 끝까지 수렵생활을 유지하여 그 이름이 전해진다. 흑수부말갈 지역은 16개의 부락으로 나눠지는데 사람들이 거세고 보병전에 능하였다. 편발(編髮 머리를 땋는 것)을 하였으며, 멧돼지 어금니를 목에 메달고 꿩의 꼬리깃으로 관을 꾸며 다른 부족과 구별을 지었다. 성질이 잔인하고 사나우며 활을 잘 쏘았다고 한다. 젊은이는 귀하게 여기고 늙은이는 천시하는 관습이 있었다. 사람이 죽으면 그가 타던 말을 잡아 제사를 지냈다.

"서로들 인사하시오. 이쪽은 솔빈 성주와 굴돌부 추장, 저쪽은 안거골부 추장, 건너편은 불일부 추장."

이들은 한 번도 만난 적이 없었다. 워낙 광활한 땅일 뿐만 아니라 산과 강이 깊어 만날 마음을 먹기도 힘들었다.

"이렇게 험한 일기 속에서도 찾아 주셔서 고맙소이다. 소문을 들으셨겠지만 요동 땅에서 굴러먹던 염주성 출신의 대조영이라는 자가 우리 말갈족들을 상대로 전쟁을 벌이고 있소. 말갈족의 왕이 되겠다는 것이오. 정작 자신은 예맥출신 고려인임에도 불구하고 말이오."

"그 소문은 나도 들었소이다."

안거골부 추장이 알은 체를 했다.

"여기 있는 솔빈 성주가 그 놈을 혼내 주려다 오히려 패배하였소. 그런데 문제는 이놈이 자신에게 저항하는 자에게 아주 잔인한 보복을 가한다 하오. 오래지 않아 우리들 부락에도 쳐들어 올 것이오. 이를 막아야 하오. 이 문제를 상의하기 위해 이 험한 일기 속에서도 불렀소이다."

"놈이 아주 잔인하다더군요. 책성에서는 당나라군을 아주 잔인하게 도륙했다더군요."

굴돌부 추장도 거들고 나섰다.

"속말말갈의 철리족도 보복을 당했다더군요."

속말말갈과 경계를 이루고 있는 불열부 추장이 근심스러운 듯 말했다.

"놈들의 군대가 벌써 삼만 가까이 된다고 들었소. 말갈족도 아닌 놈에게 굴복할 수는 없는 일이오. 하지만 지금처럼 서로 떨어져 혼자 맞서면 놈을 이길 수가 없소. 힘을 합쳐야 하오. 우리 북부 말갈족이 힘을 합친다면 충분히 놈을 상대할 수 있을 것이오."

흑수부말갈 추장 아속리계는 험로에 추장들을 부른 이유를 밝혔다.

"좋은 생각이오. 나도 은근히 어떻게 해야 하나 걱정하고 있던 중이었소. 북부의 안거골부와 불열부, 굴돌부 그리고 흑수부말갈이 힘을 합친다면 충분히 대조영인가 소조영인가 하는 놈을 이길 수 있을 것이오."

"나도 그렇게 생각하오. 우리 네 부족이 합치면 충분히 승산이 있소. 수퇘지의 어금니는 어릴 때 빼야 한다는 말이 있지 않소. 놈의 세력이 더 성장하기 전에 당장 쳐들어가 놈을 목을 잘라 버립시다."

불열부 추장은 말이 나온 김에 당장 공격하자며 한 술 더 떴다.

"하하하, 그 기백이 좋소. 하지만 아직은 아니요. 아직은 우리의 준비가 덜 되었소. 일반적으로 큰 전쟁을 할 때는 강이 얼어붙어 군사가 쉽게 움직일 수 있는 겨울을 택하오. 그때 공격합시다. 지금부터 잘 준비해서 놈과 붙었을 때 실패하지 않도록 합시다. 군사도 훈련시키고 군량도 비축하면서 말입니다."

모임을 주도한 아속리계는 오히려 불열부 추장을 달래야 할 지경이었다.

"좋소이다. 그때까지 모든 준비를 끝내겠소이다."

순식간에 마음이 모아졌다. 그만큼 대조영에 대한 두려움이 이들 마음 속에 자리 잡고 있었던 것이다.

"이렇게 쉽게 합의를 할 줄 몰랐소. 고맙소. 자 이제 먼 길들을 오시느라 고단들 하실 테니 준비한 음식을 들고 마음껏 취해 봅시다."

솔빈 성주를 놓치긴 했지만 호실부를 점령한 대조영은 솔빈 지역의 목장지를 차지해 많은 말을 확보하게 되었다. 이로 인해 그의 군세는 더욱 강화되었다. 솔빈 지역의 말은 다른 여러 곳으로 팔려 나갔기 때문에 이를 막는 것만으로도 인근 지역에 대한 주도권을 쉽게 잡을 수 있었다.

호실부를 점령한 대조영은 미발계에게 군사를 주어 백산부말갈 지역을 순방하게 했다. 이전에 아버지 걸걸중상에게 복속한 부족이 많긴 했지만 지금은 달랐다. 그 사이 어떻게 변했는지 알 수 없는 일이었다. 그래서 미발계를 보내 저들 부족들을 하나하나 만나보게 하려는 생각이었다. 그동안 자신이 어떻게 행동했는지를 알고 있다면 저들은 저항할 생각을 쉽게 갖지 못할 것이라 생각하여 많은 군대를 보내지는 않았다.

한편으로는 동모성에 궁궐을 짓고 성을 쌓는 일을 계속했다. 궁궐이 완성되고 말갈족을 통합하고 나면 대조영은 나라를 세우고 왕위에 오르리라 생각하고 있었다. 그 후에는 다시 요동으로 진출하여 고구려의 옛 영토를 되찾으리라 다짐했다.

미발계가 소식을 전해왔다. 고구려 시절 고구려와 가장 가까웠던 백산부말갈족은 대조영에게 복속하겠다는 부족이 많았다. 그러나 워낙 깊은 산골에 위치하고 있는 백산부이기 때문에 일일이 고을을 찾아다니며 복속을 권하기는 여간 어려운 일이 아니었다. 하지만 고구려가 망한 뒤 구심점을 잃고 이리저리 흩어져 있는 부족들 중에서는 강한 지도자가 나와 말갈족을 통합해 주길 바라는 추장마저 있어 의외로 쉽게 협상이 잘 된다는 보고도 곁들였다.

백산부의 대부분을 복속한 후 대조영은 다음 목표를 북부 말갈로 정하였다. 그 첫째를 불열부로 정했다. 말갈족은 남부와 북부 종족으로 나뉘어진다. 백산부말갈과 속말말갈은 남부종족으로 분류되어 고구려에 복속된 삶을 산 반면 불열부와 안거골부, 굴돌부는 전통적으로 속말말갈보다는 흑수부말갈에 가까운 북부부족이었다. 이들은 고구려와도 필요에 따라 협력하기도 하고 또 독자적인 행동을 취하였기에 남쪽의 부족들과는 이질적인 요소가 많아 쉽게 굴복하지 않을 것이라는 생각을 가졌다. 하지만 이들도 새로운 나라에 복속시켜야 했다. 그래야만 당나라에 맞설 수가 있었다. 대조영은 다가오는 겨울에 전쟁을 벌이기로 결심하고 군사들을 훈련시키는 한편 군량도 착실히 모았다.

낙엽이 날리고 찬바람이 불기 시작했다. 올해는 기장과 조, 수수 농사가 잘 되어 충분한 군량이 모였다. 대조영은 이제 북부 말갈을 공격할 때가 되었다며 각 부족들에게 군사동원령을 내리고 불열부 말갈 땅에 첩자도 파견하는 등 바쁘게 움직이기 시작했다.

그런데, 뜻하지 않은 소식이 전해졌다. 책성에서 치료를 받고 계시던 아버지 걸걸중상이 돌아가셨다는 것이다. 어린 시절 자신을 이끌었던 강한 모습의 아버지를 기억하고 있던 대조영은 십오 년 만에 만난 아버지가 낯설었다. 병들어서 유약해 보이는 아버지의 모습은 상상하지 못했었다. 세월의 무서움도 무상함도 동시에 느끼게 해준 아버지였다. 아버지가 좀 더 건강하게 살아 계셨으면 큰 힘이 되었을 것이라는 아쉬운 마음을 가지고 있던 중 아버지가 돌아가신 것이다.

대조영은 모든 일을 중단하고 책성으로 돌아가 아버지의 장례를 치렀다. 어머니가 제일 슬퍼했다. 대조영은 어머니를 위로하며 고향 땅 염주성에 아버지를 묻었다. 아무리 화려하게 장례를 치러도 죽은 사람이 다시 살아 돌아오는 것은 아니었다. 이제 다시는 돌아오지 못할, 만나 볼 수 없는 아버지를 떠올리며 대조영은 아버지와 함께 어린 시절을 보냈던 염주성 바다를 바라보며 아버지와 마지막 나누었던 말들을 떠올렸다.

'아버님, 저는 반드시 해 뜨는 밝은 해의 나라 임금이 될 것입니다. 옛 조선의 그 영광을 반드시 되살릴 것입니다.'

장간은 염주성에 머물며 옛날의 모습을 거의 다 복원시켜 놓았다. 새롭게 염전이 일구어지고 배들도 바쁘게 항구를 오갔다. 뒤늦게나마 대조영은 장간의 공을 치하한 후에 혼자 남은 어머니를 위로도 할 겸 앞일을 구상하며 염주성에 머물렀다.

동모산에서 다급한 소식을 전해 왔다. 흑수부말갈이 기습했다는 것이다. 생각지도 못한 일이었다. 그 다음 소식은 그를 더욱 당황하게 만들었다. 불열부와 안거골부, 굴돌부도 흑수부말갈 편에 붙어 함께 연합군을 형성하여 공격해 왔다는 것이다. 문득 고인의의 말이 떠올랐다.

'덕을 베풀지 않으면 보다 강력한 적이 나타날 것입니다.'

하지만 대조영의 생각은 달랐다. 그는 이것이 더 잘된 일이라 생각했다. 놈들이 힘을 합쳤다면 싸우기가 쉽지는 않겠지만 대신 단 한 번의 전쟁으로 한꺼번에 많은 적을 굴복시킬 수 있어서 오히려 더 좋은 기회라 생각했다.

대조영은 아버지의 장례식에 맞추어 동모성을 공격한 북부말갈 연합에 대해 분노를 표출하고는 함께 조문와 있던 미발계와 걸사랑을 동모성에 보내 적과 맞서게 했다. 고인의도 함께 보내 저들을 돕게 했다. 그리고 자신은 염주성에 며칠간 더 머물렀다. 분노의 마음과 함께.

아직 나라가 서지 않아 진(震)이라는 깃발 아래 싸우고 있다. 진은 동방을 가리키는 주역의 괘 중 하나다. 리하이구와 싸우면서 속말말갈의 걸사비우와 자신의 세력을 나타내는 기치를 세워야 할 필요성을 느꼈을 때 동쪽 순나부를 상징하는 말을 찾다가 만든 말이었다. 나라가 정식으로 만들어지고 세력을 떨치면 따로 부를 이름을 정해 두었다. 하지만 아직은 아니었다. 남의 집 초상날 쳐들어온 무례한 놈들을 진압하고 난 뒤에 해야 할 일이었다. 그전에 저들에게 자신의 힘을 보여주고 싶었다. 단순히 칼 잘 쓰고 활 잘 쏘는 무자비한 군대라는 인식 외에 새로운 모습을 보여주고 싶었다. 이 나라의 출발점이 바로 이 염주성이라는 것을 보여주고 싶었다. 저들이 상상하지 못한 모습을.

대조영은 오랜만에 염주성 식구들을 불렀다. 동생 대해영과 도사공 장간, 그리고 수비대장 미가살이 주군을 잃은 슬픈 표정으로 자리를 함께했다.

"아버지가 돌아가셔서 나는 매우 슬프다. 지금까지 우리 삶의 버팀목이셨던 분의 죽음으로 우리는 한동안 삶의 방향을 잃고 헤맬 수밖에 없을 것이다. 그런데 우리의 이런 슬픔을 기뻐하는 놈들이 있다. 저들에게 우리 염주성이 얼마나 분노하고 있는지를 보여주고 싶다. 순수 우리 염주성의 힘만으로."

대조영은 식구들을 부른 이유를 말했다.

"놈들에게 철저하게 보복해야 합니다."

미발계의 아버지 미가살이 주군의 죽음을 이용해 침입한 적들에 대해 하얀 수염 사이로 드러난 이를 꽉 깨물며 말했다.

"나는 우리의 해군력으로 저들을 기습하고 싶다."

"해군?"

"저들이 비우고 떠난 곳을 우리 염주성의 배로 쳐들어가 무참하게 짓밟아 버리고 싶다. 우리의 슬픔을 기뻐하는 놈들에게 우리의 분노가 얼마나 컸는지를 분명하게 보여주고 싶다. 도사공 가능하겠소?"

"욕살님이 나서신다면 못 하실 일이 없습니다."

이십여 년 전 아직 이십도 안 된 청년이 폭풍우 속에서 밤새 키를 놓치지 않고 꼭 붙들고 있던 모습을 기억하고 있는 장간은 대조영에 대한 굳건한 믿음을 내보였다.

"나는 구체적인 방법을 묻는 것이오."

"험한 바닷길을 항해하는 배가 강안(江岸)을 항해하는 것이 무엇이 어렵겠습니까? 우리는 고구려의 대막리지께서 순나부의 여러 성들을 장악하실 때 목단강을 거슬러 올라간 경험이 있고, 또 막리지께서 당태종과 전쟁을 벌이실 때는 장산군도에서 장량이 이끄는 오만 명의 당나라 수군을 궤멸시킨 적이 있는 무적의 해군입니다. 지금은 나라가 없어 힘을 발휘하지 못하지만 기회가 주어진다면 얼마든지 옛날의 영화를 재현시킬 수 있습니다."

장간은 염주성의 해군이 얼마나 대단한 자부심을 지닌 군대인지 말하였다.

"흑룡강이 얼지는 않았을까?"

"지금이 시월이니 서두르면 괜찮습니다."

"그렇다면 배를 북쪽으로 몰아 흑룡강을 따라 올라 가다가 부대를 둘로 나누어 하나는 대해영이 목단강 줄기를 따라 내려가면서 안거골부와 불열부의 본거지를 쑥대밭으로 만들고, 또 한 부대는 장간이 지휘하여 계속 흑룡강을 타고 올라가다가 흑수부말갈의 본거지를 공격하라. 사내는 아이고 노인이고 가릴 것 없이 다 죽여라. 젊은 여자들은 전부 붙잡아 와라."

"알겠습니다."

대해영과 장간이 거의 동시에 말하였다.

"참, 내 조카의 부상은 다 나았는가?"

대조영은 대일하를 기억해내며 물었다.

"일하를 말씀하시는 것입니까?"

대해영은 오랜만에 만난 형을 깍듯이 공대했다. 다소 서먹할 법도 했지만 어린 시절을 함께 보낸 형이었기에 만나는 순간 곧바로 옛날의 친숙함을 되찾았다. 자신보다 훨씬 힘도 세고 또 꿈도 커서 늘 따르던 형이었다. 십오 년 만에 다시 나타난 형은 이전보다 훨씬 강한 모습으로 나타나 염주성의 위기를 단박에 해결하였다. 이로 인해 형에 대해 존경심마저 생겨나 그는 함부로 대할 수가 없었다.

"그렇네. 우리 일하가 무예가 출중하고 담이 커서 지난 번 염주성 전투에서 아주 큰 공을 세웠다는 소리를 들었는데, 내 아직도 치하를 하지 못한 것 같네."

"이제 다 회복되었습니다."

"지금 나이가 몇인가?"

"열여덟입니다."

"그렇다면 우리 무예보다 한 살 위구만. 내가 데려가겠네. 사촌들끼리 함께 지내야 서로 친해지고 장차 나랏일에도 힘을 합칠 수 있지 않겠나."

"영광입니다."

"나는 동모산성으로 돌아가 시간을 끌면서 놈들을 약 올리면서 붙잡아 두고 있을 테니 자네들이 혼을 내주게. 하하하!"

"염려 마십시오."

대조영은 전선이 매우 급하게 돌아간다는 것을 알고도 계속 염주성에 머물렀다. 아버지를 잃고 슬픔에 잠겨 있는 어머니를 위로하기 위해 아내 햇살과 아들 대무예, 대문예와 함께 염주성에 남은 것이다. 염주성에 대한 기억이 없는 아내와 아이들에게 염주성의 모습을 보여주고 싶은 욕심 때문도 있었다.

아버지의 비참한 죽음을 기억하는 햇살은 영주성을 떠나 이곳까지 오는 동안 한 번도 불평하지 않았다. 힘든 전투를 계속 벌이는 어려운 노정이었지만 그녀는 오히려 남편을 격려하며 어려움을 견뎌냈다. 아버지가 돌아가신 후 아버지의 유업을 잇지 못하는 남편에 대해 섭섭한 마음을 가졌던 그녀였기에, 남편이 오랜 기다림과 침묵 끝에 당나라군에 당당히 맞서 싸우는 것을 박수치며 환영했다. 군대를 일으킬 당시 이제 열다섯 살밖에 되지 않은 장남 대무예가 아버지를 따라 나서 칼을 휘두르고 사람을 죽이는 전쟁터에 나서는 것도 묵인했다. 그것이 자신이 아들을 낳은 가장 큰 이유였기 때문이었다.

이곳에 돌아와서 염주성 사람들이 수적 열세에도 불구하고 분투하며 힘겹게 싸우는 모습을 지켜보았다. 육십이 넘은 노인이 더구나 아녀자의 몸으로 싸움을 지휘하고 버텨내는 시어머니의 모습을 보며 포수생활을 하며 힘겨웠던 자신의 삶은 오히려 편한 삶이었다는 것을 깨달았다. 남의 간섭을 싫어하고 노예로 사는 것을 참지 못하는 남편의 독립의지가 바람에 흔들리는 이곳의 풀뿌리 하나에서부터 시작된 것임을 시아버지의 죽음을 통해 새삼 느꼈다.

'저절로 이뤄지는 것은 하나도 없다. 폭풍우에 흔들리면서도 뽑히지 않는 풀뿌리 하나에서 시작되어 그 정신을 먹고 자란 사람들이 참고 인내하여 뿌리를 튼튼히 한 후에 싸우고 또 싸워 이뤄지는 것이다.'

시부모에 대한, 남편에 대한 존경심이 생겼다. 일상에서 남편의 그릇됨을 알지 못하고 무시하였던 자신이 부끄러웠다. 인재는 위기 상황이 되어서야 빛을 발한다는 말을 이제야 알 것 같았다.

"부인은 문예와 함께 이곳에 남아 어머니를 위로하시오. 나는 무예와 조카 일하를 데리고 전쟁터로 가봐야 할 것 같소."

열흘을 머무르는 동안 전해지는 전장의 소식은 좋지 못했다. 계속 후퇴만 하고 있다는 전갈뿐이었다. 하지만 대조영은 흔들리지 않고 염주성의 해군이 선착장을 떠나는 것을 지켜보았다. 대조영은 그러고도 며칠을 더 머물며 어머니를 위로한 후에야 아내에게 출전을 알렸다.

대릉하의 포수 시절 영주성을 공격하러 가는 남편을 떠나보낸 후, 이제는 전쟁터로 남편을 내보는 일에 익숙해졌다. 남편에 대한 믿음이 있긴 했지만 세상에는 많은 영웅이 있고, 무예가 뛰어난 사람도 많기 때문에 남편의 신변에 어떤 일이 벌어질지 몰라 언제나 노심초사했다. 전쟁터에 남편을 내보내는 아내의 마음은 대장군이나 졸병이나 다 같은 것이겠지만, 남편이 지금 싸우는 일은 한 번 지면 온 가족이 다 나락으로 떨어지는 매우 힘들고도 중요한 전쟁이었기에 그녀의 마음고생은 훨씬 더했다.

많은 전쟁을 치르면서 그녀는 자신이 직접 남편의 갑옷을 챙겨 주고 투구끈을 매어주면 남편이 무사할 것이라는 새로운 믿음이 생겼다. 그녀는 전쟁터로 떠나는 남편의 갑옷을 손수 챙겨 입혔다. 투구끈을 맨 후에야 무운을 빌며 남편을 떠나보냈다.

"잘 다녀오십시오. 이곳은 염려하지 마시고."

동모산성은 아직도 완공된 상태가 아니었다. 돌을 깎아서 한 담 한 담 정성스럽게 쌓는 고구려의 산성은 매우 견고한 반면 시간이 많이 걸렸다. 그래서 목책을 치고 그 사이에 흙을 쌓는 중에 흑수부말갈의 기습을 받은 것이다.

흑수부말갈 연합군의 기습을 받은 동모성의 피해는 매우 컸다. 지난겨울의 호실부 공략이 끝난 후 휴식을 취하고 있던 대조영의 군사들은 적의 기습에 대비하지 못했다. 더군다나 대부분의 지휘관들이 장례식에 참석한 상황이라 싸움을 지휘할 사람이 없었다. 그래도 잘 훈련이 된 군대라 오합지졸의 모습은 보이지 않았지만 끝내 동모성을 지켜 내지 못하고 후퇴하고 말았다.

목단강을 해자로 삼고 육정산과 동모산의 사이에 성을 쌓아 이제 막 도읍지의 모습을 갖춰가던 동모성은 불타 잿더미로 변했다. 산성대신 쳐놓았던 목책은 모두 뽑혀 흑수부말갈군의 추위를 녹이는 장작불로 변했다. 미처 피난하지 못했던 부녀자들은 흑수부말갈군의 하룻밤 노리개로 전락하고 말았다.

대조영의 진국(震國) 군사는 계속 후퇴했다. 아직 지휘관이 도착하지 않은 상태에서 당연한 일이었다. 대조영이 애써 육성한 진나라군은 동모산에서 백리나 떨어진 목단령까지 후퇴했다. 걸사랑과 미발계가 전장을 찾았을 때는 무수히 많은 전사자가 발생한 후였다. 주력군이 큰 피해를 입지 않아 그나마 다행이었다. 동모산성을 빼앗은 흑수부말갈 연합군은 더 이상 남하를 하지 않았다. 동모성을 빼앗고 약탈하는 것으로 만족한 듯 그곳에 계속 머무르고 있었다.

"이렇게 큰 승리를 거뒀으니 적은 위축되어 있을 것입니다. 승기를 탔을 때 적을 몰아붙여 다시는 일어서지 못하게 짓밟아야 합니다."

대조영에게 호되게 당한 위덕주는 적을 추격하지 않고 동모성에 머물러 있는 것을 못마땅하게 여기며 말했다.

"목단령 이남은 우리에게는 낯선 지형이오. 그러니 일단 이곳을 우리의 근거로 삼고 첩자들을 보내 적의 형편을 살핀 뒤에 천천히 공략해야 하오."

솔빈 성주의 급한 마음과는 달리 아속리계는 신중을 기했다. 이곳까지는 신속하게 공격했지만 목단령 아래쪽에 대한 두려움이 있었던 것이다. 무엇보다도 고구려 시절 순나부의 중심지였던 염주성이나 책성에 대한 두려움이 컸던 것이다.

솔빈 성주는 조금만 더 몰아붙이면 될 것 같은데 그러지 않는 아속리계에 대해 불만이었다. 하지만 자신의 군대가 없기에 강하게 주장할 수도 없었다. 결국 그는 불열부와 안거골부 추장을 부추겨 자신의 뜻을 관철시키려 했다. 하지만 이들도 신중했다. 아속리계의 행동이 옳다고 판단한 것이다.

"아속리계는 이곳을 완충지로 삼아 북쪽의 말갈 영역으로 저들이 넘어오는 것을 막으려는 생각이오. 내가 생각할 때 이 계획은 아주 좋은 것 같소. 알지도 못하는 곳을 무리하게 공격하다 실패를 경험하는 것보다 나은 것 같소."

굴돌부 추장도 아속리계의 생각에 동조했다. 군대를 잃어버린 위덕주는 아쉬웠지만 어쩔 수 없었다. 대신 그는 흩어진 자신의 부족을 찾기 위해 동분서주했다.

대조영이 목단령에 도착했을 때 진나라군은 목단령에 방어벽을 구축하는 중이었다. 고인의는 이곳에 방어벽을 굳게 한 후에 동모성을 공략할 생각을 하고 있는 중이었다. 방어벽 공사에 힘을 쏟는 동안에도 동모성에 첩자를 보내 적의 동태를 살피는 일은 게을리 하지 않았다. 치밀한 계획을 세우고 하나하나 터전을 다져가는 그의 생각을 대조영은 치하했다. 그리고는 빙그레 웃기만 할 뿐 그의 작전에 대해 관여하지 않았다.

영주성에서 이곳까지 오는 동안 대조영은 고인의의 도움을 많이 받았다. 하지만 이곳에 도착한 이후로는 사정이 달라졌다. 고인의가 책을 많이 읽어 전략 전술에 능했지만 이곳의 지형과 풍속에는 익숙지 않다는 것을 느꼈던 것이다. 눈앞의 지형에 대한 분석력은 뛰어났지만 이 지역 전체의 지리에 익숙하지 않아 지형지물을 머릿속에 집어넣고 어디에서 적을 맞아야 유리할지를 제대로 파악 못하는 것 같았다. 어릴 때부터 솔빈 땅은 물론 흑수부말갈 지역까지 아버지를 따라 상거래에 나섰던 자신의 경륜에는 따라 오지 못한다고 생각했다.

"동모성에 가족들이 남아 있는 병사들이 많이 있는데 이제는 동모성 공략에 나서야 하는 것 아닙니까?"

목단령에 방어벽만을 구축하고 한참을 기다려도 동모성 탈환에 나서지 않자 걸사랑이 걱정스러운 듯 대조영에게 말했다. 사실 동모성은 자신들의 본거지였기에 다른 누구보다도 애가 타고 속이 탔던 것이다.

"걸 추장의 마음을 십분 이해하오. 이왕 늦은 것 조금만 더 기다리시오."

"기다린다고 동모성에서 저들이 물러나는 것이 아니지 않습니까?"

"저절로 물러날 것이오."

"예! 저절로 물러 나다니오?"

"우리가 이곳에 머무르고 있는 사이 염주성 해군이 저들의 본거지를 공격하러 떠났소. 지금쯤 저들의 마을을 쑥대밭으로 만들고 있을 것이오."

"예!"

"하하하! 이제 푹 쉬었으니 걸 추장은 군사를 이끌고 동모산을 우회하여 동모산 북쪽 사십 리에 있는 이룡산 근처로 가 매복해 있으시오. 닷새 내로 적들이 그 근처를 지날 것이오. 그때 사정없이 분풀이를 해 주시오. 가족을 짓밟았던 놈들에게 철저히 복수하란 말이오."

"알겠습니다."

걸사랑은 비로소 대조영의 생각이 무엇인지 알고는 흥분된 목소리로 대답했다.

"날이 어두워지면 몰래 떠나시오. 적의 첩자가 있을지 모르니."

"염려 마십시오."

걸사랑은 대답과 달리 흥분된 마음으로 진중을 떠났다.

"너희 둘은 사촌 간으로 앞으로 한 세대를 함께 이끌어 가야 할 것이다. 그래서 임무를 줄 테니 잘 협력하여서 좋은 결과 맺기를 바란다."

이번에는 대무예와 대일하를 불렀다.

"명령만 내려 주십시오."

대무예는 그동안 수많은 전투를 겪으면서 나이답지 않게 노련한 장수로 변해 있었다.

"날랜 군사 오백 명을 데리고 가서 동모성에 있는 놈들을 이곳으로 유인해 와라."

"예, 오백 명!"

"상대는 이만 명이 넘습니다."

"대조영의 장남이 직접 군사를 몰고 왔는데 그 수가 오백 밖에 되지 않는 것을 안다면, 네가 아속리계라면 어떻게 하겠느냐?"

"당장 군사를 이끌고 나가 생포할 것입니다."

"바로 그 점이다."

"무슨 말씀이신지 알겠습니다."

대조영은 아들에게 자신의 생각이 무엇인지를 스스로 깨달을 수 있게 했다.

"일하야!"

"너는 무예의 형이니 동생을 잘 돌봐야 할 것이다."

"염려 마십시오. 큰 아버님"

"네 활솜씨와 창 솜씨는 염주성의 제일이라고 이미 소문이 자자하더구나."

"과찬이십니다."

"앞으로 너는 이 일 이후로도 우리 무예를 도와 고구려 부흥에 온 힘을 다 쏟아야 할 것이다."

"명심하겠습니다."

대일하는 고개를 숙여 큰 아버지의 뜻을 받들었다.

"오늘 중 군사를 선발하여 내일 아침에 떠나거라."

대무예는 다음날 아침 군사를 이끌고 떠났다. 그가 떠나자 진영은 텅 빈 느낌이 들었다. 물론 이는 걸사랑이 전날 밤 일만의 군사를 데리고 몰래 떠난 것이 원인이었지만 한동안 이들이 떠난 것은 알려지지 않았다.

방어선을 구축하고 적을 공격할 태세를 갖추고 있던 고인의는 대조영이 하는 모든 일들을 지켜보았다. 자신이 나설 수 있는 상황이 아니기 때문에 아무 말도 하지 않았다. 다만 요즘 들어 그가 느끼는 것은 이전까지 열세의 군사를 이끌고 전투를 벌일 때의 대조영과 많은 군사를 거느린 요즘의 모습은 분명 다르다는 것이다. 한나라 한신이 창고지기로 있을 때는 자신의 역량을 발휘하지 못했지만 대장군이 되고 난 뒤 자신의 군사적 역량을 다다익선(多多益善)이라 표현한 것처럼 대조영도 과연 그럴 것인가 궁금하기도 했다. 무엇보다도 자신의 고향으로 돌아온 뒤 지형, 지물을 이용하는 그의 군사적 역량은 자신을 앞서는 것 같아 그는 나서지 않기로 했다.

아속리계는 첩자를 보내 대조영의 동정을 살폈다. 목단령에 단단한 방어벽을 구축한다는 첩보가 계속 들어왔다. 아속리계는 이는 목단령 북쪽은 우리에게 내주겠다는 의도라고 생각했다. 목단령을 경계로 남쪽과 북쪽으로 나눠 북쪽은 흑수부말갈이, 남쪽은 대조영이 지배하는 것도 괜찮은 것 같았다.

어차피 말갈족은 남부 말갈족과 북부 말갈족으로 나뉘어 남쪽은 고구려가 북쪽은 흑수부말갈이 지배한 것이 관례였기에 대조영의 속셈이 옳은 듯도 했다. 그렇다면 이제 전쟁을 정리할 때가 되었다. 언제까지 이곳에 머물 수는 없었다. 아속리계는 다른 부족의 추장을 불러 입수한 첩보를 전하며 자신의 생각을 말했다.

"이제는 철수해야 할 것 같소."

"대조영이라는 놈은 쉽게 이 땅을 포기하지 않을 것이오."

솔빈 성주는 여기에서 싸움을 멈추는 것이 몹시 섭섭했다.

"어차피 저들도 추운 땅에 대한 통치는 자신이 없을 것이고 우리도 또한 낯선 산악지대를 지배하는 것이 자신 없는 일이오. 놈들이 목단령에 방어벽을 쳤다 하니 그곳을 경계로 남북이 나뉘는 것도 괜찮은 것 같소. 우리도 이곳에 방어벽을 쌓고 더 이상 남하하지 않는 것이 좋을 것 같소."

아속리계는 솔빈 성주의 말에 반대했다. 굴돌부, 불열부, 안거골부 추장도 자신들이 이룩한 결과에 만족하며 고개를 끄덕이는 것으로 아속리계의 생각에 동의했다. 위덕주만 불만에 찬 표정을 짓고 있을 뿐이었다.

"솔빈 성주께서 흩어진 부족을 찾아 이곳 동모산에 방어선을 쌓고 솔빈 땅과 이곳을 함께 통치하시는 것이 좋을 것 같소."

흑수부말갈 추장 아속리계는 새로운 제안을 했다. 애써 점령한 이 땅을 솔빈 성주에게 맡기려 한 것이다.

"그래도 되겠습니까?"

솔빈 성주는 속말말갈의 땅인 동모산까지 자신에게 주겠다는 말에 갑자기 얼굴에 희색이 만연해졌다.

"우리는 우리의 고향 땅이 있기 때문에 낯선 곳에 와서 살 수가 없소. 이곳은 솔빈 땅과 가장 가까우니 당연히 솔빈 성주가 다스려야지요."

아속리계는 웃으면서 말했다.

"감사합니다."

네 부족의 부족장들이 모였지만 전통적으로 북부 말갈족 중 가장 강한 부족은 흑수부말갈이었다. 아속리계는 사실상 이들의 패자(覇者)였다. 그래서 나머지 네 부족의 장은 아속리계의 말에 귀를 기울일 뿐 쉽게 이견을 내지 못했다.

"이제부터 우리 다섯 부족은 보다 강한 결속력을 지녀야 할 것이오. 남쪽이 대조영을 중심으로 단일 세력을 형성했기 때문에 우리도 연합세력을 형성해야만 저들에 맞설 수 있을 것이오. 불열부, 안거골부, 굴돌부, 호실부, 그리고 우리 흑수부 중 어느 한 곳이라도 대조영의 공격을 받게 되면 나머지 네 부족은 자동적으로 전쟁에 개입하여 적을 공격해야 할 것이오. 부여의 사출도 전술처럼 북쪽은 우리 흑수부, 서쪽은 불열부, 동쪽은 안거골부, 남쪽은 호실부가 각각 자신의 지역을 방어해야 할 것이오."

아속리계는 연합군을 말하며 북부 말갈의 결속을 다졌다.

"옳은 말씀입니다. 대조영에 맞서기 위해서 우리는 연합 세력을 형성해야 합니다."

안거골부 추장이 동의하고 나섰다.

"자, 이제 우리는 이곳의 방어를 호실부의 솔빈 성주에게 맡기고 철군할 준비를 합시다."

"그래도 좀 더 적의 동태를 살핀 후에 떠나는 것이 좋지 않겠습니까?"

솔빈 성주는 걱정이 되어 말했다.

"염려 마시오. 적이 목단령에 강한 방어선을 구축했으니 대규모 침입은 없을 것이오. 또한 이제 우리가 동맹을 맺었으니 적이 침입하면 당장 달려올 것이오. 아무 걱정 마시오."

아속리계는 솔빈 성주를 달래며 회의를 마쳤다.

다음날부터 흑수부말갈과 안거골부, 불열부, 굴돌부는 철군준비에 들어갔다. 철군준비라 해야 자신들이 노략한 재물과 여자를 챙기는 것에 불과했지만 마음이 바빴다. 솔빈 성주는 흩어진 자신의 부하들을 모으고 항복한 속말말갈 사람들을 자신의 부대에 편성시키는 등 매우 분주하게 움직였다.

"대조영이 공격해왔습니다."

적이 내습했다는 뜻밖의 소식이 전해졌다. 이제는 당분간 전투가 없을 것이라 생각하고 철군준비를 서두르고 있었는데 예상 밖이었다.

"적의 병력은?"

"오백 정도입니다."

"하하하! 무시해라. 그 정도의 국지전은 앞으로 수시로 일어날 것이다."

역시 예상대로였다. 아속리계는 전혀 개의치 않고 철군 준비만 서둘렀다.

"적장은 대조영의 아들이라고 합니다. 놈의 기세가 만만치 않아 피해가 속출합니다."

솔빈 성주가 오백 명밖에 안 되는 적을 요리하지 못하고 귀찮게 굴었다.

이미 철군할 마음을 정했기에 이곳의 자질구레한 일은 관여하고 싶지가 않았다.

"대조영의 아들이든 할아비든 이제 이곳은 솔빈 성주의 관할이 되었으니……, 지금 뭐라 했소. 대조영의 아들이라 했소?"

"그렇습니다. 대조영의 장자입니다."

그렇다면 말이 달랐다. 대조영의 아들을 사로잡아 놈을 볼모로 잡는다면 상황이 달라질 수 있었다. 자신이 말갈족 전체의 패자(覇者)가 될 수도 있었다.

"놈을 사로잡아라!"

공격 명령을 내렸다. 정예 병사 일만 명을 동원시켰다.

동모산성은 아직 완성된 상태가 아니었다. 사방에 목책을 쳐 방어벽을 친 후에 흙과 돌을 쌓아 산성을 쌓는 중이었다. 그나마 흑수부말갈의 침공 이후 목책이 다 뽑혀졌기에 대무예의 공격은 매우 손쉬웠다.

대무예는 사촌형 대일하와 함께 동모성 안으로 깊이 들어가 흑수부말갈 연합군을 닥치는 대로 유린했다. 졸지에 기습을 당한 흑수부말갈은 당하기만 했다. 그러나 수적으로 워낙 우세하였기 때문에 금방 반격했다. 적이 반격을 시작하면 대무예는 군사들을 물려 급히 도망갔다. 하지만 적들은 어쩐 일인지 추격하지 않았다.

이러기를 수차례 반복하는 동안 대무예는 적들이 추격 의지가 없다는 것을 알게 되었다. 아버지는 분명히 적들을 유인해 오라고 하였는데 적들의 반응이 없으니 답답하였다.

"나는 대조영의 아들 대무예다. 나를 당할 놈이 있으면 나서라."

이날도 대무예는 적진 앞에서 크게 외치고는 곧바로 동모성 안으로 돌격했다. 그의 뒤에는 오백의 군사들이 뒤따랐다.

"와~"

이제는 타성에 젖은 함성을 지르고 적진으로 달려들었다.

"공격하라!"

이전과 달리 갑자기 공격소리가 들리며 동모성 안에서 수만의 적들이 몰려 나왔다. 말 그대로 밀물처럼 밀려 나왔다. 적들이 오히려 기다리고 있다가 기습한 것이다. 대무예는 당황했다. 수차례 공격이 너무 손쉽게 이뤄지자 적을 너무 가볍게 본 것이다.

"후퇴하라!"

한 번 싸워 보지도 못하고 후퇴할 수밖에 없었다. 대무예는 한참을 도망쳤다. 이전에는 이 정도면 적들이 쫓아오지 않았다. 그런데 이번에는 달랐다. 적이 계속 추격해왔다. 그것도 아주 적극적으로.

"이게 어떻게 된 거지?"

곁에 있는 대일하에게 물었다.

"이제야 대조영의 아들이라는 말이 저들에게 먹힌 것 같아."

"그렇다면 이제 놈들은 나를 잡으려 달려들 것 아닌가?"

"당연하지. 원래 우리가 노린 것이 그것 아닌가?"

그때서야 대무예는 자신이 얼마나 힘든 임무를 맡고 있는지 느낄 수 있었다.

"살아서 돌아갈 수 있을까?"

"해봐야지."

대일하는 대무예와 말머리를 나란히 하며 도망갔다.

흑수부말갈 연합군은 사나운 기세로 달려들었다. 아군의 숫자는 점점 줄어들었다. 대무예도 여러 번 잡힐 뻔 한 위기가 있었다. 그때마다 대일하와 함께 싸워 위기를 넘기곤 했다. 대일하의 활솜씨는 매우 뛰어나서 실수하는 법이 없었다. 맥궁이라 불리는 그가 지닌 활은 사정거리가 멀었을 뿐 아니라 위력 또한 대단하여 적에게는 큰 위협이 되었다. 대무예의 창 솜씨도 대일하 못지않았다. 그의 창 솜씨는 여러 번의 위기에서 그를 벗어나게 만들었다.

아속리계는 솔빈 성주와 함께 추격전에 참가했다. 선봉에 서진 않았지만 멀찍이서 뒤따르며 상황을 점검했다. 어린놈의 무예가 얼마나 뛰어나든지 잡힐 듯하면서도 대무예는 잡히지 않았다. 벌써 팔십 리 이상을 추격한 것 같았다. 조금만 더 가면 목단령이었다. 그 전에 사로잡아야 했다.

"목단령에 도착하기 전에 놈을 사로잡아야 한다. 좀 더 빨리 달려!"

아속리계는 군사들을 다그쳤다. 그냥 죽이는 것이면 쉬울 수도 있지만 꼭 사로잡아야 했기에 어려웠다. 죽이는 것은 아무 의미가 없었다. 사로잡아야만 그를 볼모로 대조영을 위협할 수 있었다. 이제 대무예를 뒤따르던 부하들이 거의 자취를 감춘듯했다. 일백여 명만이 대무예를 따르고 있었다. 이들의 충성심이 뛰어나 위기 상황에서도 자신들을 희생하면서 대무예를 감싸고 달렸다.

"목단령이다!"

누군가의 입에서 안도의 소리가 터져 나왔다. 이제 조금만 더 가면 방어벽 아래를 통과할 수 있었다. 목은 타들어 가고 말도 지쳐 점점 속도가 떨어졌다. 대일하도 갖고 있던 화살을 다 쐈는지 더 이상 활을 쏘지 않았다. 오직 창에만 의지하여 위기를 견뎌냈다. 그 사이 적과의 거리가 다시 좁혀지고 적들은 대무예를 에워싸고 공격을 가하기 시작했다. 이것이 마지막 기회인 줄을 알기에 흑수부말갈군은 사력을 다해 덤벼들었다. 대무예와 대일하는 창을 빼들었다. 달려드는 적과 접전을 벌이며 함께 목단령을 향해 빨려 들어가고 있었다.

점점 목단령이 가까워 오자 아속리계는 문득 적의 전략에 속았다는 생각이 들었다. 저 너머에 적들이 무수히 많다는 것을 알고 있었는데 정신없이 이곳까지 온 것이다.

"말을 멈춰라!"

눈앞에 대무예가 있었지만 더 이상 적의 경계 안에 들어갈 수 없었다. 대조영이 자신들을 이곳으로 유인하기 위해 아들을 보냈다는 것을 새삼 깨달은 것이다. 순간 대조영이 참으로 무서운 사람이라는 것을 알 수 있었다.

"왜 말을 멈춥니까? 조금만 더 쫓아가면 되는데."

솔빈 성주가 안타까운 듯 말했다.

"적의 꾐에 빠졌소. 분하지만 이쯤에서 동모성으로 되돌아간다."

아속리계는 간략하게 자신의 생각을 말한 후 후퇴 명령을 내렸다. 머잖아 적들이 추격해 올 것이라는 생각과 함께.

"와~"

예상대로였다. 목단령에서 수만을 헤아리는 군사들이 쏟아져 나왔다. 조금만 더 깊이 들어갔으면 매복에 걸릴 뻔 했다. 아찔한 순간이었다. 다행이 뒤늦게나마 상황을 깨달았기에 큰 피해를 입지 않았다. 적들이 추격해 왔지만 거리가 멀었기에 걱정할 필요는 없었다.

아속리계는 동모성을 향해 말을 달렸다. 드디어 동모성이 눈에 들어왔다. 적들은 계속 추격해왔다. 이곳은 자신들의 새로운 본거지였다. 여기서라면 얼마든지 놈들과 한 번 붙어볼만 했다. 성 안으로 들어간 그는 곧바로 전군에 비상령을 내려 군사를 끌어 모았다. 적들은 동모성 안까지 추격해 들어왔다.

"공격하라!"

적이 이곳까지 들어와 준 것이 참 고마웠다. 백병전이라면 흑수부말갈을 당할 부족이 없다는 자부심이 있었기 때문이다. 치열한 접전이 벌어졌다. 대조영이라는 자도 만만치 않았다. 전장에서는 절대 물러서지 않는 것이 흑수부말갈의 관습이었는데 대조영의 부대도 다르지 않았다. 그냥 앞으로만 전진할 뿐이었다. 호전적인 두 진영 간의 전투는 치열했다. 누가 우위라고 말할 수도 없었다. 다만 독하다는 말밖에 할 수 없었다. 도끼에 오른 손이 찍히면 왼손에 창을 잡고 적을 찔렀다. 주변에 동료들이 쓰러져도 물러설 생각이 없었다.

"급한 전갈입니다."

한참 접전이 벌어지고 있는 중에 갑자기 사령이 달려왔다.

"무슨 일인가?"

"염주성 해군이 흑수부말갈과 불열부, 안거골부의 지역을 기습했다고 합니다. 흑수부말갈의 본거지는 완전 쑥대밭으로 변했다 합니다."

"뭐라고!"

이쪽에서 시간을 끄는 사이 저들이 엄청난 일을 저지른 것이다. 두 다리에 힘이 빠졌다. 검을 잡고 있는 어깨가 무너져 내리는 듯 했다. 집에 두고 온 아내와 아이들 생각이 났다. 마음이 급해졌다.

"후퇴하라. 흑수부말갈 땅으로 되돌아간다."

오로지 앞으로만 전진하던 흑수부말갈 전사들은 갑작스런 후퇴 명령에 당황해 하며 불쾌해 했다. 그러나 후퇴명령의 이유를 전해들은 그들은 안절부절하지 못했다. 자신들은 남의 땅을 짓밟고 약탈했으면서도 자신들의 부락이, 가족이 약탈당한다는 소식에 분개한 것이다. 마음이 바빠졌다. 접전 중에 내린 후퇴 명령에 그동안 싸 두었던 보화며 옷가지며 토기며 여자를 챙길 틈이 없었다. 곧바로 말을 탄 채로 등을 돌려 동모성을 빠져나가기 시작했다. 지금 이들에게는 누구의 명령도 통하지 않았다. 가족들의 안위를 걱정하는 마음만이 이들을 움직였던 것이다.

후퇴할 때의 모습은 오합지졸의 모습 그대로였다. 오로지 먼저 집으로 돌아가기 위해 애쓰는 모습이었다. 대조영은 추격의 고삐를 늦추었다. 그리고는 도망치는 저들의 뒷모습을 보면서 미소만 지었다.

날씨가 점점 추워졌다. 산을 가득 메운 단풍은 하나씩 찬바람에 낙엽이 되어 나뒹굴 무렵이었다. 달리는 말에 채찍을 가하며 앞만 보고 달리는 흑수부말갈 연합군은 지친 모습이 역력했다. 대조영이라는 사람이 쉴 틈을 주지 않고 추격해왔기에 제대로 잠도 자지 못했다. 하지만 조금만 더 달리면 해랑하(海狼河)였다. 이 강만 건너면 안거골부 땅이었기에 안심이었다. 아무리 승기를 탔다 해도 남의 땅에서 자신 있게 싸울 수는 없는 것이었다. 해랑하만 건너면 대조영의 추격도 끝나리라 생각하고 마지막 힘을 내었다.

"와~"

그런데 해랑하를 불과 십리 앞 둔 이룡산 옆구리에서 갑자기 수많은 군사들이 쏟아져 나왔다.

"저놈들은 누구냐?"

아속리계는 떨리는 목소리로 외쳤다. 여기서 한 번 더 공격을 받으면 살아날 방법이 없을 것 같았다. 아군은 이미 지쳤을 뿐 아니라 전의가 사라졌다. 실제 전투에서는 크게 뒤지지 않았음에도 불구하고 뜻하지 않은 기습과 역습으로 마음속에는 패배감만이 가득했다.

이룡산에 매복해 있는 동안 걸사랑의 마음은 복잡했다. 자신들의 근거지인 동모산이 짓밟혔는데 그곳에는 가지 않고 북쪽의 이룡산에 숨어 있는 것이 과연 올바른 전술인가 의심이 되었다. 하루하루 지나면서 불안감과 불만이 교차했다. 하지만 그동안의 전투에서 대조영이 보여줬던 역량과 함께 그가 세워 나가는 군기의 엄함이 그를 이룡산의 차가운 숲 속에 가둬 놓았다. 이레가 되던 날 과연 노란 먼지를 일으키며 다급한 발자국 소리와 함께 흑수부말갈 놈들이 나타났다.

"공격!"

놈들의 모습이 보이자마자 걸사랑은 공격 명령을 내렸다. 속말말갈의 분노는 대단했다. 자신들의 삶의 터전을 짓밟은 놈들에 대한 복수의 마음에 닥치는 대로 찌르고 베었다. 걸사랑이 이끄는 속말말갈이 기습을 감행하자 느릿느릿 추격해 오던 대조영도 추격의 고삐를 바짝 죄어 적의 후미를 공격하기 시작했다.

이런 곳에서 앞뒤로 적이 나타날 것이라고는 상상조차 하지 못했던 흑수부말갈 연합군은 완전 전의를 상실하고 말았다. 싸울 생각을 하지 못했다. 잡히면 죽는다는 생각으로 적이 보이지 않는 곳으로 도망가기에 급급했다. 순식간에 흑수부말갈군 시체가 들판을 가득 메웠다. 만주 벌판에서 가장 잔인하다는 이리의 본거지인 해랑하 앞 들판에는 이리 떼가, 하늘에는 까마귀 떼가 새까맣게 몰려들기 시작했다.

"이대로 가다가는 다 죽습니다. 항복해야 합니다."

불열부 추장은 다급한 목소리로 아속리계에게 말했다.

"항복해도 다 죽소. 그냥 싸우다 죽는 것이 저승에서 조상을 만나도 부끄럽지 않을 것이오."

아속리계는 죽음을 생각했다.

"그래도 모릅니다. 한 번 항복해 봅시다."

안거골부 추장도 항복을 권했다.

"당신들이나 항복하시오. 난 항복하지 않을 것이오."

아속리계는 두 사람에게 등을 돌린 채 긴 칼을 뽑아들고 아비규환의 전장 속으로 말을 달렸다. 오래지 않아 그의 모습은 흙먼지에 섞여 보이지 않았다.

"항복합시다. 대조영에게 자비를 구해 봅시다."

안거골부는 더 이상 싸우는 것은 무의미하다고 생각했다. 그는 길게 땋은 머리를 베어 창끝에 매달아 항복의 뜻을 전했다.

"무기를 버려라. 항복한다!"

안거골부와 불열부 군사들은 추장의 뜻에 따라 무기를 버렸다. 순간적으로 대조영의 군사들은 주춤했다. 그 틈을 이용하여 흑수부말갈의 군사들이 포위망을 빠져 나갔다.

"끝까지 추격하라!"

대조영은 추격을 명했다. 어차피 저들의 영역은 이미 염주성의 해군들이 지키고 있기 때문에 도망을 가 봤자 결국은 포위망에 갇히는 것이라 별 의미도 없는 것이었다. 시간의 차이만 있을 뿐이었다.

아속리계는 안거골부와 불열부가 항복하는 틈을 이용하여 포위망을 뚫을 수 있었다. 이제 조금만 더 가면 해랑하였다. 이 강만 건너면 안심이라는 생각에 뒤돌아보지 않고 앞만 보고 달렸다. 뒤에서는 대조영이 추격해왔다. 정말 끈질기고 잔인한 놈들이라는 생각이 들었다. 천하에 자신들보다 더 독한 놈들이 있을 것이라고는 생각지도 못했다. 드디어 해랑하가 보였다. 강이 아직 얼지는 않았지만 가을 가뭄으로 강을 건너는 데는 큰 어려움이 없었다.

"와~"

강안너머 숲 속에서 또 다시 큰 함성과 함께 화살이 날아오기 시작했다. 채 강을 건너기도 전이었다. 도대체 어떻게 된 영문인지 알 수 없었다. 대조영의 전략이 너무나 깊고 깊다는 생각밖에 들지 않았다. 더 이상은 무리였다. 어느 곳으로 도망가든지 대조영의 군사가 지키고 서 있을 것 같았다.

'항복하자. 조상님들도 이해해 줄 것이다.'

아속리계는 길게 땋은 머리를 베어 창끝에 매달았다.

4. 발해

대조영은 포로로 잡은 아속리계와 안거골부, 불열부, 굴돌부 말갈의 추장과 솔빈 성주 위덕주를 이끌고 동모성으로 되돌아 왔다. 그는 이들을 그동안 많은 피해를 입은 속말말갈인들이 쳐다보는 가운데 처형할 생각이었다. 속말말갈인들로 하여금 마음껏 복수할 기회를 줌과 동시에 자신의 위상을 높이고 싶었던 것이다.

머리카락이 잘린 모습으로 맨발에 다 해어진 옷을 입고 두 손이 묶인 채로 끌려오는 흑수부말갈 연합군의 포로들을 보면서 동모성의 백성들은 환호했다. 더러는 포로들을 향해 침을 뱉기도 하고 돌을 던지기도 했다.

"대조영 만세!"

또 한쪽에서는 자신들의 추장인 걸사랑 대신 대조영을 환호하는 목소리가 들리기 시작했다. 그 소리는 삽시간에 메아리가 되어 온 동모산에 울려 퍼졌다.

'대조영 만세! 대조영 만세!'

하지만 되돌아온 동모성은 불타버려 제대로 묵을 곳이 없었다. 대조영은 다른 곳으로 주거를 옮기는 대신 천막을 치며 동모성 재건에 대한 의지를 밝혔다.

"나는 이곳을 떠나지 않는다. 이곳에 왕도를 세우고 나라를 세울 것이다."

대조영은 자신의 참모라 할 수 있는 자들을 다 불렀다. 대해영, 고인의, 미발계, 걸사랑 그리고 아들 대무예와 대문예, 조카 대일하 뿐 아니라 백산부와 속말말갈의 추장들까지 다 동모성으로 불렀다.

"요동과 요서에 있을 때 나는 고구려의 부흥을 위해서 많은 노력을 기울였다. 그때 나는 주몽대왕의 혈통을 이어 받은 고구려의 마지막 대왕이신 보장왕을 왕위에 세우려 애썼다. 그 때는 여러 종족이 모였기 때문에, 그들을 통합하기 위해서 어쩔 수 없는 선택이었다. 하지만 지금은 아니다. 이제는 옛 조선과 고구려로 이어지는 우리 예맥족의 전통을 더 이상 남에게 맡길 수 없다. 내가 왕이 되어 옛 조선과 고구려의 부활이라는 시대적 소명을 다할 것이다.

이제는 제사장이 필요한 시대가 아니다. 따라서 단군의 혈통이 필요 없는 시대다. 강하고 힘 있는 자가 조선과 고구려의 전통을 이어야 한다. 그렇지 못하면 화하족이 세운 당나라에 의해 우리 민족은 고통 받을 것이고 오랜 우리의 전통과 문화가 다 멸절되고 말 것이다.

다행히 내 아버지에 의해 염주성이 온전하였고 또 이를 바탕으로 아버지께서는 책성과 속말, 백산부말갈을 통합하셨다. 나는 그 뜻을 이어받아 사방에 흩어져 있는 예맥족을 통합하여 다시 고구려를 부흥시킬 것이다."

대조영은 나라를 세우겠다는 뜻을 분명히 밝혔다. 참석자들 중 어느 누구도 감히 이에 반대하는 자는 없었다. 이번 전쟁의 완벽한 승리로 인해 이제 대조영은 자신들이 감히 바라볼 수 없는 존재라는 것을 인식하게 된 것이다.

"옛날 중국인들은 조선을 진국(震國)이라 불렀다. 주역의 괘에 의하면 진(☳)은 동쪽을 뜻하면서 동시에 불을 뜻한다. 따라서 진국은 밝은 해의 나라, 불의 나라라는 뜻이다. 우리 조상들은 나라이름을 부여, 비류[5] 등 다 '불' 이라 불렀다. 나는 우리나라의 새로운 나라 이름을 '불' 이라 부르려 한다. 그래서 국호를 한문식으로는 진(震) 고구려 말로는 옛 조선의 이름을 본받아 '밝은 해' 의 나라라는 의미의 '밝해(발해)[6]라고 부른다. 다만 '발해' 라는 국호는 요동 땅을 완전히 점령한 뒤에 부를 것이다. 고구려와 옛 조선의 땅인 요동을 점령한 뒤에는 옛 조선의 이름을 계승하여 발해라 부를 것이다. 그때까지는 국호를 진(震)이라 할 것이다.

또한, 고구려는 독자적 연호를 썼다. 우리도 독자적 연호를 사용한다. 내가 생각한 연호는 천통(天統)이다. 하늘의 뜻을 이어받은 나라라는 의미다. 따라서 올해는 천통 원년에 해당한다."

대조영은 염주성 앞바다를 바라보며 구상했던 자신의 생각을 하나씩 발표하기 시작했다.

"나는 부여와 고구려의 전통을 이어받아 행정구역을 다섯 지역으로 나누고자 한다. 부여의 마가, 우가, 저가, 구가가 각각 동서남북에 위치하여

---

5) 비류, 부여 등은 다 우리말의 한문식 음차로 신채호 선생은 그 뜻을 '불' 이라 했다. 그래서 우리 나라에는 유난히 부여라는 국호가 많았다. 부여(해부루가 세운 나라), 북부여(해모수가 세운 나라), 남부여(백제), 동부여(해부루가 해모수에 쫓겨난 후의 나라, 금와왕의 아들 대소 때 망함) 등이 그러하다.

6) 발해(渤海)라는 국호와 지역은 전혀 맞지 않는다. 따라서 발해라는 국호는 다른 의미가 있다고 생각한다. 나는 진국(震國)이라는 이름과 발해라는 이름이 동일한 뜻을 지녔다고 생각한다. 주역에 의하면 진은 우레, 불의 의미를 지니며 동시에 동쪽을 가리킨다. 이는 고구려 이전에 이 지역에 있었던 부여라는 이름의 한역(漢譯)이라 생각한다. 이를 당시 순수 우리말로 부르면 '밝은 해' 의 나라가 될 수 있다. 그래서 진과 발해는 같은 의미인데 후에 발해를 중국식 표기로 하는 과정에서 渤海라는 국호가 등장하지 않았나 생각한다.

그 지역을 방어하였듯이[7] 고구려도 순나부, 연나부, 관나부, 절나부의 네 부족이 동서남북을 담당하여 왕족인 계루부를 지켰다. 나도 이를 본받아 이곳 동모산에 중경을 만들고 동경, 서경, 남경, 상경을 두어 동서남북의 행정, 군사 중심지로 삼으려 한다. 남경은 대당(對唐) 전진기지로 삼고, 서경은 돌궐과 거란족, 동경은 일본과 신라에 대한 방어벽 및 무역의 중심으로 삼는다. 상경은 흑수부말갈에 대한 방어벽 및 무역로로 삼는다. 동경은 책성, 남경은 국내성, 서경은 부여성, 상경은 불열부 땅에 설치할 것이다."

대조영은 자신이 구상한 기본적인 행정구역과 대외 관계까지 다 밝혔다.

"앞으로 우리가 상대해야 할 적은 신라와 당나라, 그리고 거란족이다. 이 중 거란과 돌궐은 가급적 아군으로 만든다. 하지만 당나라와 신라는 고구려를 멸망시킨 나라로 원수의 나라다. 저들과는 끝까지 싸운다."

진국의 적대국가와 선린국가까지 대조영은 밝혔다.

"이번에 포로로 잡은 흑수부말갈과 불열부, 안거골부, 굴돌부 추장과 솔빈 성주의 목을 제단에 바쳐 하늘에 제사지내고 나라를 세웠음을 공포할 것이다."

대조영은 일사천리로 자신의 생각을 다 밝혔다. 이때까지 모든 좌중들은 숨죽이며 그의 말을 경청하기만 했다.

"그들을 죽여서는 안 됩니다."

침묵을 깨고 고인의가 말했다.

"그들을 죽여서 나에게 저항하는 자는 어떤 말로를 맞는지 똑똑히 보여

---

7) 이를 '사출도' 라한다. 사출도는 행정구역과 군사조직을 동시에 가리키는 말로 부여를 이루었던 네 부족이 각각 분포한 지역을 의미하면서 동시에 이들이 담당했던 방어지역을 가리키는 말이다.

주려 한다. 이것이 내가 정한 원칙이다. 그렇지 않으면 나라의 기틀을 세울 수가 없다."

대조영은 강경한 태도를 고수했다.

"지당하신 말씀입니다. 하지만 이제는 우리 예맥족을 아울러야 할 시간입니다. 순나부 땅에서 더 이상 대왕님께 저항할 세력은 없습니다. 저들은 이제 대왕님의 백성이 되어야 합니다. 나라를 세우는 거룩하고 성스러운 순간에 자비를 베푸는 것은 역대 어느 왕조, 어느 왕이나 다 해온 것입니다. 만약 이 이후로도 저들이 저항을 한다면 그때는 그에 합당한 처벌을 하셔도 늦지 않다고 생각합니다. 마지막으로 한 번 자비를 베푸시어 화합을 이끌어 내십시오."

고인의는 어느새 대조영을 대왕이라 부르며 그를 설득하려 했다.

"고 선생의 말도 일리가 있네. 하지만 내가 세운 원칙이 더 중요해! 그것은 단순히 지금 이 순간에 필요한 것이 아니라 나중에 요동 땅을 정벌하는 동안에도 꼭 필요한 원칙일세."

"이번 전투에서 저들은 대왕님의 능력을 봤을 것입니다. 저들이 기선을 제압하여 유리한 위치에 있었음에도 말입니다. 하지만 저들은 대왕님의 뛰어난 전략과 용맹 앞에 제압당했습니다. 그것도 완벽하게 말입니다."

"……."

대조영은 고인의가 추켜세우는 말에도 표정의 변화 없이 듣기만 했다.

"흑수부말갈은 말갈족 중에서도 가장 잔인하고 용맹하다는 부족입니다. 항복하는 것을 가장 수치스럽게 생각하는 부족입니다. 그럼에도 불구하고 저들은 결국 항복을 택했습니다. 북부의 모든 부족들이 속수무책으로 당한 것입니다. 저들은 대왕님을 두려워하고 있습니다. 죽이지 않아도 말입니다. 이럴 때 저들을 살려준다면 저들은 대왕님의 자비에 감격하여 충성을 다할 것입니다. 앞으로의 요동 진출에도 저들은 앞장을 서서 대왕님의 은혜를 갚으려 할 것입니다. 그렇게 된다면 그 효과는 저들을 죽여서 얻는 것보다 훨씬 클 것입니다."

고인의는 간곡하게 저들을 살려야 하는 이유를 말했다.

"……."

하지만 대조영은 묵묵부답이었다.

"두 분의 생각은 다르지만 목적은 같다고 생각합니다. 결국은 대왕님의 위엄을 보이고 나라를 강하게 만들겠다는 목적입니다. 제 생각에는 측근들마저도 두려워서 할 말을 못하는 그런 위엄을 세우기보다는 강해야 할 때는 강하게, 자비를 베풀어야 할 때는 자비를 베푸는 그런 대왕님의 모습을 보여주는 것이 더 나을 것 같습니다."

말석에 있던 대무예였다. 아직 스물도 안 된 그는 침묵을 지키는 어른들과 달리 자신의 생각을 소신 있게 말했다. 어쩌면 아들이기에 가능한 일인지도 몰랐지만.

"지금은 어느 때라고 생각하느냐?"

"강한 모습을 보이기보다는 자비를 베풀어야 할 때라고 생각합니다."

"너도 고 선생 편이냐? 하하하!"

대조영은 웃었다. 그리고는 끝이었다. 더 이상 그는 이 일에 대해 언급하지 않았다. 좌중들도 그냥 침묵만 지킬 뿐이었다. 이들 중 그 누구도 대조영의 생각에 어깃장을 놓고 싶은 생각이 없었다.

"앞으로 말갈족은 자신의 고향 땅을 지키고 살면서 나랏일에 협조해야 할 것이다. 가한은 각 부족의 방식대로 뽑아 세습하도록 한다. 하지만 큰 성에는 내가 직접 관리를 파견하여 나랏일의 효율성을 꾀할 것이다."

대조영은 화제를 다른 곳으로 바꾸었다.

"우리의 출발지가 어딘가를 생각한다면 책성이나 염주성에 왕도를 세워야겠지만 이곳 동모성이 나라의 중앙일 뿐 아니라 장차 요동 땅의 공략에도 적합한 곳이라 이곳을 떠날 수가 없다. 그래서 책성은 대해영에게, 염주성은 장간에게 맡긴다. 이 두 지역은 우리에겐 특별한 곳이니 두 사람은 바다로 들어오는 외침을 막아 주어야 할 것이다. 특히 책성은 대 신라 전에 매우 중요한 곳이니 철저히 방어해야 할 것이다. 미발계는 예전처럼 내 곁을 지켜야함은 물론, 동모성 방어의 책임도 져야 할 것이다."

대조영은 각 행정구역의 책임자를 정하고 해야 할 일까지 하나하나 지적한 다음 잔치를 베풀고 회의를 마쳤다.

염주성 가의 하얀 모래사장에 빨간 해당화 한 송이가 바닷바람을 받고 탐스럽게 필 무렵 연씨부인에게 비단에 곱게 써 내린 편지 한 통이 전달되었다. 아들 대조영이 보낸 편지였다. 아버지 걸걸중상을 세조로 추존하고 어머니 연씨부인을 대비, 자신은 진국의 대왕으로 등극한다는 내용이었다.

'이제는 나와 예맥족의 운명을 더 이상 남에게 맡기고 싶지 않아 나라를 세우고 제가 대왕으로 등극하여 우리 부여족의 풍습을 이어나가려 합니다. 견사자를 따라 중경성으로 오십시오.'

연씨부인은 아들이 왕이 된다는 소식에 감격했다. 고구려를 되찾겠노라며 홀로 요동성으로 떠난 지 실로 이십여 년 만이었다. 그 세월동안 망국민으로서 당한 설움이 너무 컸었다. 일본을 오가는 동안 신라의 간섭과 통제를 받아야 했으며, 책성에 주둔했던 당나라군의 끊임없는 견제를 받아야 했다. 이제 아들이 옛날 조선의 다른 이름이었던 진국의 왕이 되어 옛 조선과 고구려의 전통을 잇겠다고 하니 안심이었다. 아들이라면 충분히 해낼 수 있으리라 생각되었다. 순식간에 말갈족을 통일한 것처럼 신라와 당나라를 상대해서도 충분히 싸울 수 있을 것이라 확신했다. 그녀는 남편의 묘소를 찾아 대조영이 전해준 말들을 남편에게 다 말하였다. 그녀의 눈에서는 눈물이 멈추지 않았다.

"아들이 이런 모습으로 당당히 설 수 있었던 것은 다 당신이 든든히 버텨 준 덕분이라 생각됩니다. 하늘에서도 아들과 또 후손들을 지켜봐 주십시오."

그녀는 남편의 묘소를 손으로 어루만지며 간절한 소망을 빌었다.

"당신을 여기에 홀로 두고 떠나려니 마음이 아픕니다. 하지만 이곳은 당신이 나고 자란 곳이니 해풍과 더불어 지내는 것이 답답한 산골에 지내는 것보다는 좋을 것입니다. 틈이 날 때마다 당신을 뵈러 오겠습니다."

연씨부인은 남편에게 작별인사를 고한 후 조상의 사당을 찾아 저간의 사정을 말한 뒤 조상들의 땅 염주성을 떠나게 되었음을 아뢰었다.

'열조시여! 당신들의 손자 대조영이 왕이 되어 이제 고향 땅을 떠나게 되었습니다. 간절히 비옵나니 후손들의 앞길을 열어 주옵소서. 전쟁에 나섰을 때는 힘을 주시고 지혜를 주시어 힘들게 세운 나라를 다른 이민족에게 빼앗기는 일이 절대 없게 하여 주시고, 우리 발해의 앞길이 영원하도록 음우(陰佑)하여 주옵소서.'

다음날 연씨부인은 조상들의 위폐를 마차에 싣고 자신의 혼(魂)과 육(肉)을 만들었던 염주성을 떠나 중경인 동모산성으로 향했다.

햇살은 남편의 머리에 왕관이 올려지는 모습을 감격스럽게 쳐다보았다. 아버지 고연이 비참한 모습으로 죽어 가면서도 끝까지 보고 싶어 하였던 고구려의 부흥을 이제 드디어 볼 수 있게 되었다. 그것도 남편을 통해서.

지나간 세월이 되새김질 되었다. 목 잘린 아버지의 시체를 수습하지도 못하고 포로가 되어 끌려가야 했던 피눈물 나던 순간, 노예생활과 다름없었던 포수 시절, 아무런 희망 없이 보내야 했던 무의미한 시간들, 남편의 기병(起兵)과 요동성 전투, 리하이구와의 접전 등 지나간 세월이 꿈만 같았다. 지금 이 순간 아버지가 살아 계셨으면 하는 생각이 간절하였다. 당나라군을 물리치고 대왕의 자리에 올라 고구려의 유업을 이어가는 이 당당하고 자랑스러운 사위의 모습을 보았으면 얼마나 기뻐하셨을까 생각하니 목이 메었다.

'아버지, 이 모습을 지켜보고 계십니까? 당신이 그렇게 소망하셨던 세상이 드디어 열렸습니다. 그것도 당시 사위에 의해서 말입니다. 저승에서라도 이렇게 힘겹게 세워진 우리나라가 지속될 수 있도록 도와주십시오. 당신의 외손자 대무예와 그의 후손들이 이 나라를 반석위에 올려놓고 그 문화의 꽃이 활짝 필 수 있도록 도와주십시오.'

그녀는 남편의 자랑스러운 얼굴을 들여다보며 돌아가신 아버지에게 진국의 영화가 지속되기를 간절히 기원하였다.

"우리 진국(震國)은 옛 조선과 부여, 그리고 고구려의 풍습을 잇는 나라임을 선포한다. 앞으로도 당나라와 신라에 대한 투쟁을 계속하여 우리 조상들이 잃었던 땅을 반드시 되찾을 것이다."

대조영은 대관식 날 진국의 정통성과 함께 나아갈 방향을 분명히 밝혔다.

"대왕 폐하 만세! 진국 만세!"

대관식에 참석한 백성들은 대조영과 진국을 연호했다. 대조영은 젊은 날을 바쳐 이루고자 했던 고구려 부활의 순간을 감격스럽게 만끽했다. 대관식이 끝난 후 대조영은 조상들의 위패를 옮겨 모신 동모산의 사당에 들렀다. 그 자리에서 그는 감격스런 목소리로 조상들에게 진국의 건국을 아뢰었다.

"끌어내라!"

대조영은 사당을 참배한 후 옥에 갇혀 있던 아속리계를 비롯한 북부말갈의 추장들을 불러내었다. 포로로 잡힌 후 한 번도 씻지 못하고 옷을 갈아입지도 못하여 냄새나고 더러운 모습으로 이들은 끌려 나왔다. 항복할 때 깎었던 머리는 다시 자라 이제는 제법 목을 뒤덮었지만 머리에는 이가 득실거려 쳐다보는 것도 불쾌할 정도였다.

"나는 조상들의 사당 앞에서 네 놈들의 피를 바쳐 고구려를 다시 찾겠다는 맹세를 하려한다."

"사~ 살려 주십시오."

끝까지 저항하였던 항자(降者)들을 어떻게 처리하였는지 잘 알고 있는 솔빈 성주는 필사적으로 자비를 구하였다.

"네 놈들은 내 아버지의 장례식을 이용하여 나를 공격한 놈들이다."

"죽을죄를 졌습니다. 한 번만 용서하여 주십시오."

솔빈 성주는 무릎을 꿇은 채 손이 발이 되도록 빌었다. 하지만 대조영의 태도는 냉정했다. 고인의는 더 이상 대조영에게 조언을 하지 않았다. 저들을 살려야 할 이유는 충분히 밝혔기 때문이었다. 결정은 대왕의 몫이었다. 더 이상 포로들이 보는 앞에서 자신의 생각을 펼쳐 보이고 싶지 않았다. 그것은 왕의 위엄과도 관련된 문제였다.

"용서하면?"

뜻밖의 태도 변화였다.

"살려만 주신다면 뭐든지 하겠습니다."

일말의 기대감으로 솔빈 성주는 애걸하는 듯한 표정으로 말했다.

"좋다. 오늘은 나라를 세운 뜻있는 날이라 한 번만 용서한다. 하지만 만약 이후 또 다시 나를 배반하거나 거역하면 그때는 네 목을 거둘 것이다."

"감사합니다."

"너를 다시 솔빈 땅의 성주로 임명하니 고향으로 돌아가라."

"예?"

너무나 뜻밖의 결정이었다. 솔빈 성주보다 더 놀란 사람은 고인의였다. 대조영이 이런 결정을 내릴 줄은 정말 상상하지 못했다.

"대신 네 아들을 나에게 보내라."

"성은이 망극합니다."

"또한 이제 솔빈 땅은 우리 발해의 일부가 되었으니 발해를 위해 훌륭한 말을 키우는데 조금도 게으름을 피워서는 안 될 것이야."

대조영은 뜻밖에도 그를 용서했다. 그는 밤새 고인의와 아들이 한 말의 의미를 생각해 보았다. 결국은 국익을 먼저 생각해야겠다는 판단이었다. 아들의 말처럼 지금은 강한 위엄을 내세우기보다는 자비를 베풀어야 할 순간이라는 것을 깨달았다. 그동안 말갈의 통일과정에서 자신이 보여준 권위는 단순히 공포에서 나온 것이 분명 아니었다. 수많은 전투에서 보여준 자신의 역량 때문이라는 고인의의 판단이 옳았던 것이다. 저들의 마음속에 대조영은 감히 맞설 수 없는 인물이라는 것을 충분히 각인시켰다고 생각했다. 그래서 이제는 자비를 베풀 때가 되었다고 판단한 것이다.

"네 놈들은 어떻게 할 것이냐?"

대조영이 어떤 인물인지 들어 알고 있던 안거골부와 불열부, 굴돌부 추장은 이미 체념하고 있었다. 살기를 포기하고 있었다. 그런데 의외로 솔빈 성주를 용서한다는 말에 귀가 번쩍 틔었다. 사실 아버지를 잃고 슬픔에 잠겨 있는 자를 공격한 것은 인륜에 비춰볼 때 있을 수 없는 일이었다. 그런 날 군사를 일으켜 공격한 죄는 마땅히 목숨으로 대신해야 했다. 그래서 그들은 자신의 목숨을 구걸하는 것이 아무 소용없는 일이라 단념하고 있었던 것이다.

"살려만 주신다면 무슨 일이든지 다 할 것입니다."

이제는 빌면 용서받을 수 있다는 생각에 이들은 머리를 조아리고 손이 발이 되도록 빌었다.

"좋다 네 놈들도 살려준다. 네 놈들도 고향으로 돌아가 네 종족을 다스려라. 다만 각각 오천 명의 군사를 징발하여 나에게 보내라."

"감사합니다."

두 사람은 머리를 조아리며 새로운 대왕의 은총에 감격해 했다.

아속리계는 굴복할 마음이 없었다. 하지만 이대로 물러서는 것이 너무나 억울했다. 흑수부말갈은 그 막강하던 고구려도 함부로 하지 못했던 종족이었다. 그런데 이런 애송이에게 굴복하는 것은 수치라 생각했다. 이곳에 끌려오는 동안 흑수부말갈의 추장답게 의연하게 죽으리라 다짐했다.

그런데 대조영이 자비를 베푸는 것이다. 갑자기 마음이 흔들렸다. 만약 이곳에서 살아 나가 고향 땅 흑수부로 돌아갈 수만 있다면, 그렇다면 얼마든지 재기할 자신이 있었다. 갑자기 그는 고민하게 되었다. 조금의 수치를 참고 알량하긴 하지만 목숨을 구하여 복수할 기회를 노리느냐? 아니면 흑수부말갈의 추장답게 깨끗하고 명예로운 죽음을 택하느냐? 삶과 죽음이 교차하는 결정을 순간적으로 해야 했다.

"네 놈은 어떻게 할 것이냐?"

마침내 대조영은 아속리계에게도 의향이 어떠한지 물었다.

"목숨만 살려주신다면 충성을 다하겠습니다."

아속리계는 실리를 택하였다.

"네 놈도 오천의 군사를 내게 보내라."

대조영은 마침내 자비를 베풀었다. 물론 조건을 다는 것이긴 했지만 지켜보고 있던 고인의의 입가에는 미소가 떠올랐다.

"네 놈들은 죽을 목숨이 살아났으니 앞으로 견마지로(犬馬之勞)를 다해야 할 것이다. 만약 그렇지 못하다면 내게 보내진 네놈들의 군사는 전부 다 목숨을 잃고 말 것이다. 알겠느냐?"

"예, 알겠습니다."

죽을 목숨이 살아나서인지 이들의 얼굴에는 희색이 돌았다.

"저들을 목욕시키고 깨끗한 옷을 내 주어라."

"성은이 망극합니다."

"잘 들어라. 나는 이제 흑수부말갈을 비롯한 북부의 말갈족까지 다 통합함으로 인해 이제 이 순나부 지역을 통일했다. 이제 우리는 모두 발해의 백성들이 되어 하늘이 우리에게 원하는 바를 해야 할 것이다. 나는 이제 요동으로 진출하려 한다. 요동에 있는 신성과 안시성, 요동성, 비사성 등 우리 민족의 기상을 떨쳤던 지역을 되찾아 옛 조선과 고구려의 영광을 되찾으려 한다. 이에 여러분들이 힘을 합쳐야 할 것이다."

5. 연정

두만강변의 첩뫼골, 머리에 두건을 동여 맨 사내 하나가 땀을 뻘뻘 흘리며 장작더미를 나르고 있었다. 두건 사이로 삐져나온 하얀 머리칼은 힘없이 바람에 날리었다. 휑한 넓은 마당 터에는 노랗게 변색한 잡초더미만 무성할 뿐 온종일 사람의 그림자라곤 보이지 않았다.

가마터를 한 바퀴 휘젓고 지나가는 두만강 줄기는 어느새 붉게 물들어 있었지만 찬바람이 만들고 간 쓸쓸한 기운이 주인장의 마음을 더욱 스산하게 만들 뿐이었다. 무거운 장작더미를 내려놓고 가마의 곁창을 힐끔 열어보는 주인장의 이마에는 오랜 삶의 훈장이 서너 줄 길게 패여 있었다. 불꽃은 여전히 홍시감빛이었다.

"오소리라도 한 마리 집어넣어야지. 이렇게 온도 올리기가 힘들어서야 원."

들어줄 사람이 없는 적막한 가마터에서 주인장은 곁에 사람이 있기라도 하듯 큰 소리로 말했다.

"종간나 아새끼들이 도망만 안 갔어도……."

장작을 더미 채로 가마 속에 집어넣으며 온도를 높이려 애쓰던 주인장은 마음대로 되지 않자 혼잣말처럼 중얼거렸다.

"내가 좀 도와줄까요?"

"그래, 거기 장작깨비나 좀 나르라우."

"알겠소."

"아, 뭐하고 있네. 빨랑 나르지 않구."

곁창을 통해 불꽃을 수시로 확인하며 주인장은 상대가 누군지도 확인하지 않고 소리부터 버럭 질렀다.

"장작개비가 있는 곳은 가르쳐 줘야 가져오든지 말든지 하지 않겠소?"

"눈깔은 찾으라고 달린 것임메. 님자는 눈깔이 없음메?"

주인장은 불꽃에서 눈을 떼지 못한 채 질책하듯 말했다.

"아 이놈의 종간나가 뭐하고 서있나, 날래날래 나르지 않고."

주인장은 자신의 앞을 어른거리며 떠나지 않는 그림자를 바라보며 계속 소리를 질렀다. 그의 눈은 곁창에 고정되어 있었다.

"허허허!"

중년의 나그네는 웃기만 했다. 주인장은 자신의 등 뒤에서 검은 그림자만 비추고 있는 사내를 향해 마침내 고개를 휙 돌렸다.

"이 놈의 종간나가 날래날래 나르라니깐……."

주인장은 소리를 한 번 꽥 지르고는 재빨리 다시 가마에 눈을 돌렸다. 그에게 지금 중요한 것은 온도를 올리느냐 못하느냐였다. 나머지는 아무 것도 보이지 않았다.

"아, 날래!"

또 다시 나그네가 머뭇거리자 노인네답지 않게 카랑카랑한 목소리로 또 다시 소리를 버럭 질렀다. 낯선 사내는 웃었다. 그리고는 노인네가 시키는 대로 장작을 나르기 시작했다. 비단 옷을 입은 것으로 보아 제법 신분이 높아 보였건만 그는 아무 소리 않고 장작 나르는 일에만 열중했다. 나그네의 제법 주름진 얼굴에 땀이 송글송글 맺히도록 장작을 날랐건만 노인네는 그만 두라는 소리를 하지 않았다.

"님자래 활 쏠 줄 아네?"

가마에 날라 온 장작을 집어넣으며 불꽃만 보고 있던 노인네가 불쑥 이상한 질문을 했다.

"활은 뭐하시게?"

"아, 묻는 말에 답이나 하기요."

"활은 자신 있소만."

나그네의 말에 노인네의 찌푸린 입가에 미소가 떠올랐다.

"고럼 날래 가서 토끼든, 여우든, 돼지 새끼든 뭐든 살아 있는 것 한 놈만 잡아 오기오."

"예?"

"날래!"

노인네는 또 다시 소리를 버럭 질렀다.

"아이구, 저놈의 영감탱이!"

갑자기 숲속 너머에서 탄식하는 소리가 들렸다.

"아 고기 있었음둥 뭐하고 있음메. 날래 나서서 장작이나 나르라우."

노인네가 이 소리를 어느새 들었는지 숲속의 주인공에게 관심을 돌렸다.

"저놈의 영감탱이가."

한 걸음에 마당에 내려선 구척장사는 노인네를 한 방 내리칠 기세였다. 하지만 노인네는 벌써 고개를 돌려 가마의 불꽃에만 집중했다.

"시키는 대로 해!"

나그네는 눈을 찡긋하며 장사에게 신호를 보냈다.

"아휴! 저 놈의 영감탱이를."

구척장사는 쉽게 분을 삭이지 못하고 주먹을 쥐락펴락했다.

"뭐하고 있음 둥. 불꽃이래 도로 빨개지지 않슴메."

주인장은 이번에는 구척장사를 향해 버럭 소리를 질렀다.

"영감탱이 좀 있다가 보자구!"

구척장사는 나그네가 눈치를 주었기 때문에 어쩔 수 없다는 듯 소매를 걷어붙이고 장작을 나르기 시작했다. 오래지 않아 전통을 메고 나갔던 나그네가 마당어귀에 다시 들어섰다. 그의 손에는 오소리 한 마리가 들려 있었다.

"저녁거리 잡아 왔소이다."

의기양양한 목소리였다.

"이리 가져 오라우."

주인장은 수고했다는 말 한마디 않고 사냥으로 잡은 오소리를 잡더니 가마의 문을 열고는 그 속에 휙 집어 던져 버렸다.

"그렇게 던져 버리면 어떻게 끄집어내오?"

"꼬집어 내서 모하간?"

"익으면 꺼내 먹어야 할 것 아니오?"

"지금 먹는 거이 문제간?"

"그럼 오소리는 뭐요?"

"온도가 안 올라가 서리 던져 놓었음메"

"예?"

"저거 보기오. 불꽃이 주황에서 파랑으로 흰색으로 변하지 않슴메."

주인장의 얼굴에는 마침내 미소가 떠올랐다.

"희안함메. 마지막 온도가 올라가지 않아 애간장이 탈 때 조롱게 살아 있는 생물을 던져 놓으면 온도가 올라간다 말임메."

"……."

"불은 짐생 구어 먹으라고 있는게 아님메. 만물을 변화시키는 것임메. 만물의 속성을 변화시키는 것이라 말임메. 돌 속에서 철을 빼내고, 흙은 단단하게 맨들고 말임메……. 그런데 임자래 뉘기우?"

원하는 온도가 올라가자 마치 꿈의 세계라도 갔다 온 듯 그제야 주인장은 상대의 낯설음을 깨달았다.

"알아 맞혀 보시오."

"내래 눈도 잘 안 보이는데 어캐 알간?"

"나 이달국이오."

"이달국?"

노인장은 이달국의 정체를 알지 못했다.

"혹시 걸걸중상 어르신을 기억하시오?"

"걸, 걸, 중, 상. 그 분이 아직도 살아 계심메?"

"돌아가셨소이다."

"큰 장사꾼이셨는데. 속 조분 놈들과는 달랐재비. 안 됐습메."

"그분의 심부름으로 이곳을 드나들던 이달국이라는 사람이오. 이곳을 드나든 지 이십년도 넘었으니 못 알아 볼 법도 하오만."

"아 생각남메. 반갑구래."

주인장은 나그네의 아래 위를 한동안 훑어보다 얼굴 자태의 낯익음을 기억해 냈다.

"임자래 녕두성으로 떠났다는 소문이 있던데."

"맞소이다."

"근디 요겐 무신일로 왔슴메?"

"주문 좀 낼까 해서 왔소이다."

"무시기 주문?"

"무쇠."

"내래 이제 무쇠 안 만들메. 자배기 만들메."

"자배기? 그럼 저 가마도 자배기 만드는 가마란 말이오?"

"그렇슴메."

"무쇠 만드는 솜씨야 아바이를 따를 사람이 없었는데 어쩌다가 자배기나 만들고 계시오."

"임자래 아직도 고구려가 망한 거 모르는 거 아님메?"

주인장은 어이없다는 표정으로 이달국을 쳐다보며 말했다.

"그게 무슨 말이오?"

"고구려가 망했는디 갑옷과 창과 칼을 왜 만들간?"

"예! 노인장 혹시 진국이라는 나라 들어 보셨소?"

"딘국? 딘나라? 딘시황이 뒈딘 지 천년도 넘었지 아마."

"그 진나라 말고 발해라는 진국 말이오?"

"고런 나라도 있슴메?"

첩첩 산중에 사는 노인장은 세상의 변화를 전혀 모르고 있었다.

"주인장 어른, 아까 말씀하신 걸걸중상 어른의 아드님이 나라를 세우셨어요."

"걸걸중상의 아드님이!"

"그분이 세운 나라가 바로 발해라는 진국이오."

"그 아드님은 요동으로 갔다고 들었음메."

"그분이 요동에서 돌아오셔서 나라를 세우신 것이에요."

"당나라가 가만 있간?"

"싸워서 이겼지요. 그러니까 나라를 세울 수가 있는 것이죠."

"뭐라고!"

“그 분이 지금 여기 오셨어요. 주인장에게 주문 내기 위해서.”

“무시기!”

“나오십시오. 폐하.”

이달국은 숲속을 향해 공손하게 말했다. 그러자 숲 속에서 비단 옷을 입은 거대한 중년의 사람이 나왔다.

“인사 올리시오. 대왕 폐하요”

이달국은 노인을 대조영에게 인사시켰다. 하지만 노인네는 한참 동안 대조영을 쳐다볼 뿐 예를 올리지 않았다.

“거짓부렁 말라우.”

노인장은 고개를 돌려버리고 말았다.

“이놈의 아바이가.”

곁에 있던 구척장사가 순식간에 주인장의 멱살을 꽉 잡았다.

“멕사리 놓으라우.”

노인장은 매우 불쾌한 표정을 지으며 말했다.

“산골에 처박혀 살다보니 나라님이 어떤 존재인지도 모르는구먼.”

“옛날에도 그랬디. 나라가 혼란해지면 도적놈들이 나타나 다 대왕이라고 했디. 아무리 나라가 없다고 하디만, 함부로 대왕을 사칭해서는 안 되는 기야. 대왕은 고구려의 왕에게나 붙이는 말이디.”

멱살이 잡혔음에도 전혀 위축되지 않고 말했다.

“뭐라고, 도적놈!”

구척장사는 말과 동시에 차고 있던 칼을 뽑아 들어 주인장의 목에 겨눈 채 대조영의 눈치를 살폈다.

“켁! 켁!”

주인장은 목이 막히는지 아니면 목에 겨눈 칼에 위협을 느껴선지 신음소리를 내뱉었다.

"미발게 그 목을 놓아주게."

대조영은 주인장의 행동에 개의치 않고 그를 풀어주라 말했다.

"자네의 무쇠 만드는 솜씨가 제일 뛰어나다고 말하던데, 옛날 광개토대왕 때 광활한 벌판을 휘저었던 개마무사들이 입던 찰갑과 마갑을 만들 수 있겠나?"

"내래 못 만드오."

"왜?"

"도적놈한테 함부로 만들어 줄 수 있는 거이 아이 디오."

주인장은 쉽게 굴복하지 않았다.

"나는 이곳 순나부 땅의 예맥족과 말갈족을 다 통합한 발해의 대왕이다. 이제는 고구려 대신 발해의 왕이 대왕이 되었다. 내년 봄 나는 요동 땅을 공격하여 잃어버렸던 고구려의 영토를 되찾을 것이다. 그때까지 개마무사들이 입을 찰갑과 마갑을 만들어 내라."

"무립네다."

"오만 명이 무장할 창과 칼도 만들어야 한다."

"무리라고 했습네다."

주인장은 목소리는 점점 높아졌지만 이제 반말은 하지 않았다.

"내일부터 이곳에 제련소와 대장간을 만들 것이다. 자네가 책임지고 다 만들어라. 기간은 내년 사월 말까지다."

대조영은 주인장의 반응은 무시하고 명령을 내렸다.

"만약 그때까지 만들어 내지 못하면 네놈의 목을 칠 것이다."

"내년 사월까지는 못 만듭네다. 갈라지고 깨진 마갑을 만들라면 모르지만."

"오늘 정도의 열정이면 할 수 있을 것이야."

"……."

"내일이면 책성에서 관리가 나올 것이다. 필요한 것은 그에게 다 말하여라. 단 기간은 꼭 지키게. 나는 내게 저항하는 자, 내 말을 듣지 않는 자는 용서하지 않는 사람이다."

"……."

"자, 이제 우리는 돌아간다. 명심해라. 내년 사월이다."

대조영은 미발계와 이달국을 데리고 그 자리 떠나왔다.

발해를 세운 대조영은 나라가 어느 정도 안정이 되자 순행에 나섰다. 발해라는 영역에 어떤 땅이 있는지, 어떤 사람들이 사는지, 백성들이 원하는 것은 무엇인지 살피는 것이 주된 임무였다. 그러나 그보다 우선하는 목적은 요동 진출을 위한 준비였다. 전국에 숨어 있는 인재들을 찾아내고 또 필요한 군수품과 식량을 조달하기 위한 방안을 마련하기 위한 것이었다. 그는 순행 길에 나서면서 화려한 차림새도 하지 않았고 많은 경호원들을 데리고 나서지도 않았다. 자신과 미발계정도면 어떤 어려움도 극복할 자신이 있었기 때문이다. 대신 순나부의 전 지역을 돌며 장사를 하였던 이달국을 데리고 나서 순행에 필요한 뒷감당을 하게 했다.

"이제 어디로 가실 것입니까?"

"솔빈 땅으로 가자."

높은 산 하나 보이지 않는 넓은 초원의 한 가운데 소도리강이 유유히 흐르고 있었다. 강 하나를 사이에 두고 건너편에는 수많은 말들이 노닐고 있었다. 세력다툼이라도 하듯 무수히 많은 무리들이 대장 말의 이끎을 따라 이리저리 휩쓸려 다니고 있었다. 신기한 것은 이 많은 말들 가운데 사람의 모습이 그 어느 곳에도 보이지 않는 것이었다.

"저렇게 말이 많다니."

"그래서 솔빈 말이라 합니다."

이달국은 대답과 함께 솔빈 말에 대해 간략히 설명하기 시작했다. 그는 이번 순행길에서 특정한 지역을 지날 때마다 그 지역의 특산품이 무엇인지, 어떤 사람들이 사는 지에 대해 대조영에게 하나하나 설명했다.

"그런데 폐하, 솔빈 성주는 배반한 적이 있는 놈인데 이렇게 아무런 호위를 받지 않고 가셔도 괜찮겠습니까?"

미발계가 솔빈 땅에 가까워지자 걱정이 된 듯 물었다.

"나라를 세운 지 벌써 오 년이 지났어. 솔빈 사람들이 나를 어떻게 생각하는지, 발해를 자신들의 모국으로 생각하는지를 알려면 이보다 좋은 방법은 없어."

"그래도 솔직히 걱정됩니다."

"자네가 있지 않은가? 자네의 활솜씨에 내 화극이라면 천하에 두려울 것이 없어."

"그렇긴 하옵니다만."

세 사람은 천지를 뒤덮은 말들을 경탄스럽게 바라보며 말머리를 나란히 한 채 솔빈성을 향해 나가고 있었다.

"저물기 전에 솔빈성에 도착하려면 속도를 좀 더 내야 될 것 같습니다."

이 지역에 익숙한 이달국은 좀 더 서두르기를 바랐다.

"그러세."

솔빈성은 토성이었다. 큰 적의 침입을 받은 적이 없기 때문인지 아니면 워낙 개방된 곳에서 살았기 때문인지 경비가 느슨했다. 특별한 검문 없이 성문 출입이 가능했다. 대조영 일행은 까다롭지 않은 성문 출입에 안도하며 성 안으로 들어섰다. 하지만 그것은 두 사람의 착각이었다. 매일 성을 드나드는 사람이 정해져 있었기에 검문할 필요가 없었을 뿐이었다.

"거기 세 사람 잠깐 서시오!"

갑자기 수문장인 듯한 자가 불쑥 나섰다. 비단옷을 입고 있어서인지 아니면 함부로 대할 수 없는 큰 덩치 때문인지 수문장은 함부로 하대하지는 않았다.

"왜 그러시는가?"

"못 보던 사람인 것 같아서 말이오. 어디서 오는 누구요?"

"나는 말을 사러 온 사람이오."

"어디서 오는 길이오?"

"책성이오."

"들어가 보시오."

문지기는 이달국의 몸동작이나 말투에서 장사꾼의 체취가 나는지 더 이상 시비를 따지지 않았다.

"제법 군기가 서 있구먼."

대조영과 미발계는 이달국을 따라 솔빈성 깊은 곳으로 나아갔다.

"그동안 잘 있었소?"

이달국은 성 안의 큰 점방 앞에서 발길을 멈췄다. 처마 밑에는 '솔빈상단' 이라는 은은한 솔 향이 나는 듯한 간판이 붙어 있었다.

"뉘시오?"

윗머리가 빠져 뒤통수에 상투를 튼 사내가 나타났다. 그렇다고 결코 나이가 많은 것 같지는 않았다. 웃을 때 나타나는 눈가의 주름에서 장사꾼으로서의 연륜이 묻어났을 뿐이다.

"나는 현주상단의 이달국이오."

"아! 정말 오랜만이오."

주인장은 이달국이 이름을 대자 금방 그를 기억해 내고 반갑게 맞았다.

"영주성으로 본거지를 옮겼다는 말을 들었는데……."

"여전히 그곳에 있소."

"영주성은 많은 변화가 있었다던데……."

"보다시피 무사합니다."

"다행이오. 러진추가 영주도독을 죽이고 영주성을 약탈했다는 말을 들었는데, 상단에 어려움이 없는지……."

마치 사람의 마음을 떠 보기라도 하듯 솔빈상단의 주인은 말끝을 계속 흐렸다.

"한동안 어려웠습니다."

"고생이 많으셨군요. 그런데 함께 오신 분들은."

"내가 부리는 사람이오."

"하기야 이런 먼 곳까지 오시려면 보통의 호위무사로는 힘들겠지요."

주인장은 대조영과 미발계의 몸에서 나는 무사로서의 체취를 단번에 알아챘다.

"그런데 여긴 어쩐 일입니까?"

"하하하, 나야 장사꾼이니 장사로 왔지요. 그런데 언제까지 이렇게 세워 두실 작정이시오?"

"내가 깜빡했소. 안으로 들어갑시다."

주인장은 이것저것 꼬치꼬치 다 물은 다음에야 대조영 일행을 안으로 들게 했다. 하녀가 차를 내왔다. 날은 이미 가을의 문턱을 넘어서고 있었기에 북방의 일기는 제법 쌀쌀하였지만 아직은 따뜻한 한 잔의 차로도 언 손을 녹이기에 충분하였다.

"말을 사고 싶소."

주인장의 다그치는듯한 눈빛에 이달국이 먼저 찾아온 용건을 말했다.

"하하하, 솔빈 땅에 들어온 장사꾼이 말을 사려는 것은 당연한 일 아니겠소."

"그야 그렇지만."

노련한 장사꾼인 이달국도 주인장의 의도가 무엇인지 잠깐 당황했다.

"날이 어두워졌으니 식사부터 하시고 천천히 이야기합시다."

점방 안에서 급한 모습을 보였던 주인장은 안에 들어서서는 뜻밖에도 느긋했다.

차를 마시는 동안 어색한 침묵이 흘렀다.

"진국이 들어선 이후 영주성과는 거래가 완전히 끊어져서 그쪽 소식이 궁금했는데 영주성 이야기나 좀 들어 봅시다."

주인장은 안에서 밥을 짓는 동안 영주성 이야기를 듣고 싶어 했다. 이달국은 약간 당황했다. 자신도 그곳을 떠나온 지 꽤 되었기 때문에 요즘 영주성이 어떻게 변했는지 궁금하기는 마찬가지였기 때문이다.

이달국은 대조영의 눈치를 슬쩍 살폈다. 그는 얼굴에 미소만 띠고 있었다.

"러진추와 쑹마이의 반란 덕분에 조홰 같은 탐관오리가 없어져 지금은 오히려 이전보다 더 활기를 띠고 있소이다."

미발계가 대신 나서서 말했다.

"리하이구가 황제 폐하께 패해 부상을 입고 돌아온 후 다시 공격하기 위해 군사를 모으고 있는 것이 불안하긴 하지만 말이오."

"황제 폐하라면?"

"황제 폐하가 황제 폐하지, 황제 폐하가 여러 명 있소?"

미발계의 목소리는 자신도 모르게 커졌다. 순간적으로 대조영은 긴장되었다.

"황제 폐하는 당나라에도 있고 또 동모성에도 있소."

하지만 주인장은 차분했다.

"리하이구를 패퇴시킨 사람은 우리나라 황제 폐하가 아니오?"

"당신들은 영주성에서 오는 길이라 하지 않았소?"

"그렇긴 하오만. 우리는 고려 사람이니 우리에게 황제 폐하는 당연히 발해의 황제 폐하 아니겠소."

미발계는 그때서야 주인장에게 말려 든 것을 느끼며 대충 얼버무렸다.

"그렇지요. 아무리 당나라에 산다 해도 고려 사람에게 황제는 우리 진국의 황제겠지요."

주인장은 미발계의 말이 일리 있다는 듯 몇 차례 고개를 끄덕였다. 잠시 침묵이 흐르는 사이 밥상이 들어왔다. 이곳에서는 아주 귀한 하얀 쌀밥에 생선 반찬이 올라왔다.

"차린 것은 없지만 많이 드십시오."

"이렇게 환대해 주시니 고맙소이다."

이달국은 주인장에게 예를 표하며 숟가락을 들었다.

대조영은 이 모든 일이 진행되는 동안 한마디 말도 하지 않았다. 이달국의 호위무사로 소개되었기에 아무런 말을 하지 않아도 허물이 아니었다. 그는 주인장이 어떤 태도를 지니고 있는지 관찰했다. 장사꾼답게 과연 노련했다. 이런 저런 말을 붙이며 자신이 필요한 정보는 벌써 다 파악한 것 같았다. 대조영은 흥미를 가지고 그를 지켜보았다.

"말을 사시겠다고요?"

한 사발을 다 비웠을 때쯤 주인장이 다시 말을 붙였다.

"그렇습니다."

"얼마나 사실 것입니까?"

"이천 필 정도는 필요합니다."

"영주성으로 보내면 됩니까?"

"그렇습니다."

"그것은 쉬운 일이 아니오."

"옛날에는 어려운 일이 아니었지 않소?"

"지금은 솔빈 성주가 엄하게 통제를 하고 있소."

"값은 후하게 드리리다."

"이천 필이면 군대에서 필요하다는 말인데, 어느 나라 군대요?"

"그야……."

"당나라는 우리 진국과 적대국이오."

주인장은 갑자기 목소리를 바꾸어 냉랭해진 목소리로 말했다. 순간 방 안엔 긴장감이 흐르기 시작했다.

"……."

오랜 침묵이 흘렀다. 어느 누구도 쉽게 말을 꺼내지 못하였다. 하지만 촛불에 비친 코끝이 빨간 주인장의 얼굴에는 분명 여유가 묻어 있었다.

"하하하, 장사꾼이이야 어느 쪽이 이기든 상관없는 일 아니오. 전쟁이 오래 갈수록 좋은 일이고."

주인장이 먼저 어색한 분위기를 깨기 위해 웃으면서 말했다.

"말을 팔 수 있다는 것이오?"

"장사꾼이 못할 일이 어디 있겠소."

주인장은 이제 가볍게 미소마저 짓고 있었다.

"값은 후하게 쳐 주겠소."

"밤은 길고 술도 많으니 천천히 한 잔 드시면서 말합시다."

"그럽시다."

"……."

달그락거리는 젓가락 소리가 요란하게 들릴 뿐 또 다시 침묵이 흘렀다. 대조영은 주인장의 속마음을 알 수가 없었다. 다만 뭔가 기분이 좋지 않았다. 그 이유를 알 수 없었다. 장사꾼들은 이래서 싫었다. 돈 몇 푼에 사람의 마음을 상하게 만들고 긴장되게 만들었다. 상대하고 싶지 않은 부류였다.

"쾅!"

분명 거친 문 소리였다. 순간적으로 대조영은 곁에 세워 놓았던 화극을 집어 들었다. 그런데 그보다 빠른 것이 있었다. 창호를 뚫고 화살 하나가 순식간에 문밖을 향해 날았다. 동시에 방안에 켜져 있던 촛불도 꺼졌다. 미발계였다.

"억!"

비명소리가 들림과 동시에 어느새 주인장의 목은 미발계의 손에 감겨 있었다.

"무슨 일을 한 거냐?"

미발계는 주인장의 목을 옥죄며 물었다.

"……."

대답이 없었다. 불을 끈 상태라 그의 표정은 살필 수 없었지만 주인장은 아무런 미동도 없었다.

또 다시 거친 문소리와 함께 방문이 떨어져 나갔다. 동시에 대조영의 화극도 어둠 속을 갈랐다. 끔찍한 비명소리와 함께.

"웬 놈들이냐?"

소름이 돋는 섬뜩한 목소리였다. 그 소리 때문인지 잠깐 동안의 침묵이 흐르는 듯하더니 곧바로 매서운 소리가 들렸다.

"순순히 오랏줄을 받아라!"

"오랏줄? 네 놈들은 누구냐?"

"우리는 성청에서 나온 사람들이다. 이 집은 이미 완전 포위되었다. 반항하면 죽음만이 있을 뿐이다."

"성청? 무슨 죄로?"

"세작죄."

"세작?"

"네 놈들은 솔빈의 말을 당나라로 팔아넘기려는 반역자들이다."

"네가 밀고 했느냐?"

미발계는 목을 옥죄고 있는 주인장의 목을 풀어주며 물었다.

"아무리 돈이 좋다지만 고려인으로 어떻게 고구려를 망하게 한 당나라에 이로운 일을 할 수 있단 말인가?"

주인장은 전혀 위축되지 않은 태도로 오히려 호통을 쳤다.

"불을 켜라!"

대조영은 모든 사태를 파악했다. 솔빈 땅에 들어와 솔빈 사람들이 진국과 자신을 어떻게 생각하는지 알고 싶었던 가장 큰 이유가 솔빈의 말 때문이었다. 지금은 평온하지만 리하이구가 다시 군사를 모으고 있다는 첩보가 들어온 마당에 당나라와는 계속 싸워야할 운명이었다. 이를 위해서는 솔빈 땅의 말이 중요했다. 하지만 솔빈 성주는 자신을 배반한 적이 있는 사람이었다. 그래서 안심이 안 되었다. 그가 또 배반을 한다면 나라 전체가 흔들릴 수 있는 매우 중대한 일이었다. 그래서 잠입한 것인데 이 지역 사람들이 고구려와 진국을 생각하는 마음이 생각했던 것보다 더 크다는 것을 느꼈다. 이제는 자신의 정체를 굳이 숨길 필요가 없었다.

방 안에 다시 불이 켜지자 문밖 모습이 드러났다. 처참했다. 긴장감으로 인해 느끼지 못했는데 피를 뿜고 쓰러진 병사로 인해 피비린내가 진동했다. 모두 다 이런 모습에 놀란 듯 한동안 서로를 노려보았다.

"나는 이 나라 황제다. 솔빈 성주를 불러라."

"뭐라고! 이런 미친놈이 있나."

우두머리인 자가 부하의 죽음에 흥분하기 시작했다.

"폐하의 영을 받들어라. 그렇지 않으면 죽음이 있을 뿐이다."

미발계가 칼을 뽑아들고 앞으로 불쑥 나섰다. 그의 위세가 얼마나 무서웠든지 우두머리는 주춤했다.

"……."

수적 우위에도 불구하고 두 사람의 기세에 눌려 솔빈성 군사들은 함부로 나서지 못했다.

"성주를 얼른 불러와라. 그렇지 않으면 어명을 거역한 죄로 용서 받지 못할 것이다."

미발계의 위세에 마침내 군사 하나가 급히 성청을 향해 달리기 시작했다.

"자네는 이름이 뭔가?"

"……."

갑자기 달라진 태도에 주인은 영문을 몰라 대조영의 물음에 답을 하지 못했다.

"나는 솔빈 땅에 순행을 나온 발해의 대왕이다. 이런 중대한 곳에서 자네와 같이 지혜롭고 충성심이 뛰어난 자를 알게 되어서 매우 행운이라 생각한다. 그런 의미에서 나는 오늘부터 그대를 이곳 솔빈 땅의 말을 판매하고 관리하는 국상(國商)으로 임명한다.

"……."

여전히 그는 대조영 일행을 미친 사람 대하듯 말이 없었다. 순간 미발계의 강한 발길이 주인장에게 옮겨졌다.

"대왕 폐하의 성은에 감사할 줄 알아야지."

"으윽!"

비명을 지르면서도 그는 끝내 반응이 없었다.

"이보게, 이 분은 내가 영주성에서부터 모시고 온 걸걸중상 욕살님의 장자시며, 지금은 발해의 대왕 폐하시네."

보다 못한 이달국이 나서서 말했다.

"자네는 영주성에서 왔다 하지 않았는가?"

"사실은 솔빈 땅을 정탐하기 위해서 어쩔 수 없이 자네를 속였네."

"……."

"자네 이름이 뭔가?"

"사루나(舍婁那)입니다."

이달국과는 오랜 기간 거래하였기에 그의 거듭된 말에 그때서야 어느 정도 마음을 여는 것 같았다.

"자네 이름을 내 기억하겠네."

오랜 대치 끝에 솔빈 성주가 찾아왔다. 야밤중에 당나라 세작이 체포되었다는 소식을 들었지만 별로 관심을 두지 않았다. 내일 쯤 처리하리라고 생각하고 있었는데 그가 발해의 대왕이라며 솔빈 성주를 찾는다는 것이다. 웬 미친놈이냐며 무시하려다 문득 대왕의 진노하던 모습을 떠올리며 혹시 그가 진짜 대왕이라면 부름에 응하지 않은 자신의 목이 날라 갈지도 모른다는 생각에 옷을 걸치고 솔빈상단으로 향했다.

벌써 많은 사람들이 문 앞에서 웅성거렸고 한두 구의 시체와 함께 피비린내가 이마를 찌푸리게 했다. 과연 대왕이 맞았다.

"폐하가 아니시옵니까? 폐하께서 어떻게 이런 모습으로 납시었나이까?"

솔빈 성주 위덕주는 그 자리에 부복했다. 성주가 부복하니 모든 사람들이 눈치를 보며 땅에 엎드렸다.

"안으로 들게."

"아닙니다. 성청으로 뫼셔얍지요."

위덕주는 대조영 일행을 성청으로 인도했다. 사루나도 뒤를 따랐다.

"내 그동안 자네를 의심하였는데 오늘 일을 보니 이제는 믿어도 되겠네."

급하게 주안상이 차려진 후에 대조영은 사루나의 일과 함께 솔빈 성주를 치하했다.

"황송합니다."

"자네가 많이 달라진 것 같네."

대조영은 오 년 만에 만나는 위덕주의 달라진 모습을 감지했다.

"이제야 세상을 제대로 안 것일 뿐입니다."

솔빈 성주 위덕주는 대조영에게 철저히 복종했다. 예전과는 완전히 달라져 있었다. 한 때 젊은 날의 패기로 맞섰다가 세상이 넓고 또 높은 것을 값지게 경험한 이후로 그는 자신의 위에 대왕이 있다는 것을 생각하며 살았다.

"내 자네에게 부탁할 일이 있어서 왔네."

"부탁이라뇨. 어명은 뭐든지 받드는 것입니다."

위덕주는 대조영의 권위에 철저히 복종했다.

"내년 봄에 당나라를 공격할 것이네."

"예! 당나라를."

이들 변방 지역에서 당나라는 하늘같은 존재였다. 멀리에서 소문만을 들었기 때문이었다.

"뭘 그렇게 놀라나?"

"아~ 아닙니다. 저희들은 생각지도 못하던 일이라."

"그래서 말인데 군마를 준비해 주게. 최소 일만 필 이상."

"예! 일만 필이나."

"왜 힘든가?"

"아닙니다. 할 수 있습니다."

솔빈 성주는 애써 미소를 지으며 말했다.

"힘겨운 것은 알겠지만 그냥은 아니 가져 갈 테니 걱정 말게. 그리고 사루나를 이달국과 함께 국상으로 삼아 내가 데려가려 하네."

"다른 것은 다 되지만 사루나만은……."

"왜?"

"그가 없으면 내년 봄까지 일만 필의 말을 만들어 낼 수 없습니다."

"그래 사루나가 무슨 특별한 재주가 있단 말인가?"

"다른 부족과의 교류를 통해 종잣말을 늘리기도 하고 줄이기도 하면서 솔빈의 말을 관리합니다. 그가 없으면 솔빈성의 상단이 무너질 뿐 아니라 솔빈 말이 관리가 되지 않습니다."

"그래, 그 정도인가. 내가 사람은 잘 봤구먼. 하하하, 자네는 어떻게 생각하나?"

대조영은 사루나를 보며 물었다.

"나랏일도 중요하지만 이곳 일도 그에 못지않게 중요하다고 생각합니다. 솔빈성에서 제때 말을 제공하지 못하면 나랏일에도 큰 해가 될 수 있습니다. 중앙정부일도 중요하지만 지역 정부의 역할도 큰 것입니다."

사루나는 자신의 생각을 소신 있게 밝혔다. 거상답게 대왕이라고 위축되지 않았다.

"알겠네. 그렇다면 자네 뜻대로 하게나. 대신 내년 봄까지는 일만 필의 말을 제공해야 하네."

"염려 마십시오."

대조영은 오랜만에 환하게 웃으며 솔빈성에서의 하룻밤을 보냈다. 솔빈성의 중요성을 생각해볼 때 솔빈 성주의 태도가 어떠할 지는 매우 신경 쓰이는 문제였는데 기대 이상으로 그는 발해 사람이 되어 있었다. 더구나 이곳에서 사루나라는 나라에 큰 도움이 될 만한 인재까지 얻어 그의 마음은 흡족했다. 오랜만에 술에 취해 편안한 잠을 잘 수 있었다.

"이제 어디로 가실 것입니까?"

솔빈성에서 휴식을 취한 뒤 미발계는 다음 행선지를 물었다.

"이제 자네는 이달국과 함께 중경으로 돌아가게."

"폐하는 어떡하시려고요?"

"갈 데가 있네."

"폐하 혼자는 절대 보내드릴 수 없습니다."

"걱정 말게."

"폐하께서는 이제 혼자 몸이 아닙니다. 나라의 어버이십니다. 또한 저는 대왕 폐하의 곁을 지켜야할 운명을 타고 태어난 사람입니다. 절대 보내드릴 수 없습니다."

미발계는 어린 시절부터 대조영과 함께 자랐고, 또 영주성에서 포수 생활을 함께 하며 고난을 나누었기에 대왕과 신하라는 관계를 넘어선 친구였다. 그래서 그는 둘이 있을 때는 말투나 격식에서 편하게 대조영을 대했다. 다만 대씨 집안의 가신(家臣)이라는 자신의 임무에 대해서는 철두철미했다. 절대 양보하지 않았다.

"대왕이 아닌 내 개인적인 일이네. 그러니 돌아가게."

"절대 안 됩니다."

"그러면 여기서 기다리게. 금방 다녀올 테니"

대조영은 끝내 따라나서겠다는 미발계를 뿌리치고 혼자 북쪽으로 떠났다.

눈은 하늘과 땅을 새로운 세계로 뒤바꿔 놓았다. 열정과 탐욕과 아름다움을 가리지 않고 모두 흰빛으로 바꾸어 놓았다. 날새의 울음소리가 끊어진 마굽산 속의 절간은 눈이 내리면서 속세와는 완전 단절된 열반의 세상이 되었다.

'똑, 똑, 똑'

대웅전의 목탁소리는 눈 아래로 내려다보이는 차삐고우강 저편의 사바세계를 법묵의 세상으로 하얗게 물들이며 흘러내렸다.

두어 명의 장정이 누우면 가득 찰 법한 법당 한가운데는 파릇한 까까머리를 한 스님이 마룻바닥의 차가운 기운을 막기 위해 포단을 깔고 목탁을 두드리며 불경을 열심히 외우고 있었다. 그의 목에 건 백팔개의 염주가 힘겨워 보였다. 그의 곁에는 이제 갓 열 살이 되었을 법한 파릇한 머리의 사미승 하나가 부처님을 향해 무릎을 꿇고 앉아 있었다.

'부처님, 내 마음 속에 있는 이 상념들을 잊게 해주시고, 나의 죄로 인해 멍들었던 중생들의 마음에 부처님의 자애로움이 가득하게 하옵소서.'

따뜻한 한줄기 볕이 훈훈한 바람을 몰고 와 풍경을 은은히 울리자 죽은 듯, 잠든 듯 움직임이 없던 날새들이 절간 처마 밑으로 날아왔다. 이곳의 사람들이 자신들을 해치지 않고 자신들의 억울한 사연들도, 배고픈 사연들도 다 들어주는 어진 사람들이라는 것을 알고 있는 듯 처마 밑에는 순식간에 수십 종의 날새들로 가득 찼다.

"많이들 먹어라."

법당에서 목탁을 두드리던 스님은 새소리가 들리자 목탁을 내려놓고 문밖으로 나왔다. 사미승과 함께 준비했던 날새들의 먹이를 마당 한편에 내려놓는 스님의 목소리는 너무나 맑고 고왔다. 산새들의 자애로운 어미 같았다. 한동안 흐뭇하게 산새들이 다투며 음식 먹는 모습을 지켜보던 스님은 사미승과 함께 또 다시 법당 안으로 발길을 돌렸다.

"산나물 냄새가 제법 납니다."

계절이 몇 번 바뀌도록 찾는 사람이 없는 적막한 산사에 갑자기 낯선 목소리가 들렸다. 하지만 스님에게는 낯설지 않은, 전혀 낯설지 않은 목소리였다.

"아!"

짧은 탄식이 스님의 입에서 흘러 나왔다. 너무나 기다리던 목소리였다.

"이곳엔 어인 일이십니까?"

스님답지 않게 그리움이 묻어나는 목소리였다.

"보고 싶은 사람이 있어 왔소."

"눈이 쌓여 오기가 쉽지 않았을 것인데……."

"나는 산과 강의 주인이 되었소. 내가 못하는 일은 없소. 당신만 빼고."

"날이 찬 데 안으로 들어가시죠. 환아, 찻물 끓여라."

"예."

스님은 산사의 조용한 방으로 그를 안내 했다.

"그동안 너무 바빠 이제야 당신을 찾아보게 되었소. 잘 지내셨소?"

"배려해 주신 덕분에 잘 지내고 있습니다."

스님은 살포시 눈을 깔고 방바닥만 보고 있었다.

"이런 당신의 모습을 보고 있자니 너무 안쓰럽소. 눈물이 날 것 같소."

나그네는 안타까운 듯 스님을 쳐다보고 있었다.

"죄 많은 중생, 이렇게라도 해야 업보를 풀 수 있습니다."

"다시 환속하면 안 되겠소?"

"부처님만이 내 죄를 씻어 줄 수 있습니다."

"손 좀 내미시오."

나그네는 스님의 손을 꼭 잡았다. 그리고는 살포시 스님을 껴안았다.

"이생에서는 맺어지지 못한 인연이었지만 내세에서는 반드시 당신을 내 여자로 만들 것이오."

스님은 아무 말도 하지 않았다. 눈가에 이슬이 맺힐 뿐이었다.

"아직도 수련이 안 된 모양입니다. 속세의 인연을 끊어야 하는데 그리움이 갈수록 쌓여만 갑니다. 당신의 목소리를 들었을 때 숨이 막히는 줄 알았습니다."

두 사람은 서로를 껴안은 채 마음과 마음으로 그동안 쌓였던 그리움을 전하며 한동안 꼼짝 않고 있었다.

"어떤 사람은 쉽게 맺어지는데 왜 이렇게 멀고도 먼 길을 돌아 내세까지 가야 하는지."

나그네는 꼭 껴안았던 스님을 풀어 주며 탄식하듯 말했다.

"어쩐 일로 이 먼 곳까지 오실 생각을 하였습니까? 나랏일도 바쁘실 텐데."

"그리움, 정처 없는 그리움이 나를 이곳으로 이끌었소."

"……."

"나 전쟁터로 나가오. 이것이 마지막 싸움이 될 것이오. 상대는 리하이구요."

리하이구라는 말에 스님의 얼굴에는 어둔 그늘이 스쳤다.

"그와는 다시 한 번 숙명의 대결을 벌여야 하오. 나라의 운명을 건 대결 말이오. 떠나기 전에 당신을 꼭 한 번 보고 싶었소."

"왜 다시는 못 볼 사람처럼 말씀하십니까?"

"나도 모르겠소. 내 마음 속 깊이에서 솟아나는 이 그리움의 정체가 무엇인지. 당신을 만나고 있는 이 순간에도 나는 당신을 그리워하고 있으니……."

"……."

"찻물 내왔습니다."

사미승의 목소리가 문밖에서 들렸다.

"들어오너라."

사미승이 교자상에 찻물을 끓여 방으로 들어왔다.

"아드님이오?"

"그렇습니다."

"이름이 뭐요?"

"속명으로 조환입니다. 아직 법명을 짓지 않았습니다."

"인사 올려라. 나와 인연이 많은 분이시다."

사미승은 두 손을 합장하고 예를 올렸다.

"많이 컸구나."

나그네는 아이의 얼굴을 찬찬히 살피며 말했다.

"이제 나가서 법당 청소를 하여라."

"예."

사미승은 공손하게 다시 두 손을 합장한 후에 문을 열고 나섰다.

"아이가 이 생활을 답답하게 생각지 않소?"

사미승이 문밖으로 나간 후 나그네는 아이의 얼굴에 서려있는 우울한 모습을 떠올리며 물었다.

"그 나이의 아이들이 세속에 대한 그리움을 가지는 것은 당연하지요."

"아버지를 찾지는 않소?"

"……."

그녀는 말이 없었다. 평범한 한 여인으로 살 수 있었는데 하필이면 격랑기에 태어나 세기의 험난한 파도를 온 몸으로 맞아야만 했던 자신의 삶에 대한 원망인지, 자신에게 시대의 올가미를 내밀었던 사람들에 대한 원망인지, 원수를 품을 수밖에 없었고 또 이로 인해 마지막까지 그 흔적들을 떠안아야 하는 삶에 대한 버거움 때문이지 알 수 없었다. 아니면 너무나 그리워하던 사람을 앞에 두고도 안길 수 없는 인연 때문인지…….

"법명은 무엇이오?"

나그네는 어색해진 분위기를 바꾸기 위해 화제를 돌렸다.

"몇 년을 참선하여도 상념들과 고뇌들이 떠나지 않아 법명을 짓지 않았습니다. 여전히 제 이름은 달맞이입니다."

"아……."

나그네는 말을 잇지 못했다. 그녀의 마음속에 남아 있는 세속에 대한 미련의 정체가 무엇인지 알고 있었기 때문이었다.

"이제는 오십이 다 된 나이요. 더 이상 우리 감정을 속이지 맙시다. 정체가 무엇이오? 세속에 대한 미련의 정체?"

"당신."

"내 그리움의 정체도 당신이었소."

"연꽃차입니다."

달맞이는 교자상 위에 놓여 있는 어른 주먹만 한 연꽃차를 집어 들었다. 홍시 모양으로 얼어붙은 꽃잎의 끝은 끈으로 묶여 있었다.

"지난봄에 따 두었다가 말린 후 날이 추워지면서 얼려 두었던 것입니다."

연꽃잎을 묶은 끈을 푼 달맞이는 넓은 그릇 위에 이를 놓은 후 달인 찻물을 부었다. 눈물처럼 똑똑 떨어지는 뜨거운 찻물이 연꽃 위를 촉촉이 적시자 얼어붙었던 연꽃은 다시 살아나 큰 그릇위에 활짝 피었다.

"가운데 꽃 수술 같은 것은 무엇이오?"

"국화꽃입니다. 가을에 따 두었던 마른 연꽃 속에 말린 국화를 함께 싸서 끈으로 묶어 서리가 내릴 때 함께 밖에 내 놓으면 이렇게 얼어붙은 연꽃이 됩니다. 그립던 님 오신 날 가슴 속에 쌓였던 뜨거운 눈물을 뿌리면 연꽃은 환생하여 그리움으로 다시 피어납니다. 국화꽃 향기 더불어."

"……."

큰 그릇 가득히 활짝 피어난 연꽃을 바라보며 나그네는 무슨 생각을 하는지 한동안 움직일 줄 몰랐다.

"오늘 여기서 자고 가도 되겠소?"

"우리의 인연은 여기까집니다. 차 한 잔 드신 후에 떠나십시오. 무운을 빌겠습니다."

"이것이 우리의 마지막 만남이라면……."

"끝은 없습니다. 새로운 시작일 뿐입니다. 새로운 인연이 시작되면, 이 고통스런 업보의 인연이 끝나는 날 그때는 당신을 절대 보내지 않을 것입니다."

"……."

"차가 우러났습니다."

나그네는 찻잔을 들었다. 은은한, 결코 뜨겁지 않은, 그러나 입속에 가득한 은은한 연향과 국화향이 가슴을 적셨다.

"차향이 좋소."

나그네는 찻잔을 내려놓았다.

"이제 떠나세요."

6. 요동진출

712년, 대조영은 드디어 요동 땅을 뺏기 위해 출병했다. 그동안 순나부 지역에 흩어져 있던 고려인들과 말갈족들을 통합한 대조영은 남쪽으로 군사를 보내 신라가 점령하고 있던 청해토성[8]은 물론 그 이남까지 군세를 넓혀 철령 이북 땅을 점령했다. 뿐만 아니라 부여의 수도였던 부여성[9]을 점령하여 서경을 삼고 대 당나라 전진기지를 구축하였다.

대조영은 요동 지역을 공략하기 위해 치밀한 계획을 세웠다. 그는 나라를 건립한 이후에도 신라나 일본에 사신을 보내지 않았다. 대신 돌궐에는 고인의를 보내 건국을 알렸다. 천산산맥 동쪽으로, 고비사막 아래 땅에서 최강자로 군림하던 돌궐이 무너진 것은 당나라 이세민 때였다. 그 이전까지만 해도 당나라에 주인행세를 하였던 돌궐은 당 태종 이세민에 굴복한

8) 오늘날 함경도 북청군
9) 오늘날 중국 길림성 농안 근처

이후 당나라에 동화되어 고구려 원정에도 참여하였다. 아사나사나와 집실사력 등의 명장이 목숨을 잃기도 했지만 계필하력은 끝까지 살아남아 고구려 멸망에까지 관여할 정도로 당나라에 동화되었었다.

하지만 당 고종의 우유부단함과 측천무후의 집권은 고토 회복의 기회를 노리고 있던 여러 복속민들에게는 큰 기회였다. 서돌궐이 독립하였고 토번도 뒤이어 군사를 일으켰다. 동돌궐도 옛 왕족인 골돌록(骨咄祿)이 군사를 일으켜 재기하였다. 그들은 해마다 산서성을 유린할 뿐 아니라 장성을 넘어 창평[10]까지 침공하였다.

그가 죽고 난 뒤 등장한 묵철가한은 아버지보다 훨씬 더 적극적으로 당나라의 동북방을 공략하였다. 대조영이 순조롭게 요서 지역을 빠져 나올 수 있었던 것도 이들의 활동으로 당나라가 본토의 부대를 동원할 수 없었던 것이 가장 큰 원인이었다.

대조영은 이를 이용하려 했다. 그는 묵철가한에게 고인의를 보내 동돌궐과 동맹을 맺었다. 그리고는 그들이 장성 이남에 주력하는 사이 요동 지역을 공략하겠다는 의견을 피력하였다. 두 군데서 동시에 당나라를 공략한다면 서로에게 이익이 되었기에 돌궐은 흔쾌히 이를 받아 들였다.

당나라도 많은 변화가 있었다. 측천무후가 죽고 난 뒤(705년) 쫓겨났던 그녀의 아들 중종이 복위했다가 다시 죽고(710년) 그녀에 의해 쫓겨났던 또 다른 아들인 예종이 즉위하는 등 그녀의 사후 당나라는 큰 혼란기에 접어들게 되었다. 이 틈을 이용하여 동 · 서돌궐의 당에 대한 공격은 가속화되었으며 토번도 독립하여 당나라 변경을 괴롭혔다. 당나라에서는 이들을 진압할 만한 적절한 장수를 구하지 못하여 요동 지역에 있던 리하이구와

10) 오늘날 북경 서북쪽

백제 출신의 흑치상지를 동원하여 겨우 급한 불을 끄는 지경이었다.

당나라는 변방의 사정이 급해지자 또 하나의 적이 될 수 있는 발해에 대하여 화해 정책을 폈다. 중종이 즉위하던 해 시어사(侍御史)를 보내 초위(招慰)를 청하자 대조영은 아들 대문예를 보내 이에 응하였다. 하지만 대조영은 요동 수복에 대한 꿈을 버리지 않았다. 중종이 죽고 예종이 즉위한 후 돌궐의 공세가 거세지자 그들과 동맹을 맺은 후 드디어 공격 명령을 내린 것이다.

당나라는 요동 땅에 여전히 안동도호부를 두고 있었다. 요동성에 있던 안동도호부는 보장왕의 반란이후 폐쇄되어 신성으로 옮겨졌고 이근행을 안동도호로 삼았다. 그러나 러진추의 반란으로 안동도호부가 공격을 받자 급하게 다시 고구려의 왕족을 안동도호로 삼아 이 지역을 안정시키려 했다. 그래서 죽은 보장왕의 손자 고덕무를 안동도호로 삼아 이 지역을 다스리게 하였다. 그를 내세우면 인근의 고구려 유민은 물론 거란, 말갈족까지도 순종할 것으로 판단한 것이다. 실제로 대조영이 천문령을 넘어 순나부 땅으로 들어간 후 안동도호부는 특별한 변란 없이 평화를 유지하고 있었다.

대조영은 더 이상 고구려 왕족에 연연하지 않기로 했다. 자신이 주체가 되지 않으면 항상 다른 사람에게 끌려 다닐 수밖에 없고 자신의 뜻은 뒤로 밀려난다는 것을 알고 있었기 때문이었다. 그는 천문령을 넘어 광활한 만주의 들판으로 다시 진군하기 시작했다. 요동 지역을 떠나온 지 십오 년 만이었다.

졸본부여에서 국내성으로 이어지는 산골 동네에서 세력을 넓혀 온 고구려가 산골을 처음 벗어난 것은 미천왕 때였다. 그는 소자하를 따라 진군하여 혼하 상류에 있던 현도군을 공격하여 이를 점령하였다. 그리고 그 자리에 신성을 쌓아 고구려의 영토에 편입시켰다. 하지만 이도 잠시, 요동 지역을 점령하고 있던 선비족인 모용씨의 공격을 받아 신성을 저들에게 넘겨줌은 물론 국내성까지 공격을 받아 당시 대왕이던 고국원왕이 피신을 가고 미천왕의 시체는 파헤쳐져 끌려갔고, 왕의 어머니 주씨까지 볼모로 끌려가는 수모를 당하였다. 산골을 벗어난 대가가 너무나 컸던 것이다.

또 다시 고구려가 본격적으로 요동 지역을 공략하여 고구려의 영토로 삼은 것은 광개토대왕 때였다. 광개토대왕은 할아버지가 당했던 수모를 갚기 위해 선비족이 세운 후연을 공격하여 저들을 삼천 리 밖으로 내몰았다. 뿐만 아니라 이 지역의 새로운 강자로 등장한 거란족까지 공략하여 고구려의 영토를 광활한 요동, 요서 지역까지 넓혔다. 고구려는 이 지역에 요동성을 비롯하여 안시성, 개모성, 건안성, 비사성 등을 쌓아 고구려의 전진기지로 삼고 요동 지역을 본격적으로 다스렸다.

광개토대왕이 산골에서 벗어나 광활한 평원지대인 요동, 요서 지역을 공격할 때 창립한 부대가 철기병(개마무사)이었다. 찰갑으로 무장한 말과 병사들은 기마전을 주로 하는 평원전투에서 무적이었다.

대조영은 고구려의 영토였던 요동 지역을 수복하기 위해 철기병을 다시 부활시켰다. 이만 명의 철기병과 오만 명의 경기병으로 군대를 재편한 그는 칠만 명의 정예부대를 이끌고 천문령을 넘어 안동도호부가 설치되어 있는 신성을 향해 진군했다.

안동도호 고덕무는 부여성에 있는 당나라 첩자로부터 발해의 대조영이 요동 땅을 공략하기 위해 부여성에 도착했다는 소식을 들었다. 부여성이라면 신성에서 멀지 않은 곳이었다. 대조영이 천문령을 넘어가고 그가 안동도호가 된 이후 요동 땅은 평온했다. 그가 고구려왕의 적손이었기 때문에 더 이상 반란이 일어나지 않았다. 십오 년이 흐르는 동안 단 한 번의 반란도 없었던 것이다. 그런데 휘발하 너머의 천문령을 넘었던 대조영이 다시 군사를 이끌고 이 평온한 요동 땅을 공격해 온다는 것이다.

"군세는 얼마나 되는가?"

"칠 만이라 합니다."

칠 만이라면 자신들이 감당할 수 없는 군사였다. 그는 얼른 이 소식을 장안성에 알리는 동시에 이에 대한 대책을 세웠다.

발해가 요동 땅을 공격하기 위해 진군 중이라는 소식은 당나라 왕도인 장안성에도 급히 전해졌다. 돌궐에 이어 또 다시 발해까지 침입했다는 소식은 당나라 조정에 큰 충격을 주었다. 발해가 고구려를 이은 나라였기에 그 충격이 더 컸던 것이다. 그들이 고구려의 후예임을 자칭하고 요동 땅을 되찾겠다고 나선 이상 수수방관할 수 없는 노릇이었다. 만약 요동 땅마저 빼앗긴다면 결국 당 태종과 고종으로 이어진 고구려 공략에서 빼앗은 지역을 결국 다시 다 뺏기고 마는 셈이었다.

예종은 신하들을 불러 대책을 마련하였다. 하지만 특별한 대책이 없었다. 토번과 동·서돌궐의 공격이 해마다 이어지는 상황에서 중앙의 군대를 빼내어 동쪽으로 이동할 수는 없었다. 그나마 이들의 침입을 효과적으로 막아낼 수 있는 장수들은 전부 멸망한 고구려나 백제, 거란족 출신의 귀순한 장수들이었다. 이런 마당에 또 다시 가장 두려운 적인 옛 고구려 사람들이 군사를 일으켜 쳐들어온다는 소식은 매우 두렵고도 난감한 일이었다.

결국 이이제이(以夷制夷) 방법밖에 없었다. 거란족을 동원하기로 했다. 거란족 출신의 명장 리하이구를 이용하기로 했다. 리하이구는 천문령 전투에서 패한 후 토번[11]공격에 투입되었지만 큰 성과를 거두지 못하고 일선에서 물러나 있는 상황이었다. 하지만 그 외에는 마땅히 내세울 장수가 없었다. 거란족을 자유롭게 동원하고 마음대로 지휘할 수 있는 장수였던 것이다.

그 시간 고덕무는 대조영이 진군해 온다는 소식에 안동도호부 소속의 성주들을 급히 불러 대책을 세웠다.

"듣자하니 대조영도 보장왕이 이곳에 안동도호로 계실 때 고구려 부흥 운동에 참여했던 자라 했습니다. 아마도 보장왕의 적손이신 도호께서 이 곳 요동 지역을 다스리는 것을 안다면 그가 쉽게 군사를 물릴 지도 모릅니다."

개모성 도독으로 있는 그의 사촌 고제덕이었다.

"과연 그럴까?"

"틀림없을 것입니다. 변방의 순나부 출신인 저들이 감히 어떻게 도호님과 상대가 되겠습니까? 제가 나서서 저들을 설득하겠습니다."

"그렇게만 된다면 얼마나 좋을까?"

"오히려 이 기회에 저들을 잘 설득하여 굴복하게 만든다면 도호께서는 다시 고구려의 왕으로 등극할 수도 있습니다."

고제덕은 주변을 의식해 귓속말로 고덕무를 부추겼다.

"하여튼 싸우지 않고 저들을 쫓아내는 방법을 강구해 보세. 그 사이 조정에서도 무슨 대책을 세워 주겠지."

천문령을 넘어 온 대조영은 아직 얼어붙은 심하를 따라 말을 달려 순식간에 신성에 도착하였다. 심하에 도착할 무렵 저녁 안개가 자욱이 깔려

---

11) 오늘날 티벳

발해군을 숨겨 주었다.

아침에 눈을 뜬 안동도호 고덕무는 성첩으로 나와 안개 낀 심하 너머의 저쪽을 바라보았다. 대조영이 공격한다는 소식을 들은 이후 매일 챙기는 일이었다. 뿌연 안개 너머로 보이는 것은 아무 것도 없었다. 그는 안심을 하고 못다 이룬 잠을 자기 위해 침실로 들어갔다. 그러나 이는 오래가지 못했다. 해가 화산의 중턱에 걸릴 무렵, 다급한 보고가 올라왔다.

"억!"

심하 건너편을 바라보던 그의 입에서 비명소리가 절로 나왔다. 안개가 걷히면서 나타난 것은 파릇한 새싹으로 뒤덮인 들판이 아니라 붉은색, 파란색으로 들판을 가득 메운 기치(旗幟)였다.

"저게 뭔가?"

"발해군 입니다."

"발해군!"

너무나 잘 정돈된 진영이었다. 전부 기병이었다. 마름모꼴로 벌려선 진영의 한 가운데는 전신을 찰갑으로 무장한 말과 철기병이 도열해 있었다. 햇살에 반사된 그들의 갑옷은 눈부셔서 도저히 눈을 뜰 수 없을 정도였다.

"저들은 도대체 어떤 부댄가?"

"아무래도 전설 속에 존재하던 고구려의 개마무사가 아닌가 싶습니다만, 대막리지 연개소문 사후 저런 부대는 없어졌기에 정확한 정체를 알 수가 없습니다."

성 안에서 바라보는 발해군은 바늘 구멍하나 들어갈 틈이 없을 정도의 잘 짜인 진영을 갖추고 있었다.

"제가 나가서 저들과 한 번 협상해 보겠습니다. 같은 말을 쓰는 동족이고 고구려의 후예인 이상 말이 통할 것입니다."

고제덕은 자신감을 보이며 말했다.

아침을 잘 먹은 대조영은 안개가 걷히기 전에 저들에게 아군의 위세를 보여야 한다며 그동안 훈련한 사출도의 진영을 갖추게 했다. 동쪽에는 속말말갈과 책성의 군대가, 서쪽에는 부여성과 굴돌부말갈이, 남쪽에는 백산부말갈을 중심으로 한 남경성 출신의 군대가, 북쪽에는 안거골부, 흑수부말갈이 중심이 된 상경성의 기마병들이 마름모꼴 진용을 갖췄다. 이 한 가운데 대조영이 이끄는 개마무사들이 마름모꼴의 꼭지점을 잇는 선에 두 부대 씩 배치를 하여 대조영을 옹위하고 있었다. 대조영은 그 한 가운데 장막을 치고 앉아 있었다.

아침 안개가 걷히고 성 안에서 발해군의 모습이 완전히 보일 무렵 대조영은 각 부대의 기치를 높이 들게 했다. 봄바람이 살랑살랑 불어오는 들판에는 각 부족과 성들의 기치가 들판에 가득 찬 나무처럼 우뚝 서있었다. 대조영은 적의 항복을 종용하기 위해 고인의를 불러 들여 그와 함께 이제 막 전략을 짜려는 중 신성에서 사자(使者)를 보냈다는 연락이 왔다. 당나라 관복을 입은 사십대 중반의 사내가 예를 갖추며 지휘 본부가 있는 장막 안으로 들어왔다. 반짝이는 눈동자에 삐쩍 마른 품이 제법 글공부를 한 선비처럼 보였다.

"누군가, 자네는?"

"안동도호부 휘하의 개모성 도독으로 있는 고제덕이라 합니다. 고구려 왕족 출신이지요."

고제덕은 자신의 뿌리를 내세우며 기선을 제압하려 하였다.

"무슨 일인가?"

"지금 요동 땅을 지키시는 분은 옛 고구려의 마지막 대왕이셨던 보장왕의 손자분이십니다."

"그런데?"

대조영은 고제덕의 말에 전혀 반응을 보이지 않았다.

"그 분이 이곳 안동도호부의 도호로 오신 후 이곳 요동 땅에 있는 고구려 유민들은 평화로운 삶을 살고 있습니다. 그런데 무슨 이유로 천문령 너머에 있는 발해가 이 지역을 넘보는지 그 이유를 모르겠습니다."

사자는 대조영을 질책하듯 말했다.

"요동 땅은 고구려 땅이다. 그래서 되찾으려 하는 것이다."

"고구려의 주인은 우리 도호님이십니다."

고제덕은 같은 동족이라는 이유인지 몰라도 대조영 앞에서 매우 당당한 태도를 보였다.

"너희 도호는 당나라의 신하일 뿐이다. 하늘은 이 땅을 우리 예맥족에게 주었다. 그런데 너희들은 그런 하늘의 뜻을 버리고 당나라의 신하가 되었으니 이제 너희들에게는 정통성이 없다. 너희 도호의 할아버지인 보장왕이 죽은 이후 고구려의 정통성은 나에게 넘겨졌다. 그러니 너희 도호는 고구려의 옛 영광을 되찾으려는 나에게 신성을 넘겨주고 그동안 주몽대왕의 후손답지 못한 행동을 한 것에 대해 속죄해야 할 것이다."

대조영은 단호했다.

"그게 무슨 말씀이시오. 우리 도호님도 고구려를 되찾기 위해 노력하였습니다. 그러니 오히려 당신이 우리 도호께 항복하여 고구려를 되찾게 해주어야 할 것입니다."

"하늘은 고구려의 계승자로 이미 나를 택했다. 둘 중 하나다 죽느냐 사느냐. 저항하면 죽는다. 단 항복하면 산다."

"그런 무례한 말이 어디 있습니까? 우리 도호님은 보장왕의 적손이십니다."

"나에게 맞서는 자는 하늘에 맞서는 자다. 저항하면 보장왕의 적손이고 뭐고 필요 없다. 다 죽인다. 명심해라 저항하면 다 죽는다. 사흘의 여유를 주겠다. 가서 내 말을 똑똑히 전하라."

"……."

사자는 대조영의 단호함에 눌렸는지, 아니면 더 이상 말이 통하지 않는 사람이라고 느꼈는지 말이 없었다.

"돌아가라!"

사자는 분노한 표정을 지으며 돌아갔다. 그가 돌아간 후 대조영은 신성 근처에 군사를 주둔시킨 채 약속한 사흘을 기다려 주었다. 하루가 지나고 이틀이 지나도록 신성에서는 아무런 반응이 없었다. 진영을 갖춘 채 안동도호부를 위협하고 있던 대조영은 사흘 째 되는 날 아침 참모들을 불러 신성공격에 대한 명령을 내렸다.

"오늘 정오까지 저들이 반응을 보이지 않으면 공격한다. 철저하게 공격해야 한다. 저항하는 자는 무조건 죽여라. 성주는 사로잡아도 좋다. 물론 저항하면 그 자리에서 목을 베라."

대조영은 매섭게 명령했다.

"자세한 공격방법은 고인의가 점심을 먹은 후에 하달할 것이다. 공격준비를 한 후 군사들에게 휴식을 줘라."

대조영은 다민족으로 구성된 발해를 통치하는 방법으로 매서운 권위와 철권을 내세웠다. 그에게는 감히 저항할 생각을 갖지 못하게 하는 것이 그의 통치방법이었다. 청년기를 고구려 부흥운동에 참여하면서 뼈저리게 느낀 철학이었다. 모든 일에 주도 세력이 되어야만 한다는 것을 느낀 이후 순나부 땅에 들어서면서부터 그가 택한 전략이었다.

해가 중천에 떴다. 여전히 성 안에서는 아무런 반응이 없었다. 대조영은 공격 명령을 내렸다. 운제와 충차가 움직이기 시작했다. 그때였다. 등 뒤로 노란 먼지가 일어나기 시작하더니 곧 바로 흙구름이 되어 온 하늘을 뒤덮기 시작했다.

"공격중지!"

대조영은 공격중지를 지시한 후에 들판너머에서 일어나는 먼지구름의 정체를 알아보게 했다.

"리하이구가 이끄는 당나라군입니다."

오래지 않아 보고가 올라왔다. 순간 대조영의 입가에는 미소가 올랐다.

"잘 됐다. 신성 공격은 추후로 미룬다. 리하이구를 상대로 먼저 싸운다."

대조영은 군대를 다시 심하 건너로 옮겼다. 리하이구를 상대하기 위해서였다. 대조영은 휘하의 장수들을 불렀다. 고인의와 미발계는 물론 아버지를 따라 전쟁터에 나선 태자 대무예와 그의 사촌 대일하, 흑수부말갈의 아속리계를 비롯한 말갈족의 추장과 상경, 부여, 남경 성주도 다 모여 들었다.

"이번 전투는 매우 중요하다. 우리가 이번에 이곳으로 나올 때의 목표가 바로 저 거란 놈이다. 이번에는 절대 살려 보내서는 안 된다. 저놈만 잡으면 요동 땅을 공격해 올 놈은 없다."

대조영은 먼저 싸움의 의미를 되새긴 후 장수들을 독려했다.

"저놈은 영악하다. 나는 저 놈과 몇 번씩이나 싸워 봐서 안다. 그러니 섣불리 행동하지 말고 중앙에서 지시하는 것을 잘 따라야 한다. 싸움의 중간 중간에 벌어지는 전술의 변화는 북을 울려 지시할 것이다. 명령에 따르지 않고 독자적으로 행동하는 일은 절대 있어서는 안 된다. 일단 우리가 임하는 전략은 저 거란 놈들과 힘겨루기를 하는 것이다. 선봉은 대무예가 이끄는 철기병이 선다. 왼쪽에는 남경의 부대, 오른쪽에는 상경의 부대, 철기병 뒤에는 서경의 부대가 뒤따른다. 동경성 부대는 만약에 있을 지도 모르는 신성의 공격에 대비하면서 예비병으로 남는다. 지휘본부에는 나와 고인의가 남아 수시로 전쟁 상황을 분석하면서 상황에 맞는 지시를 내릴 것이다. 북소리에 귀를 기울이도록."

요동 땅으로 출발하기 전 많은 전술훈련을 실시한 대조영의 명령은 단호하고 명쾌했다.

좌효위대장군 리하이구는 대조영을 진압하라는 명령을 받고 군사를 이끌고 요하를 건넜다. 러진추의 반란을 진압하고, 걸사비우를 죽이는 등 큰 공을 세우기도 하였지만 대조영에게 패하여 그를 살려 보낸 것은 그의 큰 실책이었다. 이후에도 토번의 반란을 진압하기 위해 산악지대에까지 파병되었지만 그곳에서는 큰 고전을 치렀다. 숨도 제대로 쉴 수 없는 높은 산악에서 싸운다는 것은 너무 힘든 일이었다. 결국 그는 토번을 진압하지 못하고 거란 땅으로 되돌아 와야 했다.

하지만 그에게는 아직 할 일이 남아 있었다. 토번 지역이야 워낙 다른 세상이니까 그렇다 하더라도 요동과 요서 지역에서의 패배는 스스로 용납할 수 없는 일이었다. 대조영에 대해서는 반드시 복수를 하고 싶었다. 그러나 그가 천문령 너머로 들어가서 나오지 않는 이상 쳐들어 갈 수는 없었다. 그곳은 산악지대였기에 섣불리 나섰다가는 돌이킬 수 없는 패배를 당할 수도 있었기 때문이었다. 영주 도독이 되어 요서 지역의 지배자가 된 그는 거란족을 통합하는 등 언젠가는 요동 땅으로 되돌아올 대조영을 기다리며 군대를 육성하였다.

드디어 대조영이 군사를 이끌고 요동 땅으로 나섰다는 연락을 받았다. 때마침 중앙 조정에서도 대조영 공격을 명하였다. 요동 땅에서 붙는다면 그에게 절대 지지 않을 것이라는 확신과 함께 그동안 육성해 두었던 군사를 끌고 이곳까지 온 것이다.

신성 가까이에 접근하자 대조영이 심하를 건너 이상한 진법을 펼치며 다가왔다. 가슴이 설레었다. 평생의 정적인 그가 다가오는데 반가운 마음이 먼저 들었다. 이제는 왕이 되어 자신 앞에 다가선 그에게 축하의 말이라도 건네주고 싶을 만큼. 평생을 살면서 이렇게 친구 같은 적을 만나는 것도 쉬운 일이 아니었다. 대조영으로 인해 자신이 지금까지 버티고 살았는지도 모를 일이었다.

정면으로 붙고 싶었다. 이제 노쇠하긴 했지만 대조영과는 그 옛날 젊은 시절에 끝내지 못한 승부를 보고 싶었다. 리하이구는 자신의 기병대를 일렬로 세운 후 공격 명령을 내렸다.

"후퇴는 없다. 오로지 앞만 보고 돌격하라!"

리하이구도 칼을 빼들고 젊은 전사들 틈에 섞였다.

"돌격!"

마침내 돌격 명령을 내렸다.

'두두두두두두'

천둥소리 같은 말굽소리를 내며 당나라군은 발해군을 향해 달려들기 시작했다.

대조영의 부대는 천천히 진군해 갔다.

'둥~ 둥~ 둥~'

느긋한 북소리가 심하 들판에 울리기 시작했다. 발해군은 갑자기 앞장서던 기마병들이 갈라지기 시작했다. 동시에 뒤에 숨어 있던 찰갑으로 무장한 철기병들이 선봉에 나섰다.

'아! 저들을 미처 생각지 못했다.'

리하이구는 십오 년 전 천문령 전투에서 자신에게 패배를 안겨 주었던 철기병을 떠올렸다. 하지만 아직도 저런 부대가 존재하여 이곳까지 나타날 줄은 생각지도 못했다. 그러나 개의치 않았다. 저놈들도 창에 찔리고 칼에 베이면 죽는 사람임에 틀림없기 때문이다. 오히려 이런 들판에서의 싸움에서는 기동력이 떨어져 전투 능력이 떨어질 것이라 생각했다.

'찰~ 찰~ 찰~'

간담을 서늘하게 하는 무서운 쇳소리를 내며 개마무사들은 속도를 높이기 시작하였다. 적과의 거리가 점점 좁아졌다.

"공격!"

대무예는 공격 명령을 내렸다. 철기병들은 들고 있던 단창을 수평으로 내린 채 말에 속도를 가하였다.

'찰찰찰찰'

거센 바람 소리에 수백 년 된 소나무가 넘어가듯 다급한 목소리와 함께 개마무사들은 적진 속으로 달려들었다. 적의 칼날이 이들에게 도달하기도 전에 개마무사의 날카로운 창끝은 벌써 적들의 가슴을 뚫고 있었다. 두 진영 다 후퇴는 없었다. 곧바로 온 들판을 붉은 피 먼지로 뒤덮으며 아비규환의 전투가 벌어졌다. 말갈족과 성주들이 이끄는 고구려 경기병들도 그 먼지 속으로 뛰어들어 심하 들판은 천지를 분간할 수 없는 붉은 먼지의 소용돌이 속에 빨려 들었다. 피가 솟구치고 목이 잘리고 팔이 너덜해지도록 양진영의 기마병들은 싸웠다. 어느 쪽도 물러서지 않았다.

"놈들도 우리처럼 마음껏 한 번 붙어 보고 싶었던 모양입니다."

멀찍이서 싸움의 양상을 지켜보던 고인의가 조심스럽게 전투를 분석하고 있었다.

"나도 그러고 싶다."

대답과 함께 대조영은 화극을 집어 들었다.

"폐하! 지금 무엇을 하시려는 것입니까?"

고인의는 무기를 든 대조영을 보며 놀라 물었다.

"이대로 싸움을 구경만 하고 있을 수 없어."

"아니 됩니다. 이제는 젊은 애들처럼 전장에 함부로 나서실 수가 없습니다."

"아닐세. 꼭 만나야 될 친구가 있어."

"누굴 말하시는 것입니까?"

"저 놈!"

대조영은 멀찍이서 흰 수염을 날리며 개마무사들을 상대로 칼을 휘두르고 있는 리하이구를 발견한 것이다.

"하늘은 나를 이 땅에 보낼 때 저 놈도 함께 보냈어. 저 놈과 나 둘 중 하나는 오늘 죽어야 한다. 그것이 하늘의 뜻이다. 내가 죽든 저 놈이 죽든."

리하이구를 바라보는 순간 대조영의 마음속에 불타는 전의가 생겨나기 시작했다.

"싸우다 내가 불리해진다 싶으면 북을 울려라. 단, 공격신호로."

"예?"

"저 놈과 나는 쉽게 승부가 날 수 없어."

"그 말씀은."

"이랴!"

대조영은 고인의가 말릴 겨를도 없이 화극을 휘두르며 리하이구를 향해 달려갔다. 전투는 백중지세였다. 발해의 전사들도 대단했지만 오랫동안 싸움을 준비한 리하이구가 이끄는 거란 전사들도 결코 만만하지 않았다. 후퇴라고는 모르는 두 부족의 싸움은 너무 잔인했다. 그 사이에 대조영이 뛰어들었다.

"리하이구, 오늘은 결판을 내자!"

마침내 대조영은 리하이구에게 접근했다.

"반갑다. 대조영, 오늘 이 순간을 얼마나 기다렸는지 모른다."

리하이구는 기다렸다는 듯 칼을 휘두르며 다가왔다.

'챙! 챙!'

맞수를 만난 백전노장의 두 장수는 흙먼지 속에서 뒤엉켜 싸우기 시작했다. 서로가 서로를 잘 아는 지라 승부가 쉽게 나지 않았다. 한 명씩 상대를 정하고 싸움에 열중하던 양 진영의 병사들도 손을 놓고 두 장수의 싸움을 구경하기 시작했다. 일합 일합에 희비와 환호가 엇갈렸다. 얼마의 시간이 지났는지 알 수 없었다. 노회한 두 장수는 나이가 있는지라 젊은 시절과 달리 오래지 않아 호흡이 거칠어지기 시작했다. 먼저 지친 쪽은 대조영이었다. 그는 힘에 겨운지 리하이구의 공격을 어렵게 받아 내기 시작했다. 리하이구는 그 틈을 놓치지 않고 계속 공격했다. 시간이 흐르면서 리하이구는 공세를 취하고 대조영은 수세에 처했다.

고인의는 초조하게 전투 상황을 지켜보다 대조영이 수세에 몰리기 시작하자 북채를 들었다. 그리고는 더 이상 기다릴 수 없어 북을 울렸다.

'둥둥둥둥~'

고인의는 시키는 대로 진군을 알리는 북을 울렸다.

"와~"

막 북채를 내리는 순간이었다. 갑자기 싸움터에서 환호성이 울렸다. 영문을 알지 못하는 고인의는 재빨리 상황을 살폈다. 다행이 환호성은 발해군 사이에서 울리는 것 같았다. 계속 수세에 몰리던 대조영은 갑자기 북소리가 울리자 순간적으로 공세로 돌아섰다. 북소리에 주춤하던 리하이구는 그 순간을 파고드는 대조영의 화극을 피하지 못한 것이다. 피가 솟구치고 곧바로 리하이구의 목은 땅 위로 떨어졌다.

"잘 가게나!"

대조영은 오랜 적수인 리하이구를 향해 짤막하게 애도를 표했다.

"공격하라!"

리하이구의 목을 벤 대조영은 곧바로 공격 명령을 내렸다.

'둥둥둥둥~'

대조영의 공격명령과 동시에 고인의는 공격을 알리는 북을 울리기 시작했다. 소문으로만 들었던 요서 지역 최고의 장수 리하이구의 목이 베이는 순간을 목격한 발해군은 곧바로 공격하라는 북소리에 힘을 내어 거란의 기병대를 부수기 시작했다. 순식간에 발해의 경기병들은 적의 후방까지 에워쌌다. 적은 이제 어미를 잃고 독안에 갇힌 생쥐 같은 형국이 되고 말았다.

"항복하라. 항복한 자는 살려준다."

대조영은 항복을 권했다. 하지만 우두머리를 잃고도 거란족들은 칼을 놓지 않았다.

"저항하는 놈들은 끝까지 추격하라!"

리하이구의 목을 벤 대조영은 추격 명령을 내렸다. 또 다시 심하 벌판은 피비린내 나는 아비규환의 지옥으로 변했다. 그러나 이전처럼 치열하지는 않았다. 이미 전의를 상실한 거란족들이 속속 항복하기 시작하였다. 해질 무렵이 되자 겨우 포위망을 뚫은 소수를 제외하고는 대부분 항복하고 말았다. 대승이었다. 대조영은 마치 오랫동안 자신의 머리를 짓누르던 큰 혹이 제거된 것 같은 시원함을 느꼈다. 이로써 요동과 요서에는 자신에게 맞설만한 적이 사라진 것이다. 한편으로는 갑자기 허탈감이 들기도 했다. 할 일을 잃은 사람처럼. 하늘은 이제 붉은 흙먼지 대신 까마귀와 독수리 떼들로 뒤덮이기 시작했다. 이리와 늑대들의 울부짖음도 시작되었다.

"리하이구의 시신을 잘 수습하여 고향 땅에 돌려주어라."

대조영은 그것이 평생 적수였던, 어쩌면 자신을 끊임없이 채찍질하게 만들었던 친구였던 리하이구에 대한 예의이며 자신이 해 줄 수 있는 유일한 일이라 생각했다. 저녁노을 속으로 한 대의 마차가 떠나갔다. 대조영은 마차가 보이지 않을 때까지 그 뒷모습을 지켜보았다.

'이제 편히 쉬게나. 다음 생에서 만날 때는 진짜 친구가 되세나.'

다음날도 어김없이 해는 떴다. 대조영은 군사들을 배불리 먹인 후에 오늘 있을 신성 공략을 준비하게 했다. 너무나 치열했던 어제의 전투를 생각한다면 오늘은 푹 쉬게 해주고 싶었지만 바로 눈앞에 적이 있기에 그럴 수는 없었다. 늦은 아침을 마친 대조영은 또 다시 고인의를 불렀다.

"오늘은 자네가 신성으로 들어가게. 들어가서 항복하지 않으면 왕족이고 뭐고 가리지 않고 다 죽인다고 전하게."

고인의는 대조영의 명을 받고 신성 안으로 들어갔다. 고제덕은 고인의를 안동도호 고덕무에게 안내했다. 어제의 잔인했던 전투를 지켜본 고제덕은 대조영을 함부로 대할 수 없다는 것을 깨닫고 고인의를 정중하게 영접했다. 리하이구가 어떤 사람인가 자신들이 가장 믿었던 장수였다. 그가 점잖게 대조영에게 항복을 권할 수 있었던 것도 리하이구가 군사를 이끌고 오고 있다는 연락을 미리 받았기 때문이다. 그러나 믿었던 장수가 어떻게 당하는지 똑똑히 보았다. 우습게 알았던 발해군의 진면목을 깨닫게 된 그는 대조영 앞에서 교만한 모습을 보였던 자신의 행동이 후회스럽기까지 했다. 고인의는 점잖게 항복을 권했다.

"우리 대왕께서는 자신의 권위에 도전하는 자는 용서하지 않으십니다. 순나부 땅에 있는 수많은 말갈족들이 전부 우리 대왕에게 복종하였습니다. 그 가운데는 겁 없이 저항하다 진노한 대왕의 칼에 의해 전멸한 부족도 있습니다. 어제 발해군의 위력을 보셨다면 아시겠지만 신성도 항복하는 것이 좋을 것입니다."

"나는 고구려의 마지막 대왕이셨던 보장왕의 적손이다. 이런 내가 어떻게 고구려 유장 출신에게 항복한단 말이냐?"

고덕무는 자신의 혈통을 내세우며 자존심을 세우려 했다.

"고구려는 망했습니다. 옛 조선이 망한 후 그 전통을 고구려가 이었듯이 이제 망한 고구려의 전통은 우리 발해가 잇고 있습니다. 하늘은 고구려를 버리고 발해를 새로 세웠습니다."

"나는 이곳을 중심으로 고구려를 부활시키려 한다. 오히려 그대들 발해가 나에게 복속하는 것이 조상에 부끄럽지 않은 행동이 아닐까?"

안동도호 고덕무는 오히려 고인의를 설득하려 했다.

"그렇다면 저는 돌아가겠습니다. 우리 대왕께서 이 신성을 공략하시는 날에는 아마도 도호님은 물론 도호님 식구까지 전부 죽임을 당할 것입니다. 잘린 목은 성문에 매달린 채 피가 다 떨어지고, 수분이 빠져나가 바짝 마른 상태에서 독수리의 밥이 될 것입니다."

"이런 발칙한 놈!"

안동도호 고덕무는 벌컥 화를 냈다.

"저는 돌아가겠습니다. 싸울 준비를 단단히 하십시오."

고인의는 자리에서 일어섰다. 그러면서 자신도 모르게 웃음이 새 나왔다. 어느새 자신도 대조영을 닮아가고 있었기 때문이었다.

"잠깐만, 내일까지만 시간을 주시오."

성문을 나서려는 순간 고제덕이 다급하게 그를 붙잡았다.

"나는 기다릴 수 있지만 우리 대왕께서는 기다리지 않을 것입니다. 오늘 정오까집니다"

고인의는 매정하게 말한 뒤 곧바로 신성을 빠져나왔다.

고덕무는 고인의의 무례한 말에 화를 내긴 했지만 막상 발해를 상대로 싸울 엄두가 나지 않았다. 아직까지 전쟁이라는 것을 한 번도 치러보지 않은 그는 어제 벌어졌던 당나라와 발해군의 끔찍한 전투를 똑똑히 보았기 때문에 더욱 자신이 없었다.

"저들을 상대로 싸울 수는 없습니다. 저들은 분명 신성을 공격한 후에 잔인하게 보복을 할 사람들입니다. 자존심 그만 세우시고 항복하시지요."

고인의를 성문까지 배웅하고 돌아온 고제덕은 고덕무를 설득하려 했다. 사실 태어나서 한 번도 전투를 치러 보지 않은 그는 어제 있었던 발해국과 당나라가 자랑하는 요서 최고의 명장 리하이구 사이에 벌어졌던 전투를 바라보면서 큰 충격을 받았다. 전쟁이 그렇게 잔인한 줄은 몰랐던 것이다. 더구나 발해군이 저토록 용맹할 줄은 상상조차 하지 못했다. 섣불리 대들다가는 아까운 목숨만 잃을 것 같았다. 차라리 항복하는 것이 그나마 목숨을 건질 수 있는 유일한 방법이라는 생각에 그의 마음은 급해졌다. 정오가 넘어가면 저들은 공격을 감행할 것이고 그렇게 되면 싫든 좋든 저들과 싸워야 할 것이고 그 결과는 뻔했다.

"아무리 그래도 어떻게 고구려왕의 적손인 내가 저런 족보도 없는 자에게 항복한단 말인가?"

안동도호 고덕무는 고집을 꺾지 않았다.

"그렇다면 도호께서는 싸우십시오. 저는 식구들과 제 부하들을 이끌고 항복하겠습니다."

고제덕은 자리에서 일어났다. 당나라를 위해 목숨을 거는 것보다는 차라리 고구려의 정통성을 이어가고 있는 발해에 항복하여 새로운 고구려를 위해 일하는 것이 더 낫다는 판단을 내린 것이다.

"비겁한 놈!"

고제덕의 등 뒤로 고덕무의 욕설이 이어졌다. 하지만 고덕무는 고제덕을 붙잡을 수 없었다. 그가 이끄는 군사도 만만치 않았기 때문이었다.

정오가 다 되었을 무렵, 늦은 아침을 먹고 신성을 포위하고 있는 발해군에게 공격준비 명령이 내렸다. 그때 신성의 성문이 열렸다. 그리고 그 속에서 수천의 군대가 쏟아져 나오기 시작했다. 신성의 움직임을 예의주시하고 있던 대조영은 일단의 무리들이 성문을 빠져나오자 긴장하며 전투 준비령을 내렸다. 그런데 맨 앞에 선 병사의 창끝에는 하연 깃발이 달려 있었다. 며칠 전까지만 해도 꼬장꼬장한 모습을 보이던 고제덕이 항복해 온 것이다.

"잘 왔소. 신성의 새로운 성주가 되어 새로운 고구려인 우리 발해를 위해 충성을 다하길 바라겠소."

대조영은 그 자리에서 고제덕을 곧바로 신성성주로 임명했다.

"아니 아무 것도 한 일이 없는 저에게."

고제덕은 항복을 하면서 자신에게 어떤 벌이 내려질까 고심했었다. 며칠 전에 대조영에게 한 무례한 일이 떠올랐던 것이다. 그런데, 오히려 대조영이 벼슬까지 내리자 그는 감격했다.

"대왕 폐하를 위해 온 몸을 다 바치겠습니다."

아무 공적도 없는 자신을 높이 평가해 주는 대조영에게 감사하며 고제덕은 충성을 맹세하였다.

"공격!"

약속한 정오가 지나도록 더 이상의 진척 상황이 없자 대조영은 곧바로 공격 명령을 내렸다. 성 안에 싸울 의지가 있는 사람은 별로 없었다. 다만 의리상 고덕무를 버리지 못해 남아 있는 사람들이 많았다. 이들은 대조영이 운제와 충차를 앞세워 공격하기 시작하자 곧바로 성문을 열었다. 어제 맹수처럼 사납게 싸우던 발해군의 창칼이 자신에게 향하는 것이 두려웠기 때문이었다.

대조영은 아무런 저항 없이 성 안으로 들어갔다. 약탈을 금하였다. 저항하지 않는 적은 약탈하지 않고 이전을 삶을 보장해주는 것이 대조영의 싸움의 원칙이었다. 성 안에 들어선 대조영은 고덕무의 행방을 추적하였다.

"찾았습니다."

부하들의 보고를 들은 대조영은 그를 발견한 곳으로 나갔다. 끝까지 항복하지 않은 놈을 반드시 목을 베겠노라는 생각과 함께.

"자결하였습니다."

그가 도착하자 부하들은 대들보에 목을 맨 고덕무의 모습을 보여주었다. 고구려 왕족의 적손으로서 그나마 자존심을 지키려 한 것이다. 그러나 한 줌도 안 되는 자존심을 당나라 사람들에게는 보이지 못하고 동족인 자신에게만 내보이려 한 그를 용서하고 싶은 마음이 없었다.

"놈의 목을 베어서 장대에 높이 매달아 모든 백성들이 교훈으로 삼게 하라."

안동도호부인 신성을 차지함으로써 대조영은 고구려가 망한지 실로 사십오 년 만에 다시 요동 땅을 점령하게 되었다. 이제 발해는 명실상부하게 고구려의 정통성을 이은 나라가 되었으며 당나라와 대등한 위치에 올라설 수 있게 되었다.

이듬해 당나라는 안동도호부를 만리장성 너머 평주로 옮기고 말았다. 한반도를 지배하기 위해 평양성에 설치했던 안동도호부는 신라의 공격을 받아 요동으로 옮긴 후, 고구려를 부흥시키려는 보장왕의 반란이후 신성으로 옮겼다가 결국은 대조영에 패하여 사십 오년 만에 고구려의 옛 땅을 떠나게 된 것이다.

순나부 지역의 말갈족을 통합하고 남으로는 두만강을 건너 철령 이북 땅까지 점령한 대조영이 옛 고구려 땅인 요동을 공략함으로 인해 발해는 평양을 제외한 고구려의 옛 땅을 거의 다 수복하게 되었다. 이로 인해 이름뿐 아니라 영토적으로도 발해는 고구려를 계승한 나라로 자리 잡게 되었다. 동으로는 동해, 북으로는 흑룡강성, 서로는 요하, 남으로는 철령에 이르는 광활한 제국으로 탄생한 것이다.

713년, 당나라는 서둘러 발해에 사신을 보냈다. 발해가 위협적으로 성장하자 이를 막기 위해 화해의 사절을 보낸 것이다. 낭장 최근을 보내 대조영을 좌효위원외대장군(左驍衛員外大將軍) 겸 홀한주 도독(渤海郡王)으로 책봉한다는 조서를 보냈다.

"하하하, 가서 일러라. 우리는 고구려의 후예로 당나라와는 상관이 없는 고조선, 부여, 고구려로 이어지는 정통성을 지닌 나라라고. 이십여 년 전에 내가 군사를 일으켰을 때도 측천무후가 나에게 진국공이라는 칭호를 주어 나를 무마하려 하더니, 이번에도 전쟁에 져서 불리해지니까 책봉하여 마치 우리 발해가 너희들의 속국인 것처럼 말하고 있으니 도대체 네 놈들은 뭐하는 놈들이냐? 분명하게 말하지만 우리는 천통(天統)이라는 독자적 연호를 사용하는 예맥족이 세운 나라다. 자신 있으면 군사를 끌고 와라. 얼마든지 상대해 줄 테니."

대조영은 걸사비우와 함께 군사를 일으켰을 때도 전세가 불리해지자 측천무후가 두 사람에게 각각 진국공과 허국공이라는 호칭을 내려 무마하려 했던 사실을 떠올리며 호통을 쳤다.

"너희 놈들이 한 번도 나를 이긴 적이 없는데 어떻게 내 주인 노릇을 하려느냐. 괘씸한 놈들. 나라와 나라 사이는 서로에 대한 예의를 지키며 존중할 때 그 관계가 이루어지는 것이다. 더구나 분명히 말하지만 당나라는 고구려를 멸망시킨 원수의 나라다. 나와 내 후손들은 당나라에 대한 공격을 멈추지 않을 것이다."

대조영은 분명한 자신의 뜻을 당나라에 전달했다. 낭장 최근은 당황한 표정으로 자신의 나라로 되돌아갔다.

주몽이 나라를 세워 첫 도읍으로 삼았던 졸본성(오녀산성) 위에서 바라본 혼강.
혼강이 자연 해자 역할을 했기에 고구려는 적의 침입에 대비하면서 힘을 비축할 수 있었다.

4부 대무예

1. 구밀복검

"그대를 얼마나 그리워했는지 모르오. 이제는 내 품에 안겨 영원히 떠나지 마시오."

"당신 품이 얼마나 그리웠는지 모릅니다. 지금 이대로 영원이 되었으면 좋겠습니다."

"으윽!"

"왜 그러십니까?"

"가슴이 아프오. 가슴이. 아~ 내 손을 놓지 마시오. 내 손을……."

719년 겨울, 마굽산 산정에 눈이 내려 밤새 천지를 하얀 열반의 세계로 탈바꿈 시키고 있었다. 달맞이는 자리에서 벌떡 일어났다. 그녀의 이마에는 땀방울이 송골송골 맺혀 있었다.

'무슨 꿈일까?

도저히 잠을 이룰 수가 없었다. 그녀는 옷을 입었다. 무슨 이유에선지 몰라도 가사까지 차려 입었다. 또 다시 가슴이 아파왔다. 그녀는 가슴을 움켜쥐고 법당으로 향했다. 아직 캄캄한 밤인데도 까치 떼들이 몰려들어 시끄럽게 울고 있었다. 예불을 드릴 수가 없었다.

'무슨 징조인가?'

꿈자리가 사나워 불당에 나와 예불을 드리려던 달맞이는 까치들의 시끄러운 소리에 마음을 잡을 수가 없었다. 자연에 묻혀 살면서 그녀는 자연의 변화 하나하나, 새들의 지저귀는 소리 하나도 놓치지 않았다. 그 속에 담겨 있는 부처의 뜻이 무엇인가를 찾기 위한 버릇이었다.

대조영의 애타는 부름에 그녀는 잠이 깼다. 그녀를 찾는 애타는 손길에. 그녀는 법당에 앉아 눈을 감아도 자신을 부르던 눈길이 선하게 보여 마음이 한 곳에 모아지지 않았다. 송골송골 맺혔던 땀방울은 이제 법당 안을 휘감는 찬바람에 얼어붙은 듯 그녀의 마음을 일깨웠지만 한 번 속세의 인연에 정신을 빼앗긴 그녀의 마음은 다시는 열반에 이르지 못했다.

'무슨 일일까?'

왼쪽 가슴이 또 다시 아프기 시작했다. 가끔씩 이런 일들이 있었지만 이렇게 바늘로 쑤시듯이 아픈 적은 없었다.

'왜 일까? 꿈속에서 가슴이 아프다는 말씀을 하시더니…….'

달맞이의 눈에 눈물이 맺혔다. 한 방울 두 방울……. 마침내는 줄줄 흘러내렸다.

"흐~흑, 흑."

그녀는 끝내 울음을 참지 못하고 오열하기 시작했다. 그리고는 가슴이 답답한 듯 여러 번 가슴을 치다가 끝내는 가슴을 부둥켜안고 쓰러졌다.

까치 떼들의 시끄러운 재잘거림이 그녀의 울음소리와 신음 소리를 덮었다. 상실 뒤에 찾아오는 평안, 무념무상의 세계가 그렇게 펼쳐졌다. 함박눈은 계속 내려 땅 위의 모든 인연들을 하나씩 덮기 시작했다. 마침내 하얀 눈은 땅 위에 있는 모든 물상들을 뒤덮었다.

안동도호부를 요동 땅에서 몰아낸 후 발해는 특별한 외우내환이 없었다. 필생의 업을 다 마쳤음일까, 719년 겨울 한민족사의 가장 위대한 정복 군주인 대조영은 조용히 눈을 감았다. 온 나라에 위대한 왕의 죽음을 알리는 조종(弔鐘)이 울렸다. 하늘에서는 끊임없이 눈이 내려 끊어질 법했던 예맥조선의 정통성과 위대한 고구려의 혼을 되살린 영웅의 죽음을 온 열조와 함께 슬퍼했다.

대조영의 뒤를 이어 왕위에 오른 그의 아들 대무예는 아버지 대조영의 시호를 고왕(高王)[12]으로 정하고 동모산 맞은편에 있는 육정산에 잘 장사 지냈다.

아직까지 더 살 수 있는 나이였음에도 불구하고 아버지 대조영은 오랜 전쟁을 통해 몸과 마음이 지쳐서인지 그만 세상을 등지고 말았다. 대무예는 아버지의 뒤를 이어 대왕의 자리에 오르면서 아버지를 잃은 슬픔에서 한동안 헤어나지 못했다. 영주성에서 고통스러운 포로생활을 하면서도 대

12) 「신당서」에서는 이를 시호라는 말 대신에 사호(私謚)라는 말을 쓴다. 시호는 사후에 그 업적에 따라 천자가 내리는 것인데 발해왕의 경우 당으로부터 내린 것이 아니고 독자적으로 증상(贈上)하였기 때문에 '사호'라고 기록한 것이다. 이를 통해 볼 때 중국 사람들이 얼마나 오만 불손한 사람들인지 알 수 있다. 대무예가 일본에 보낸 국서에서도 밝혔지만 발해는 자신들을 고구려의 후손이며 당나라는 고구려를 멸망시킨 원수나라라고 분명히 밝히고 있음에도 중국인들은 발해를 당나라의 속국이라고 계속 우기는 것이다. 대무예는 당당하게 아버지의 시호를 고왕이라 했는데 중국인들은 이것이 천자의 허락을 받지 않아 사호라 말하는 것이다. 참으로 오만 불손한 경우다.

의를 잃지 않으시다 결국은 나라를 세우고 고구려의 옛 영토를 거의 회복한 아버지의 영웅적 기세를 과연 자신이 이어갈 수 있을지 걱정이 되었다. 아버지를 장사지낸 뒤 왕위에 오르자 아버지의 그늘이 너무 컸음을 새삼 느끼게 되었다. 어떻게 당나라의 위협에 대처하며 흑수부말갈을 비롯한 많은 다른 종족들을 통합하며 나라를 유지시킬지 걱정이 되었다.

"폐하! 당나라에서 사신이 왔습니다."

"당나라에서?"

"그렇습니다. 당나라 황제는 오사겸을 선대왕 폐하의 죽음을 애도하는 조문 사절로 보냈습니다."

"저런 고마울 데가."

당나라에서 조문 사절이 도착했다는 소식은 대무예에겐 커다란 위로이면서 희소식이었다. 당나라에서 발해의 존재를 인정해 주면서 동시에 화해의 몸짓을 보낸 것이다. 당나라와 분쟁 없이 지내는 것은 자신이 소원하는 바였다.

"고맙소이다. 선대왕의 서거를 애도하기 위해 이 먼 길까지 찾아주셔서."

대무예는 당나라 사신을 진심으로 반겼다.

"아닙니다. 이웃이 슬픈 일을 당했는데 찾아뵈는 것이 당연하지요. 이번에 새롭게 황제의 자리에 오르신 저의 황제께서는 귀국(貴國) 왕의 죽음을 애도하면서 동시에 귀국(貴國)과는 선린관계를 유지하고 싶다는 뜻을 전하셨습니다."

"그렇게 생각하신다니 참 고맙습니다. 지난 날 두 나라 사이에는 불행한 일이 있긴 했지만 이제는 지난날에 얽매이기보다는 서로의 위상을 인정한 후에 앞으로의 선린관계 유지에 많은 노력을 기울일 때라고 생각합니다."

대무예는 당나라 사신의 방문을 진심으로 고마워했다. 그리고는 그 화답으로 당나라 사정에 밝은 미발계를 당나라 왕성인 장안성으로 보내 당나라 사신의 방문에 답방했다. 뿐만 아니라 해마다 대창발해, 대도리행, 대의신 등 왕자를 차례로 보내 중국의 화해 몸짓에 화답하며 당나라의 문물도 배우게 하는 등 선린정책을 유지하려 애썼다.

"돌아가신 선대왕께서는 나라를 건국하는 과정이셨기 때문에 강력하고 단호한 모습을 보일 수밖에 없었습니다. 그 과정에서 불만을 가진 부족들이 많이 있었을 것입니다. 이제 대왕 폐하께서는 저들에게 덕을 베푸시어 저들의 불만이 무엇인지 들어주시고 해소시키는데 노력하여 선대왕께서 이룩한 발해라는 이 거대한 조국을 반석위에 올려놓으셔야 할 것입니다. 당나라와도 선린정책을 취하여 몇 십 년간 지속되어온 전쟁을 이제는 끝내야 합니다. 다행이 당나라에서 화해의 손길을 보냈으니 이를 잘 활용하여 백성들이 전쟁의 걱정 없이 생업에 종사할 수 있게 해야 할 것입니다."

스승인 고인의는 국정의 방향을 어떻게 잡는 것이 좋겠느냐는 물음에 이렇게 대답했다. 정복자의 모습보다는 덕이 넘치는 군주가 되기를 당부한 것이다.

대무예는 스승의 조언을 받아들여 내치에 충실하려 애썼다. 아버지의 강력한 통치에 부담을 느낀 백성들이 없는지 직접 동서남북의 숫골을 순행하면서 이들의 소리를 들으려 애썼다. 동해에서부터 거란과 경계를 이루는 요하까지, 사람이 살지 않는 흥안령산맥에서부터 시작하여 계림 땅의 철령근처까지 순행하면서 각기 다른 여러 부족들의 필요한 것이 무엇인지를 들으며 많은 부족들을 통합하려 애썼다. 아버지 대조영의 철권통치에 감히 입을 열지 못했던 부족장들은 대무예의 호의에 감사하며 자신들의 불만을 조심스럽게 말하기 시작했다. 대무예는 귀를 열어 저들의 소리를 들었다.

대무예가 왕위에 오른 후 한동안 평화와 선린의 세월이 지속되었다. 당나라와는 더 이상 분쟁이 없었으며 내치에 충실한 결과 강력한 군주였던 아버지 대조영의 시대와는 달리 안정되고 평온한 나날들이 지속되었다.

그러나 선린정책이라는 이면에는 이에 불만을 가진 세력들이 있게 마련이었다. 그 움직임은 당나라 수도인 장안성에서 멀리 떨어진, 보다 넓은 땅과 백성을 거느리고 싶어 하는 변방의 호족들에 의해 나타나기 시작하였다.

영롱한 하늘빛과 화려하게 수놓은 흑룡강변 숲 속의 가을은 아름다움에 둔감한 흑수부말갈 전사들의 가슴을 설레게 했다. 땔감을 마련하고 겨우내 먹을 양식을 준비하기 위해 사냥하는 틈틈이 높고 맑은 하늘도 쳐다보고 울긋불긋 물든 나무도 힐끔 쳐다보며 가슴 한 구석에 남아 있는 감성의 한 끝을 꺼내 보았다. 하지만 이들에게 허락된 가을은 그리 길지 않았다.

겨울이 되면 사람과 짐승이 들판에서 자취를 감춘다. 움집에 틀어박혀 가으내 사냥하여 저장해두었던 고기를 꺼내 먹으며 추위를 이겨내야 했다. 이를 위해서는 제일 바쁜 계절이 가을이었다. 장작도 준비해야 하고 겨울 양식을 마련해야 했다. 들짐승을 사냥하고, 강가에서 생선을 잡아 가을의 따뜻한 햇살에 말려야 했다.

아속리계는 부족의 모든 역량을 동원하여 사냥에 열중했다. 이들에게 사냥은 단순한 사냥이 아닌 전술훈련이면서 동시에 실전훈련이었다. 새롭게 성인이 된 아이들에게는 사냥법도 가르쳐야 하고 싸우는 법도 가르쳐야 한다. 흑수부말갈이 존재하기 위한 생존 훈련시간인 셈이다.

이날도 아속리계는 부대를 넷으로 나눠 사냥에 나섰다. 세 부대가 세 방향에서 북과 꽹과리를 울리며 사냥감을 몰아오면 숨어 있던 한 부대는 활과 창으로 이를 사냥하는 식이었다. 노련하고 숙련된 사냥꾼들이 주로 이 일을 맡고 젊음과 패기 넘치는 사냥꾼들은 몰이에 주로 나섰다.

'둥둥둥~ 깨갱깨갱~'

요란한 소리가 숲 속에 울리기 시작하자 날새들이 하늘 높이 솟구쳤다.

'꺄악 꺄악'

요란한 울림에 숲 속이 요동치기 시작했다. 나뭇가지들의 움직임이 예사롭지 않았다. 넓게 범위를 정한 흑수부말갈의 젊은 전사들은 서서히 한 방향으로 사냥감을 몰기 시작했다. 큰 바위 뒤에 숨어 이 모습을 지켜보던 아속리계의 입가에 미소가 떠올랐다. 아주 큰 놈들이 드문드문 보였기 때문이다.

"사격!"

아속리계는 숨어 있던 부하들에게 사격 명령을 내렸다. 동시에 화살이 어지럽게 날기 시작했고 짐승들의 울부짖는 소리는 끊이지 않았다.

한 놈이 눈에 띄었다. 너럭바위 같은 멧돼지였다. 몸에 두 대의 화살을 달고도 놈은 지친 기색 없이 달려들었다. 곁에 있던 전사(戰士)들이 창을 던졌다. 하지만 놈은 창을 맞고도 주춤하는 기색 없이 계속 내달았다. 근래 보기 드문 대단한 놈이었다.

"저 놈 잡아라!"

아속리계는 자신도 모르게 추격을 명했다. 말에 오를 틈도 없이 놈을 쫓았다. 잔가지가 많아 단거리를 달리는 데는 오히려 말이 장애물이 되기 때문이다. 한참을 달리자 놈의 모습이 보였다. 피를 흘리면서도 아직 여전히 힘이 남아 있는지 계속 달렸다. 창을 던졌다. 창살이 놈의 엉덩이에 꽂혔다. 하지만 놈은 잠깐 주춤거리더니 또 다시 숲 속으로 달려갔다. 맥이 빠졌다. 빠른 속도로 달려오느라 숨이 가빠 쫓아갈 엄두가 나지 않았다.

포기하는 마음으로 숲 속에 들어가 사방을 두리번거렸다.

"이놈을 찾으십니까?"

낯선 자였다. 그의 앞에는 거대한 멧돼지 한 마리가 숨을 헐떡거리며 쓰러져 있었다.

"누군가?"

"사냥꾼입니다."

사냥꾼 복장을 하고 있었지만 흑수부말갈족과는 다른 차림새였다.

"어느 부족인가?"

"거란족입니다."

다시 한 번 사내를 찬찬히 살폈다. 다른 부족의 영역에 들어와 여러 명에 둘러싸여 있어도 전혀 위축되지 않았다. 오히려 사냥감을 발견한 매의 눈으로 자신을 노려보고 있었다. 단순한 사냥꾼이 아님이 분명했다.

"거란족이 무슨 일인가? 남의 땅에."

"가한님을 만나러 왔습니다."

"내가 여기에 나타날 줄은 어떻게 알았나?"

"사냥을 다니신다 길래 이곳에서 기다렸습니다."

"날 따라오게."

몇 마디 말에서 아속리계는 사냥꾼의 정체를 파악했다. 더 이상 그를 홀대해서는 안 되겠다는 생각에 장로에게 사냥을 부탁하고 낯선 방문객을 그의 움막으로 데려갔다.

"누가 보냈는가?"

낯선 자가 거란족이라면 분명 당나라에서 보낸 자가 틀림없다는 생각에 아속리계는 단도직입적으로 그의 정체를 물었다.

"안동도호부에서 왔습니다."

"안동도호부는 만리장성 너머로 쫓겨 가지 않았나?"

"하지만 여전히 안동도호부는 안동도호부입니다. 안동도호의 주목적은 발해를 경계하는 것입니다. 아니 발해를 멸망시키는 것 그것이 주목적입니다."

"뭐야!"

아속리계는 칼을 뽑았다. 놈의 목적이 무엇인지 드러났기 때문이다.

"나더러 발해를 배반하라는 것이냐?"

"흑수부말갈이 왜 발해의 지배를 받고 있어야 합니까? 흑수부말갈은 고구려가 강성할 때도 독립을 유지했습니다."

"나는 발해를 배반하지 않는다. 그러니 돌아가라."

"대조영은 죽었습니다. 그의 아들 대무예는 아버지만큼 뛰어난 자가 아닙니다. 우리는 이제 발해를 붕괴시키기 위한 작업을 시작했습니다. 흑수부말갈만 협조해 주면 충분히 가능한 일입니다."

"네놈이 사자로 왔기에 그냥 돌려보낸다. 한마디만 더 말하면 목을 칠 것이다."

"황제께서는 가한님을 발리주자사(勃利州刺史)로 삼는다는 조서를 이미 내렸습니다."

방문객은 아속리계의 위협은 안중에도 없었다.

"한마디만 더 하면 목을 친다 하지 않았느냐?"

아속리계는 정말 칼을 내려칠 듯이 위협했다. 하지만 그는 미동도 하지 않았다.

"그 정도의 위협에 넘어갈 위인은 아닙니다. 이것을 보십시오."

방문객은 담담했다. 대신 품속에서 문서를 하나 꺼냈다.

"황제의 조서입니다."

흑수부말갈 가한 아속리계를 발리주자사로 삼는다는 말과 함께 옥쇄가 분명하게 찍혀 있었다.

"……."

"황제께서는 흑수부말갈에 장사를 파견하여 가한님을 돕게 할 계획까지 세우고 계십니다."

"……."

"내년 봄에 한 번 장안성으로 방문하셔서 황제 폐하를 알현하십시오. 흑수부말갈뿐만 아니라 발해국 전체를 다스릴 수 있는 기회가 주어질 것입니다."

"……."

보름달, 품 안에 안길 듯 달빛이 쏟아져 내렸다. 둥근 달 속에 어머니의 얼굴이 비쳤다. 이제는 기억도 잘 나지 않는 아버지의 얼굴도. 아무도 없는 이 적막 산하가 싫다. 어머니가 돌아가신 후 이 절 생활이 너무 싫다. 아무도 찾아오지 않는 이 마곱산에 갇혀 나머지 인생을 보내는 것이 정말 싫다. 이제 내 나이 이십대 중반 살아갈 날이 더 많은데 어머니가 없는 이곳은 나와는 아무런 상관이 없는 곳이다. 넓은 세상으로 가자. 아버지의 고향을 찾아 떠나자. 아버지의 고향으로…….

밝은 달은 석공의 칼자국이 아직도 선명히 남아 있는 부도를 환히 비치고 있었다.

'어머니 도대체 당신의 한은 무엇이었습니까? 왜 그렇게 갔습니까? 저에게는 왜 한마디 말씀도 하지 않으셨습니까? 어머니의 가슴에 숨겨 둔 비밀은 도대체 무엇이었습니까? 어머니 저는 이제 떠나렵니다. 어머니를 여기 묻어 두고 떠나는 제 마음이 너무 아프지만 저는 이 산이 싫습니다. 넓은 세계로 가고 싶습니다. 아버지의 고향이었다는 곳으로. 그곳에서 제 혈육을 찾고 싶습니다. 이렇게 단절된 삶이 싫습니다.'

조환은 한동안 부도 앞을 떠나지 못하다 방으로 되돌아 왔다. 짐을 꾸렸다. 짐이랄 것도 없다. 쌀쌀한 날씨에 입을 옷가지 몇 개와 그의 오랜 친구인 산지니 두 마리가 전부였다. 어머니와 자신의 어린 시절 추억이 한껏 묻어 있는 이곳을 떠나려니 가슴이 아팠다. 어머니의 강요에 의해 스님이 되었지만 절대 자신은 스님이 되고 싶은 생각이 없었다. 어머니는 지나 온 삶에 대해 말이 없으셨다. 어머니의 한이 이곳까지 이끌었지만 자신은 이곳에 있고 싶지 않았다.

어머니에게 작별인사를 올리고 오니 알 수 없는 서러움이 북받쳐 올랐다. 자리에 누워도 잠이 오지 않았다. 밝은 달빛이 창문을 비추었다. 사람의 그림자, 절에는 스님 한 분과 일하는 아이 둘 뿐이다. 그들은 잠들었을 시간이다.

'꺅꺅!'

날카로운 매소리가 들렸다. 조환이 적적한 생활을 이기지 못하여 기르는 산지니 소리였다. 환은 자리에서 벌떡 일어섰다.

"누구냐?"

약간은 두려움에 젖은 목소리였다.

"쉿! 불은 켜지 마시오."

뜻밖에도 상대의 목소리는 다감했다.

"놀라지 마시오. 해치려는 사람이 아니오."

"들어오시오."

방문이 열리고 검은 그림자가 방 안으로 들어왔다.

"이렇게 불쑥 찾아뵙게 되어서 죄송합니다. 그러나 일이 일인지라. 며칠 전부터 줄곧 공자님을 지켜보고 있었습니다."

"공자님? 누구시오, 당신은?"

"저는 공자님의 집안사람입니다."

"뭐라고 내 집안?"

"그렇습니다. 저는 공자님의 고향인 영주성에서 왔습니다."

어머니는 아버지에 대해서 이야기한 적이 없었다. 다만 언젠가 한 번 자신의 다그치는듯한 물음에 아버지가 영주성 사람이라는 말을 지나가듯 말했을 뿐이었다. 그래서 그는 지금 영주성으로 떠날 생각을 갖고 있던 차였다.

"영주성이라면, 당나라?"

"맞습니다."

"혹시 내 아버지에 대해서 알고 있소?"

"물론입니다. 아버님은 영주 도독이셨습니다."

"뭐라고! 영주 도독. 아버지는 살아계시오?"

"돌아가셨습니다."

놀라움과 설렘으로 발갛게 달아올랐던 조환의 얼굴은 곧바로 실망감으로 인해 홍조가 걷히고 있었다.

"언제?"

"발해국왕 대조영에 의해 돌아가셨습니다."

"대조영!"

조환은 어머니를 가끔씩 찾던 사람이 대조영이라는 것을 어렴풋이 알고 있었다. 왜 그분이 이곳을 찾는지, 왜 어머니를 찾는지 알지 못했다. 그 어느 누구도 설명하지 않았다. 다만 탈속하기 전 어머니와 인연이 있는 분이라는 것만 짐작하고 지냈을 뿐이었다. 그런데 아버지가 그런 분에 의해 살해 되었다니 믿을 수가 없었다.

"그런 일이……."

조환은 혼란스러웠다. 어머니의 나라와 아버지의 나라. 어머니 나라를 위해 어머니는 아버지를 배반했다.

"이제는 당나라를 위해 일하셔야 합니다. 아버지의 복수도 해야 하고."

"당나라를 위해?"

"당나라는 발해를 공격할 것입니다. 만약 성공한다면 공자님을 홀빈 지역 도독으로 삼을 것이라 약속했습니다."

"홀빈주 도독?"

"그렇습니다."

"당신은 누구요?"

"저는 신임 안동도호 설태가 보낸 사람입니다."

"설태?"

"발해공략의 책임자입니다."

"……."

"대조영이 죽은 후 흑수부말갈 추장 아속리계는 발해왕 대무예 몰래 당나라에 조공사절을 보내 당나라에 귀속하였습니다. 당나라에서는 아속리계를 발리주자사에 제수하고 장사를 파견하여 발해를 견제하기 시작했습니다. 이러한 때 발해 조정을 흔드는 일이 필요합니다. 작은 내분으로도 발해는 자중지란(自中之亂)에 빠질 것입니다."

"내가 할 수 있는 일이 무엇이 있소?"

"먼저 외삼촌 고인의를 찾아가시오. 그분은 이미 발해의 재상이 되어 있으니 많은 정보를 얻을 수 있을 것이오. 특히 흑수부말갈을 공략하려는 계획이 머잖아 나올 것이오. 그때 그들이 무슨 말을 하는지만 알려주면 됩니다. 그 외에 필요한 것은 그때그때 사람을 보내겠습니다."

"만약 내가 거절한다면?"

"누구의 손에 죽는지도 모르게 죽어 나갈 것입니다. 이미 우리 당나라 첩자들이 발해에서 암약하기 시작했습니다."

"약속은 꼭 지키시오."

"당연한 말씀입니다. 공자님은 영주 도독을 아버님으로 두신 분이신데 제가 어떻게 허튼 소리를 하겠습니까? 아버님과 공자님의 명예는 반드시 돌려 드릴 것입니다."

"알겠소."

"공자님 뒤에는 항상 저희 쪽 사람들이 있다는 것을 명심하십시오."

"당신의 존함은 어떻게 되십니까?"

"복신이오. 흑수부말갈에 장사(長史)로 와 있소."

끝내 방안에 불을 켜지 않았지만 보름달에 비친 상대의 얼굴이 어떠한지 알 수 있었다. 그 상태에서 그는 떠나갔다.

조환은 고민했다. 어떤 선택을 해야 할지 몰랐다. 아버지 나라와 어머니 나라. 어디가 자신이 속할 나라인지……. 고민 끝에 그는 영주성 대신 중경성을 택했다. 외삼촌 고인의를 못 만난 지도 오래되었다. 아니 이곳에 정착한 이후로는 거의 만나보지 못했다. 그는 산지니들을 챙긴 후에 승복을 입은 채 길을 떠났다.

고인의는 반갑게 조카를 맞아 주었다. 어머니의 장례식 이후 혼자 남아 있는 조카가 걱정스러웠다며 앞으로는 자신이 지켜주겠노라 약속했다.

"안 그래도 너를 만나 너의 앞일에 대해 의논하려 했었다."

"외삼촌께서는 학식이 높으시다고 했습니다. 저는 그동안 불법만 공부하여 병법과 역사에 대해 잘 모릅니다. 좀 가르쳐 주십시오."

"한문은 익혔느냐?"

"불경을 배우면서 익혔습니다."

"그렇다면 내가 틈틈이 가르칠 테니 함께 공부하자구나."

대무예와 그의 동생 대문예의 스승인 고인의는 나랏일이 바쁜 와중에도 따로 공부하는 시간을 가졌다. 그 자리에는 대무예와 대문예의 아들들이 참석하였다. 이 자리에 그는 조카인 조환을 함께 참석시켰다.

대무예는 달맞이의 아들 조환을 환대했다. 달맞이가 어떤 존재인지 알고 있는 그는 오히려 이제야 조환이 자신들 앞에 나타난 것을 안타까워할 정도였다. 그리고는 자신의 곁에 두면서 그를 아꼈다. 이로 인해 조환은 점점 발해 왕조의 권력핵심부에 자리 잡기 시작했다. 하지만 그에게는 벼슬이 주어지지 않았다. 그저 식객노릇만 할 뿐이었다.

"소인 사루나입니다."

"들어오게."

어느 날 저녁, 사루나가 대무예를 찾아왔다. 아버지 대조영 때부터 인연을 맺은 사루나는 아버지가 살아 있을 때도 궁중 출입이 잦았다. 궁궐에 필요한 일상품을 대기도 하였지만 때로는 특별한 것을 주문할 때도 대조영은 꼭 그를 불렀다. 그래서 그의 출입은 자유로웠다. 아버지의 신임을 받은 이달국이 죽은 후 대무예도 사루나를 신뢰했다. 그를 통해서 세상이 어떻게 변했는지, 당나라의 정세는 어떠한지, 백성들의 삶은 어떤지를 들을 수 있었기에 그의 궁중 출입을 자유롭게 했다.

"자네가 웬 일인가? 그것도 저녁 무렵에."

"이상한 일이 벌어지고 있습니다."

사루나가 자유롭게 궁궐을 드나들 수 있는 가장 큰 이유는 그의 정보력 때문이었다. 대조영은 솔빈상단을 이끌고 있던 그를 국상(國商)으로 키워 전국 각지에 그의 상단을 설립하게 했다. 그리하여 전국에서 일어나는 일들을 수시로 보고하게 했다. 그의 정보력은 유용하여 전국을 통치하는데 매우 도움이 되었다. 대무예도 이를 이용하여 정국 통치에 도움을 받고 있는 중이었다.

"흑수부말갈의 움직임이 이상합니다."

"흑수부말갈이?"

"당나라 사람들이 많이 들어와 있을 뿐 아니라 당나라와의 교역을 확대하고 있습니다."

"당나라가 우리와도 교역량이 늘었으니 흑수부말갈과도 교역량이 느는 것은 당연하지 않은가?"

"뿐만 아니라 흑수부말갈 아속리계가 발리주자사라는 당나라 벼슬까지 받았다 합니다."

"뭐라고? 아속리계가 나에게 한마디 상의도 없이 당나라 벼슬까지 받았단 말인가?"

"그것만이 아닙니다. 장사(長史)라는 당나라 벼슬아치들이 흑수부말갈에 주둔하며 흑수부말갈의 행정을 돕고 있습니다."

"음~ 예전에 흑수부말갈이 돌궐과 수교할 때도 우리의 허락을 받았는데 이번에는 나에게 아무런 보고도 하지 않고 저들의 벼슬을 받은 것은 아무래도 다른 꿍꿍이속이 있음에 틀림없어."

"저도 그렇게 생각합니다."

"영주성의 상황은 어떤가?"

"새로운 안동도호 설태가 요동 수복의 의지를 강하게 내보이고 있다 합니다."

"그래! 자네는 이런 흑수부말갈의 변화를 어떻게 분석하고 있는가?"

"아무래도 당나라가 흑수부말갈을 이용하여 우리를 공격하지 않을까 생각합니다."

"당나라가 우리를 공격 해? 수고했네. 앞으로도 저들의 움직임을 계속 지켜보고 있다가 특별한 변화가 있으면 속히 연락하게."

대무예는 길게 탄식했다. 사루나의 말이 사실이라면 평화는 끝난 것이다. 사루나가 돌아간 후 대무예는 깊은 생각에 잠겼다. 흑수부말갈이 무슨 생각을 하는지 어떻게 대응해야 하는지 곰곰이 생각했다. 아버지가 돌아가신 후 발해에는 분쟁이 없었다. 가능하면 전쟁 없이 아버지가 개척해 놓은 영토를 지키며 평화롭게 살려 했다. 그런데 당나라가 이를 용납하지 않으려 한다. 겉으로는 화평을 청하면서.

'야비한 놈들, 네 놈들이 전쟁을 원한다면 얼마든지 붙어 주마.'

대무예는 결단을 내렸다. 전쟁 상황이 되면 다부지게 붙어 주겠노라고. 그러나 그 전에 진상을 다시 한 번 확인해야 했다. 고인의를 불렀다. 그는 여전히 아버지 대를 이어 재상 자리에 있었다.

"사루나가 다녀갔소."

사루나의 방문이 무엇을 의미하는지 고인의도 알고 있었다.

"특별한 일이 생겼습니까?"

"아무래도 흑수부말갈의 움직임이 심상치가 않은 것 같소. 단순한 반란이 아니라 당나라와 연합군을 형성하여 우리를 공격하려는 음모 같아."

"그것이 사실이라면 큰일입니다. 저들은 어떻게 고구려를 멸망시켰는지를 똑똑히 알고 있습니다. 신라로 하여금 고구려의 등 뒤를 공격하게 한 다음 정면을 공격했습니다. 마찬가지로 흑수부말갈을 이용하여 우리의 배후를 공격하고 그 틈을 이용하여 요동 지역을 공략하려는 의도가 분명합니다."

"내 생각도 그렇소. 그래서 싹이 더 자라기 전에 흑수부말갈을 먼저 공격하려는데 선생님의 생각은 어떻소?"

"사루나의 정보가 사실이라면 그것이 최선의 방법인 것 같습니다. 다만 그 정보가 사실이 아니라면 오히려 분란만 일으키는 것이 될 수 있습니다. 군사들을 훈련시키면서 한편으로는 그 정보가 사실인지 확인해 보는 것이 좋을 것 같습니다."

"아무래도 그래야겠지. 섣불리 움직이면 안 되겠지?"

"흑수부말갈이 우리에게 복종하고 해마다 조공을 받칠 뿐 아니라 지난 요동 공략에도 큰 공을 세웠기 때문에 확실하지 않은 정보를 바탕으로 공격하다가는 내란이 일어날 수도 있습니다."

"그렇다면 공이 사람을 흑수부말갈에 보내 저들의 형편을 계속 살펴 주시오. 그래서 사루나의 정보가 정확한지 확인해 보시오."

고인의는 대전에서 물러 나왔다. 그리고는 누구를 보낼까 고심했다. 조카 조환이 문득 생각났다. 승려 신분인 그라면 충분히 감당할 수 있을 것 같았다. 이 기회에 공을 세워 중앙관직에 등용된다면 그것보다 좋은 일은 없을 것 같았다. 고인의는 그를 불러 흑수부말갈 땅을 정탐하고 오게 했다. 흑수부말갈에서 무엇을 어떻게 정탐해야 하는지에 대해서도 소상히 가르쳤다.

"이번 일만 잘 한다면 대왕께 자네를 추천하겠네. 그러니 실수하지 말고 잘 하여야 해."

고인의는 신신당부하며 조환을 흑수부말갈 땅으로 내보냈다.

조환은 오랜만에 승복에 바랑을 메고 양 어깨에 산지니 한 마리씩을 매달고 길을 떠났다. 삿갓에 지팡이를 든 그의 모습에서 조금도 어색하지 않은 수도자의 체취가 풍겼다. 중경을 떠나 경박호와 목단강을 지나 흑수부말갈 땅으로 스며들었다.

중경에 머무는 동안 조환은 특별한 활동을 하지 않았다. 다만 대문예와 그의 아들들과 교류를 쌓으며 공부에만 열중하였다. 특별히 발해에 해악을 끼치는 일을 하지 않았다. 하지만 아무리 오랜 시간 그들과 교류를 쌓아도 자신에게 주어진 일은 없었다. 어머니가 발해의 건국에 지대한 공을 세웠다는 말은 얼핏 듣긴 했지만 자신을 공신대우도 해주지 않았다. 나이는 점점 들어가는데 끝내 자신에게는 벼슬자리 하나 주어지지 않자 그의 마음속에 발해에 대한 불만이 쌓이기 시작했다. 동시에 홀빈주 도독 자리를 주겠다던 복신의 말이 점점 되살아나기 시작했다.

흑수부말갈 땅에 들어선 그는 곧바로 망설임 없이 복신을 찾았다. 영주성에서 파견된 복신은 아속리계의 참모역할을 하며 흑수부말갈 땅에 자리잡고 있었다. 복신은 스님 복장을 한 조환을 반가운 얼굴로 맞이했다.

"흑수부말갈 땅에는 절이 없어 불자인 제가 매우 답답했는데 이렇게 스님을 뵙게 되니 참 반갑습니다."

그는 일부러 큰 소리로 말하며 좌우를 한 번 살핀 후에 방으로 조환을 안내했다.

"이제는 발해 땅에 자리를 잡았겠다 싶어 막 사람을 보내려고 하던 참이었는데 마침 잘 오셨소이다."

"나는 세작으로 이곳에 왔소."

"세작?"

"대무예가 흑수부말갈의 움직임이 이상하다며 저를 보내 흑수부말갈 땅을 정탐해오라 했습니다."

"대무예가 어떻게 그것을 눈치 챘다 말이오?"

"그것은 잘 모르겠지만 아무튼 조심해야 할 것 같소."

"아직 발해를 공격할 준비가 갖추어지지 않았는데."

복신은 말끝을 흐렸다.

"염려할 것은 없소. 흑수부는 전혀 발해에 대해 적대적 행위를 하고 있지 않다고 보고하면 그만이오."

"하지만 저들이 우리의 움직임을 눈치 챘다면 분명히 우리를 감시하는 다른 경로가 있을 것이오. 그것을 알아내야만 하오."

"장사꾼들이 이곳을 드나들면서 정보를 흘린 것이 분명하오. 저들을 통제하면 간단하게 해결할 수 있는 문제입니다."

"갑자기 발해의 장사꾼들을 막으면 더 큰 의심만 살뿐입니다."

"나는 좀 더 흑수부말갈 지역을 떠돌아다니다가 돌아가겠소. 발해의 장사꾼들을 주목하시오."

"알겠습니다. 저들을 철저히 감시하겠습니다. 돌아가서 의심살만한 일은 하지 마십시오."

"염려 마십시오. 중요한 일이 있으면 산지니를 띄우겠습니다."

"그렇게 하십시오. 산지니가 아주 영민해 보입니다. 이쪽에서도 연락할 일이 있으면 사람을 보내겠습니다. 공자님처럼 스님 복장을 하고 손에 흰 지팡이를 짚고 있는 자가 제가 보낸 사람입니다."

한 달 만에 조환이 돌아왔다. 그는 발해에 당나라 사람들이 들어와 있는 것은 사실이었지만 장사 차 들어온 것이지 군사적인 교류는 감지되지 않았다는 보고를 올렸다.

고인의를 통해 들어온 보고는 대무예에게 전달되었다. 사루나와는 상반된 보고였다. 지금까지 자신이 접해온 고인의는 최고의 전략가였다. 또한 사루나는 자신이 알고 있는 상인중에 최고였다. 정보력이라는 면만 따져보면 사루나가 앞서는 것은 틀림없지만 상황분석력은 고인의가 앞섰다. 그런데 상반된 보고가 올라왔다. 있을 수 없는 일이었다. 고인의를 통해서 보다 자세한 정보가 수집되기를 기대했던 대무예는 다소 혼란스러웠다. 그렇다고 지금까지 쌓아온 관계가 있는데 한 쪽을 무시할 수는 없는 일이었다.

만약 흑수부말갈이 반란을 생각하고 있다면 먼저 선수를 쳐야한다. 자신의 영토에서 반란이 일어난다면 이는 당연히 흑수부말갈이었다. 흑수부말갈이 당나라와 손을 잡고 발해를 공격한다면 이는 큰일이었다. 따라서 반란의 징후가 있다는 말을 듣고도 그냥 넘길 수는 없었다. 더군다나 자신이 가장 신뢰하는 사루나의 보고였다.

대무예는 한참을 고민했다. 방법이 없는 것은 아니었다. 사촌형 대일하를 부르면 되는 일이었다. 다만 그에게 동경지역을 맡겼기 때문에 중앙 정부의 일에는 부르지 않은 것뿐이었다. 하지만 이 순간 그가 가장 믿고 의지할 사람은 혈육이었다. 발해의 통일 전쟁에서 자신과 가장 기질이 맞았던 사람이 바로 사촌형 대일하였다. 대일하는 작은 아버지 대해영의 뒤를 이어 책성과 염주성을 관할하는 동경성 성주로 있었다. 그는 이 지역뿐 아니라 백산부말갈과 철령 이북의 땅을 다 감독하고 다스리는 지역의 영주였다.

아버지가 이룩해 놓은 발해를 자신의 대에 무너뜨릴 수는 없었다. 대무예는 결국 사촌형 대일하를 불렀다.

“형님, 흑수부말갈의 움직임이 이상하다는 첩보가 있어 여러 사람을 보내봤는데 상반된 보고가 올라왔소. 이제 믿을 사람은 혈육밖에 없소. 형님이 나서서 믿을 만한 첩자들을 흑수부말갈은 물론 영주성까지 풀어서 정확한 정보를 전해 주세요. 발해의 운명이 달린 중대한 일이니 실수가 없어야 할 것이오.”

“알겠습니다. 염려 마십시오.”

대일하는 시원스럽게 대답했다. 여전히 변함없는 모습이 너무 반가웠다. 이런 기질이 자신과 맞아 가장 중요한 순간 그를 신뢰하는지 몰랐다.

대일하는 성주이면서 동시에 책성 지역을 중심으로 한 순나부 지역의 큰 장사꾼이었다. 그는 순상의 상단을 부려서 막대한 이익을 내고 이를 바탕으로 군사력을 늘려가고 있는 중이었다. 고구려 시절부터 순상(順商)은 일본은 물론 초원길을 이용하여 흑수부말갈과 영주성, 그리고 중국 내륙의 섬서성까지 거래를 하는 거상들이었다. 고구려가 망하고 발해가 들어서는 과정에서 다소 위축된 순간이 있긴 했지만 이들의 상권은 줄어들지 않았다. 오히려 위기를 이용하여 상권은 더욱 확대되었다. 이 지역은 정치적으로 큰 타격을 받지 않았기 때문이었다.

대일하는 순상의 도령을 불러 상황을 설명하고 영주성과 흑수부말갈에 첩자들을 파견하였다. 순상은 역사가 워낙 오래되어 거점 지역에 이미 상단이 자리를 잡고 있었다. 오래 기다릴 필요도 없이 원하는 모든 정보는 다 수집되었다.

"사루나의 말이 사실입니다. 흑수부말갈은 이미 당나라로부터 벼슬을 받고 있을 뿐 아니라 행정조직을 이미 당나라식으로 바꾸었고, 아속리계도 당왕조로부터 이씨 성을 하사 받아 이속리계로 이름을 바꾸었습니다. 영주성에서도 설인귀의 후손인 설태가 발해를 공격하기 위해 군사를 모으고 있는 중이었습니다."

"그런데 왜 고인의는 나에게 거짓 정보를 올렸을까?"

"고재상은 대왕마마를 배반할 사람이 아닙니다. 무슨 이유가 있을 것입니다."

"그렇겠지. 그 사람은 나의 스승인데 제자를 배반할 리가 있겠는가? 무슨 곡절이 있을 것이야."

"문제는 우리 발해 내에 당나라를 지지하는 사람들이 있다는 것입니다. 그들이 대왕 폐하의 생각을 흐리려 하는지도 모르겠습니다. 당나라는 겉으로는 우리에게 화해의 몸짓을 보내지만 끊임없이 공격할 틈을 엿보고 있는 나라입니다. 우리 정부 내 친당적인 사람이 있다면 당나라는 이를 이용하려 들 것이 분명합니다. 따라서 자칫 잘못하다가는 큰 위기를 맞을 수 있습니다. 제 생각에는 친당주의자부터 경계해야 된다고 생각합니다."

"그래야겠지."

"아직 건국 초인데다 강력한 모습을 보이셨던 선대왕께서 돌아가신 후, 새로 등극한 대왕 폐하를 시험하려는 무리들이 있는 것 같습니다. 그동안 당나라와는 유화적인 모습을 보였기 때문에 더욱 그런 것 같습니다. 이 기회에 대왕 폐하의 뜻이 어디에 있는지 분명히 보여 줄 필요가 있다고 생각합니다."

"흑수부말갈이 친당적 태도를 보이고 우리를 배반하려는 의도가 보이는 이때 형님 생각에는 저들을 어떻게 했으면 좋겠습니까?"

"좀 전에도 말했지만 우리가 한발 물러서면 당나라는 한발 다가설 것입니다. 우리가 한발 내디디면 저들은 분명 한발 뒤로 물러섭니다. 저라면 장래의 위협을 제거하기 위해서 먼저 흑수부말갈을 공격할 것입니다."

"내 생각도 같소. 내가 그동안 당나라와 선린관계를 유지하기 위해 많은 노력을 하였는데 저들이 결국 나의 이런 노력을 역이용하려 든다면 어쩔 수 없이 저들을 공격할 수밖에 없소."

"맞습니다. 저들이 생각지도 못할 때 곧바로 공격해야 합니다."

대일하는 대무예의 뜻에 맞장구를 쳤다.

다음날 대무예는 곧바로 동생 대문예를 불렀다.

"흑수부말갈이 반란을 일으키려 한다. 너는 중앙군을 거느리고 아속리계를 공격하여 그를 제거하고 흑수부말갈을 평정하라."

"예! 갑자기 그게 무슨 말씀입니까?"

"당나라가 흑수부말갈을 이용하여 우리를 공격하려 한다."

"그렇다면 흑수부말갈을 공격하면 당나라가 군사를 일으킬 것이 아닙니까?"

"그럴지도 모르지."

"그럼 형님은 당나라를 상대로 싸우시겠다는 것입니까?"

"필요하면 그렇게라도 해야지."

"당나라는 우리보다 몇 십, 몇 백 배 많은 인구를 가진 나라입니다."

"사람 수가 많다고 전쟁에서 이기는 것은 아니다."

"……."

"너는 당장 출전 준비를 서둘러라."

"알겠습니다."

대문예는 대답을 하고 나왔지만 썩 내키지 않았다.

집으로 돌아온 대문예는 곧바로 고인의를 찾았다. 아무래도 이런 상황에서는 자신의 스승인 그가 상황 분석을 제일 잘 할 것 같은 생각에서였다. 때마침 조환도 함께 자리하고 있어 잘 되었다는 생각이 들었다.

상황 설명을 들은 고인의는 한참동안 말없이 뭔가 생각에 잠겼다. 자신이 올린 보고와는 상반된 결론이 났다는 것에 그는 주목했다. 분명 자신은 흑수부말갈의 움직임이 예전과 다름 없다는 보고를 올렸는데도 이런 결론이 났다면 이는 자신의 정보가 잘못되었든지, 아니면 자신에 대한 대왕의 신뢰가 부족하다는 것 중 하나였다.

"환아!"

고인의는 자신이 올린 정보에 대한 진위여부를 먼저 따지는 것이 순서라 생각했다.

"네가 정탐한 바로는 분명 흑수부말갈이 배반한 징후가 없다하였는데 이것이 사실이냐?"

고인의는 다그치듯 물었다.

"사실입니다. 제가 다녀본 바로는 흑수부말갈은 평온하였습니다. 군사적 움직임도 없었고 당나라군의 모습도 전혀 보이지 않았습니다."

조환은 자신 있게 말하였다.

"그런데 왜 대왕 폐하는 그런 판단을 내리셨을까? 이제 겨우 평화가 찾아 들었는데……."

"지금 우리가 흑수부말갈을 치게 되면 이는 곧 당나라의 개입을 불러올 수 있습니다. 우리가 당나라를 상대로 싸울 수는 없습니다."

"태제께서는 왜 그렇게 생각하십니까?"

"나는 당나라에서 오랫동안 생활해서 당나라의 사정을 잘 압니다. 땅의 크기나, 사람 수 그리고 문화가 우리와는 비교할 수 없습니다. 장안성에 가보지 않은 자는 섣불리 당나라에 대해 판단해서는 안 됩니다. 우리가 벌써 요동에서만 몇 번을 싸웠습니까? 세 번은 싸웠습니다. 그때마다 승리하여 이제 겨우 요동이 우리 땅이 되긴 했습니다만, 저들은 또 다시 요동 땅을 엿보고 있습니다. 끊임없이 싸워 이겨도 저들은 군사를 보낼 것입니다. 그러니 저들과는 싸우지 않는 것이 좋습니다."

"폐하께도 그렇게 말씀드렸습니까?"

"형님의 기세가 워낙 세어서 차마 그런 말은 할 수 없었습니다."

"그렇다면 저와 함께 대왕마마를 찾아가서 말씀드려 봅시다."

고인의는 분명히 자신의 뜻을 밝혀야겠다는 생각에 대문예와 함께 대무예를 찾았다.

대무예는 잠들지 못하고 있었다. 대왕의 자리가 온갖 영화를 누리는 복된 자리만은 분명히 아닌 것 같았다. 그는 흑수부말갈 공략에 대한 생각에 쉽게 잠들 수 없었던 것이다.

"잘 왔소. 안 그래도 선생님을 한 번 뵙고 싶었소."

대무예는 사석에서는 고인의를 여전히 선생님이라 불렀다.

"선대왕께서는 발해의 영역을 개척하시기 위해 너무나 많은 전쟁을 치루셨습니다. 이제는 우리 발해 영역 내에 있는 많은 종족들을 아우르는 시기가 되어야 할 것입니다."

"나도 그렇게 생각하고 있었소. 그래서 당나라에도 내 아들들을 차례로 보내어 선린 관계를 유지하려 애썼소."

"흑수부말갈이 반란을 꾀한다는 근거가 없는데 왜 흑수부말갈을 공격하려 하십니까?"

"흑수부말갈이 당나라와 손을 잡고 우리를 공격할 준비를 하고 있소."

"제가 올린 보고서에는 흑수부말갈은 그런 기미가 보이지 않는다고 하였습니다만."

"다른 경로를 통해 확인한 바로는 그렇지가 않았소."

"흑수부말갈의 뒤엔 당나라가 있습니다."

이번에는 대문예가 고인의를 등에 업고 다시 자신의 주장을 펴기 시작했다.

"그래서?"

"당나라는 매우 큰 나라입니다. 저들을 상대로 싸우는 일은 중단해야 합니다."

"그러면 흑수부말갈이 우리를 공격하는데도 그냥 보고만 있으라는 것이냐?"

"그런 것이 아니라 당나라에 사신을 보내 흑수부말갈의 공격을 중단시켜야 한다는 것입니다."

"그런 후에는?"

"저는 당나라 장안성에서 오랫동안 머물렀습니다. 저들은 퍼내도, 퍼내도 마르지 않는 샘물과 같습니다. 너무나 큰 나라입니다. 우리가 한두 번 저들을 공격하여 이긴다 하여도 저들은 결코 망하지 않습니다."

"그래서?"

"차라리 화친하자는 것입니다."

"화친은 어떤 의미가 있는가?"

"적당히 저들의 비위를 맞추고 조공을 바치며 평화를 유지하자는 것입니다."

"그 말은 결국 당나라의 속국이 되자는 것 아닌가?"

"꼭 그렇게만 생각할 필요가 없습니다. 우리에게 중요한 것은 평화이니까요."

"네 이놈! 네 놈이 영주에서 포수 생활을 해보고도 그런 말을 하느냐? 나라가 없는 설움이 어떤 것인지 당해보고도 그런 말을 하느냐 말이다. 나는 절대 당나라에 굴복하지 않는다. 내 몸이 가루가 되더라도 그렇게는 못한다."

"꼭 그렇게 노하실 일만은 아닙니다."

대문예는 스승인 고인의가 있어서 인지 몰라도 쉽게 물러서지 않았다.

"나도 처음에 저들과 평화롭게 지내려 하였다. 하지만 놈들이 먼저 우리를 공격할 의도를 드러냈어. 더구나 겉으로는 평화를 원하는 척하면서. 당나라 놈들은 절대 믿을 놈들이 못 돼! 내가 왕위에 있는 동안에는 놈들과는 오직 전쟁뿐이다. 저놈들의 침략 야욕이 사라질 때까지."

대무예의 생각은 완전 달라져 있었다. 그는 당나라에 대해 분노했다.

"……."

대문예는 형님의 단호한 태도에 더 이상 말을 꺼낼 수가 없었다.

"선생님께서는 어떻게 생각하십니까?"

"저는 대왕마마께서 제 생각을 듣길 원하신다면 말씀드릴 수 있지만 대왕마마께서 그렇게 결정하셨다면 온 몸을 다해 따를 뿐입니다."

고인의도 한발 물러섰다. 그는 자신이 올린 보고와 다른 경로로 올라온 보고의 차이를 묻고 싶었다. 그러나 대왕은 자신이 알지 못하는 확실한 증거가 있는 듯 했다. 이런 상황에서 자신이 더 말을 해봤자 의미 없는 말이라 생각했다. 한발 뒤로 물러나 있는 것이 더 낫다는 생각이었다.

"이제 내 뜻은 확고해졌으니 더 이상 다른 생각 갖지 말고 흑수부말갈을 공격할 준비를 해라."

"알겠습니다."

결국 대문예는 궁궐을 물러날 수밖에 없었다.

중경에 군사들이 속속 모여들었다. 선친인 대조영이 요동 땅을 공략한 이후 십여 년 만에 다시 내린 동원령에 동서남북의 모든 성주와 부족장들은 군사를 동원시켰다. 이들 중에는 마음속으로 과연 대왕인 대무예가 어떤 군사적 역량을 보여줄지 궁금해 하는 자도 있었다. 대무예도 아버지 대조영을 따라 수많은 전쟁터에 나섰지만 독자적으로 전쟁을 수행하지는 않았던 것이다.

고인의는 대무예의 군사적 행동에 대해 침묵을 지켰다. 사실 자신도 그와 같은 위치에 있었다면 그와 똑같은 명령을 내렸을 것이라 생각했다. 그런데도 그가 나서지 않은 것은 자신에 대한 대왕의 오해가 있지 않을까하는 점이었다. 자신이 올린 정보가 임금의 생각과는 정 반대의 정보라는 것이 그의 마음에 꺼림칙하게 남아 있었던 것이다. 대왕이 자신에게 흑수부말갈의 정보를 알아오라 할 때는 분명 자신을 믿었던 것이고, 또한 나름대로의 정보가 있었기 때문이다. 그런데 그가 기대에 미치지 못한 정보를 보고한 것이다. 이에 대한 책임은 분명히 자신이 져야했다.

조카 조환에 대한 의심이 생겼다. 사실 그가 어떤 생각을 하고 있는지 잘 몰랐다. 대문예를 소개시켜 주고 그들과 어울리게 하면서 식견을 넓히고 세상 보는 눈을 넓혀주는 것, 그것만이 자신이 할 수 있는 일이었다. 그에게 벼슬을 주는 것은 자신의 영역 밖의 일이었다. 이제 스무 살을 훌쩍 넘은 그가 혹시 이런 것에서 불만을 가졌을 지도 모른다고 생각했다. 아니면 흑수부말갈에 들어가서도 제대로 된 정보를 얻어오지 못할 만큼 무능력한 사람일수도 있었다. 아무튼 조환을 좀 더 관심을 가지고 지켜보기로 했다.

조환은 저녁 늦게야 집에 들어왔다. 제법 차가운 날씨임에도 불구하고 땀을 뻘뻘 흘리면서 쉰내를 펄펄 날리며 들어왔다.

"어디를 갔다 오느냐?"

별 관심을 두지 않는 듯 고인의는 물었다.

"저도 이번에 참전하기로 하였습니다."

"그래! 그래서 훈련받고 오는 것이냐?"

"예. 그렇습니다. 대문예 태제께서 함께 출정하자 하셔서 힘껏 돕기로 하였습니다."

"그것은 무엇이냐?"

"산지니입니다."

"산지니?"

"마굽산에서부터 제가 키우던 매입니다. 이번에 이놈을 데려가면 유익할 것 같아서 데리고 다닙니다."

조환은 땀 냄새를 풍기며 말했다. 그의 말이 너무나 진솔해 보여 잠시나마 그를 의심한 것이 미안할 정도였다.

"그래 이번에는 꼭 공을 세워 출사할 수 있도록 해라."

"명심하겠습니다."

조환은 고개 숙여 답했다.

다음날도 그 다음날도 마찬가지였다. 고인의는 적이 안심하며 조환에 대한 의심을 거두었다.

2. 역풍

드디어 출정이었다. 대문예는 흑수부말갈을 반드시 공략하겠노라며 삼만 명의 기병대를 거느리고 떠나갔다. 조환도 산지니 두 마리를 어깨에 매달고 그 뒤를 따랐다.

경박호를 지나고 목단강을 지나 흑수 가의 숲 지대로 점점 다가갔다. 대문예는 이 원정길이 마음에 들지 않았다. 흑수부말갈은 문제가 없었지만 당나라와의 대결은 용납할 수 없는 일이었다. 형님이 당나라가 어떤 나라인지 체험해 보지 않았기 때문에 이렇게 쉽게 결정을 내렸다고 생각했다. 넓디넓은 평원에 자리 잡은 고도 장안성을 한 번이라도 다녀왔으면 이런 황당한 결정을 내리지 않았을 것이라 생각했다. 장안성의 발달한 문화와 문물을 한 번이라도 접해 봤으면 이런 무모한 판단은 하지 않았으리라 생각했다.

대문예는 진군 속도를 늦췄다. 적진에 척후병을 파견한 후에 흑수 가에 진을 친 채 움직일 줄 몰랐다. 이 사이 전선(戰線)의 밤하늘에는 매일 산지니 두 마리가 부지런히 흑수상공을 나다녔다.

척후병들의 보고가 올라왔다. 뜻밖에도 흑수부말갈군은 발해군의 진격로에 이미 매복해 있다는 것이었다. 대문예는 이는 흑수부말갈군을 당나라군이 지휘하고 있기 때문이라 생각했다.

'만만치가 않다.'

그는 참모들을 불러 척후병들의 보고 내용을 알리면서 함부로 공격하지 말고 신중하게 대처하라는 명령을 내렸다. 대조영과 함께 전쟁터를 누비며 일생을 보낸 용장들은 이제 일선에서 물러나 있었다. 대문예는 이 전투에 나서면서 자신 또래의 장수들을 데려고 나왔다.

대문예는 또 다시 척후병들을 파견하였다. 이번에도 자신의 생각처럼 흑수부말갈병들이 숲 속 길목마다 매복해 있으며 이들을 지휘하는 것은 당나라군이라는 정확한 보고가 올라왔다. 흑수부말갈이 익숙한 지형의 유리한 지점에 매복하고 있기 때문에 공격이 쉽지 않다고 판단했다. 더군다나 전략전술의 구사가 뛰어난 당나라군이 저들을 지휘한다면 이기기가 쉽지 않을 것이라 판단했다. 하지만 일단은 한 번 부딪혀 봐야했다. 저들의 전력이 어떤지 일단 겪어 본 후에 판단해야했다.

"진군!"

대문예는 드디어 해랑하(海狼河)를 넘었다. 아직 가을이라 강이 얼지 않았다. 그러나 가을 가뭄으로 인해 배를 만들지 않더라도 말을 탄 채 건널 수 있었다.

말허리까지 차오르는 차가운 강물을 건너 흑수부말갈 경계에 들어서자 숲으로 이어진 들판이 끝없이 이어졌다. 길게 자란 자작나무 숲 사이에 울긋불긋 물든 단풍들이 늘어선 모습이 너무나 환상적이었다. 도저히 전쟁터라 할 수 없을 만큼 아름다워 사람의 넋을 빼앗기 충분했다. 풍경에 취해, 차가운 기운이 온 몸 속으로 파고드는 것을 느끼지 못하였다.

숲 속에 들어섰다. 익숙하지 않은 낯선 지형이라 대문예는 조심스럽게 한발 한발 전진해 들어갔다.

"와~"

갑자기 숲 속에서 함성소리와 함께 화살이 비 오듯 쏟아지기 시작했다. 동시에 온 몸에 시들어가는 가을 풀과 나뭇가지로 전신을 뒤덮은 무리들이 날이 시퍼렇게 든 도끼를 들고 뛰쳐나왔다. 흑수부말갈 전사들이었다. 숲 속의 싸움에서는 어느 누구도 당할 수 없다는 이들의 기습을 받은, 풍광에 취해 있던 발해군은 속수무책으로 당했다.

"으악!"

사방에서 비명소리가 들렸다. 아무런 생각 없이 진군하던 대문예는 적의 기습에 혼비백산했다. 처음부터 싸울 생각이 없던 그는 적의 기습에 깜짝 놀라 곧바로 후퇴명령을 내렸다. 군사들은 앞을 다투어 해랑하 이남으로 급히 달아나기 시작했다. 다행이 적들은 해랑하를 넘어 추격해오지는 않았다. 적들도 낯선 땅에서의 싸움은 경계하는 것 같았다.

"십여 년 전에 우리는 신성을 공격하면서 거란족을 상대로 치열한 전투를 벌였었다. 하지만 지금은 그때와 사정이 달라졌다. 당나라의 영내에는 이제 거란족뿐 아니라 돌궐족도 있다. 동돌궐의 묵철가한이 죽고 난 후 비가가한은 이미 세력이 약화되어 당나라에 정복당하고 말았다. 저들 돌궐족마저 합세한 당나라군은 우리가 이전에 겪었던 나라와는 비교할 수 없는 강한 군대다. 더구나 흑수부말갈까지 저들 편에 붙었다면 이는 우리가 감당하기 힘들 것이다. 이 싸움은 이제 시작에 불과하다. 이 전투를 시작으로 우리는 끝없는 전쟁에 시달려야한다. 이제야 힘들게 건국을 마무리 하였는데 이렇게 무리한 전투를 시작하여 나라 살림을 파탄으로 이끌게 되면 힘들게 세운 우리 발해는 무너질 수 있다. 그대들의 생각은 어떤가?"

대문예는 더 이상 싸울 의사가 없음을 참모들을 불러 밝혔다.

"하지만 우리를 배반한 사람들을 그대로 둘 수 없습니다. 이것을 용서하면 다음 그다음, 우리에게 복속한 종족들이 배반할 것입니다. 강하게 밀어붙여야 합니다."

장문휴였다. 장간의 아들 장문휴는 육전과 해전에 능한 장수였다. 그는 아버지 장간을 대신하여 이번 전투에 나선 것이다.

"그렇다고 세상의 모든 종족을 상대로 싸울 수는 없소이다."

조환도 말석의 한 자리를 차지하고 있었다.

"당신은 무엇하는 사람인가?"

장문휴는 승복을 입고 있는 조환의 정체가 궁금했다.

"나는 서장관으로 따라 나섰소이다. 전쟁을 칼을 든 자만이 하는 것은 아니요."

다른 장수들은 말이 없었다. 각 지역에서 선발한 발해군의 장수는 대부분 부족장들이었다. 이들은 국제 정세에 둔감했다. 다만 대문예의 화려한 말에 귀를 기울일 뿐이었다.

"다른 생각이 없는 것은 내 생각을 따르겠다는 것으로 받아 들여도 좋겠소."

"대장군님의 뜻에 따르겠습니다."

백산부말갈의 추장이 동의를 하자 나머지 장수들도 고개를 끄덕이며 동의를 표했다.

"좋소. 그렇다면 여러분들의 생각과 내 생각을 합하여 대왕께 글을 올려 사정을 말하고 철군을 결정 하겠소."

대문예는 곧바로 장문의 글을 대무예에게 올렸다. 서전에서의 패배기록과 함께.

'흑수부말갈이 당나라의 벼슬을 청한 이상 이들을 공격하는 것은 곧 당나라를 공격하는 것입니다. 당나라는 사람이 많고 강병이 많음이 우리의 만 배나 됩니다. 이들을 공격하여 하루아침에 원한을 맺음은 스스로 멸망에 이르는 길일 것입니다. 옛날 고구려는 전성기 시절에 강병이 삼십만 명이 되었지만 당나라와 싸워 이기지 못하여 망하고 말았습니다. 오늘날 발해가 고구려보다 몇 배가 적습니다. 이러함에도 당나라와 싸우려함은 가당치 않은 일 같습니다. 금번에 저는 군사를 이끌고 해랑하를 건너 흑수부 말갈의 영역으로 들어갔습니다만 저들은 당나라군사의 지휘를 받아 매우 견고한 방어막을 펼치고 있어 후퇴하고 말았습니다. 당나라군이 저들과 함께 한다면 우리는 더 많은 군사를 잃고 결국은 후퇴하고 말 것입니다. 군사를 물리고 당나라에 조공을 바쳐 그간의 잘못을 빌고 평화를 유지하는 것이 올바른 조치라고 생각합니다. 재고하여 주시기 바랍니다.'

대문예의 장계를 받아본 대무예는 대노했다. 여러 차례 자신의 뜻을 밝혔음에도 불구하고 끝까지 자신의 생각을 굽히지 않고 당나라에 굴복하려는 것과 서전에서 패배한 것에 대한 분노였다. 아무리 동생이지만 대왕의 뜻을 거스르는 행동은 용서할 수 없었다. 이제 시작이었다. 이제 당나라와의 전쟁이 시작되었다. 그런데 시작부터 이렇게 나약한 모습을 보여서는 안 되었다. 곧바로 대일하를 불러 들였다.

"나는 당나라와의 전쟁을 시작하였소. 그런데 동생이라는 놈이 이런 나를 도와주지는 못하고 계속 당나라를 두둔하고 있소. 그래서 나는 결심하였소. 나는 내 동생을 죽여 내 뜻이 어떠한 지를 만천하에 분명히 보여줄 것이오. 당나라에 굴복하려는 자와 내 뜻에 거스르는 자는 절대 용서하지 않겠다는 것을 분명히 보여 줄 것이오."

"예? 꼭 죽여야 할 필요는 없을 것 같습니다만."

대일하는 대무예가 이런 무서운 결단력을 가지고 있을 줄 정말 몰랐다.

"아니오. 문예가 그런 생각을 갖고 있다는 것은 우리 조정에도 그런 생각을 갖고 있는 자들이 많다는 것이오. 저들은 앞으로 사사건건 내가 하려는 일에 반대할 것이오. 그자들에게 경종을 울리기 위해서라도 태제를 죽여야겠소."

"대왕의 자리가 막중한 책임을 짊어진 자리인 줄 알지만 이런 결단을 내려야할 자리인 줄은 미처 깨닫지 못했습니다."

대일하는 대무예가 자신의 결심을 번복하지 않을 것임을 알고 있었다. 그는 사촌동생 대무예에게 두려움을 느끼기 시작했다.

"아버지께서 어떤 수모를 겪으며 세운 나라인지 아십니까? 젊은 시절을 노예생활을 하면서도 오로지 고구려를 부활시키겠다는 일념으로 수많은 장애물을 넘어 세운 나라입니다. 그 와중에 당나라와 몇 번 전쟁을 벌였는지 모릅니다. 나는 그 모습을 다 지켜봤소. 수많은 사람의 목숨과 바꾼 나라요. 오로지 고구려를 잇겠다는 일념으로 말이오. 그런데 이제 시작인데 아들놈이 벌써부터 당나라의 편을 들려하니 어떻게 용서한단 말이오. 당나라 놈들이 밀려오고 밀려와도 앞장서서 막아야 할 놈이 말이오. 나는 놈들의 심장부까지 쳐들어가 다시는 우리 발해를 넘보지 못하게 만들 것이오."

대무예는 자신의 굳은 결심을 밝혔다. 이전의 덕이 넘치던 모습은 분명 아니었다.

"나는 이제야 왜 아버지가 그렇게 잔인할 정도로 강한 모습을 보였는지 알 것 같소. 나도 이제는 아버지의 모습을 닮을 것이오. 잔인한 정복군주의 모습을 닮을 것이오."

"……."

대일하는 대무예의 고통스러웠던 어린 시절을 알지 못했다. 염주성에서 성주의 장손자로 대접받으며 자란 자신과는 분명 다르다는 것을 알고 있었다. 그래서 그는 침묵을 지키며 그의 말에 경의를 표할 수밖에 없었다.

"형님이 나와 함께 합시다. 나와 함께 저 땅 끝까지 고구려의 기상을, 아니 이제는 발해의 기상을 빛냅시다."

"영광입니다."

"이번에도 형님이 대신 맡아주시오. 군대를 이끌고 가서 당장 대문예를 죽이고 곧바로 흑수부말갈을 공격하여 아속리계를 찢어 죽이시오. 그래서 나를 배반하고 당나라에 굴복하려는 놈들의 썩은 생각을 통째로 베어 버리시오."

"염려 마십시오. 소장 반드시 대왕 폐하의 크신 뜻을 이루고 말겠습니다."

명령을 받은 대일하는 곧바로 책성에서 이만 명의 군사를 모아 해랑하로 향했다.

아무리 은밀한 대화라도 엿듣는 자가 있게 마련이었다. 대무예의 시중을 드는 자 중 하나가 두 사람이 나누는 대화를 듣고는 곧바로 대비인 햇살을 찾았다. 남편을 잃고 실의의 나날을 보내고 있던 햇살은 큰 아들이 작은 아들을 죽이려 한다는 말에 기겁했다. 당장 달려가 아들을 혼내고 막아야겠다는 생각에 소식을 듣자마자 자리에서 벌떡 일어섰다. 그러나 다음 순간 그녀는 생각을 바꾸었다. 대무예의 고집이 어떠한지 알고 있는 그녀는 고인의를 급히 궁궐로 불러 그에게 도움을 청하려 했다.

"대왕이 대문예를 죽이려하니 선생님이 한 번 만나서 제발 말려 주십시오."

"……."

"왜 그리 침묵을 지키십니까?"

"지금 상황에서 대왕께서는 할 수 있는 유일한 방법이 그것입니다."

"그게 무슨 말씀입니까?"

"선대왕께서 돌아가신 후 발해는 평화를 누리고 있습니다. 하지만 대신들 사이에 당나라에 대한 두려움과 함께 당나라에 사대를 취하려는 사람들이 늘어나고 있습니다. 대왕께서는 이를 막으려 하시는 것입니다. 일벌백계의 위엄을 보여 기강을 잡으시려는 것입니다. 단번에 단 한 번에 기강을 세우는 방법은 이밖에 없습니다. 동시에 모든 백성들에게 대왕 마마의 뜻을 분명히 보이시려는 것입니다."

"다 좋은데 왜 그 대상이 하필 동생이냐 말이오?"

햇살은 소리를 지르며 화를 냈다.

"태제께서 그 진원지이기 때문입니다."

"그렇다면 형이 동생을 죽이는 이런 잔인한 일을 그대로 두고 보란 말이오?"

햇살은 화를 냈다. 그 무슨 이유로도 형제가 서로를 죽이는 비극은 있어서는 안 된다고 생각했다.

"방법이 없는 것은 아닙니다."

"어떻게?"

"지금 즉시 사람을 보내 도망가라 하십시오. 그렇게 된다면 대왕의 위엄도 살고 태제도 살 수 있을 것입니다."

"어디로 도망가야 해요?"

"당나라로 가야겠지요."

"당나라?"

"지금은 일본이나 당나라 외에는 태제마마를 숨겨 줄 곳이 없습니다. 하지만 일본은 혼자 갈 수 있는 곳이 아니니 당나라밖에 없지요."

햇살은 무겁게 고개를 끄덕였다.

대무예는 대일하를 떠나보낸 후 매우 심란했다. 대일하를 믿었기에 흑수부말갈 공략에 대해서는 걱정하지 않았다. 하지만 동생의 죽음에 대해서는 아니었다. 동생을 죽인 것을 알면 어머니가 뭐라 하실지. 저승에 계신 열조들은, 특히 아버지는 어떻게 생각하실지……. 술잔을 기울였다. 지금 자신을 이해해줄 사람은 아무도 없었다. 하늘에 계신 아버지만이 자신의 마음을 이해해 줄 수 있을 것 같았다. 같이 술을 마셔 줄 사람도 없었다.

나라의 기틀을 곧추 세우고 기강을 바로 잡기 위해서는 어쩔 수 없는 것이라며, 약해지면 안 된다며 굳게 마음을 다졌다. 적당히 취기가 오르자 그는 술잔을 엎었다. 자신의 행동이 정당한 것이라면 술을 마시며 괴로워해서는 안 된다는 생각에서였다. 맨 정신에 뚜렷하고 당당한 모습을 보일 필요가 있다고 생각했다.

대일하는 책성의 군사 이만 명을 이끌고 급히 해랑하로 갔다. 사촌동생이면서 동시에 태제인 대문예를 죽여야 하는 그의 마음이 무거웠지만 명분을 충분히 세웠기에 굳게 마음을 먹고 전선으로 나갔다. 전선은 교착 상태에 빠져 있었다. 해랑하를 건넜다가 기습을 받고 혼쭐이 난 발해군은 수적 우위에도 불구하고 쉽게 흑수부말갈의 영역으로 들어가지 못하고 있었다. 대일하는 곧바로 호위병들을 이끌고 지휘본부를 찾았다.

"나는 대왕 폐하의 조서를 가지고 온 대일하다. 대장군은 어디 계신가?"

"대장군께서는 순찰을 나가셨습니다."

막사를 지키고 있던 경계병들은 대문예의 행방을 잘 몰랐다. 대일하는 대장군 막사 안으로 들어가 대왕의 조서를 앞세우고 장수들을 불러들였다. 그리고는 대문예의 행방을 물었지만 그의 행방을 아는 자가 하나도 없었다. 이상한 생각이 들긴 했지만 좀 더 기다리기로 했다. 하지만 저녁 무렵이 다 되도록 그는 나타나지 않았다.

대문예가 뭔가 눈치를 채고 도망갔을지도 모른다는 생각이 문득 들었다. 대문예를 죽이라는 명령은 분명 자신과 대왕만이 아는 사실이었는데 어떻게 이런 정보가 샜는지 알 수 없었다. 하지만 지금은 그것을 따지고 있을 틈이 없었다. 일단은 어명을 수행하는 것이 중요했다. 그는 급히 염주성 출신의 가신인 장문휴에게 명령을 내렸다.

"어명이다. 대문예를 체포해 오라."

"예?"

진중의 모든 장수가 다 놀랐다. 대일하는 조서를 꺼내 읽어 내려갔다.

'대문예는 당나라를 두려워하여 싸우기보다는 항복하려 하였다. 이에 짐은 대일하를 대장군으로 삼고 흑수부말갈 공략을 명한다. 동시에 대문예를 일벌백계로 다스려 그를 참형에 처하여 진중에 높이 달아 전군의 경계를 삼으라. 이후 그 누구라도 당나라에 항복하자거나 당나라와 협상하자는 말을 하는 자는 이와 같은 운명이 될 것임을 명심하라.'

전선에 나와 시간을 보내며 대충 협상하려던 마음을 가지고 있던 장수들은 깜짝 놀랐다. 자신의 뜻을 거스르는 동생을 죽여 전의(戰意)를 불태우는 대왕의 의지 앞에 소름이 돋았다. 혹시 자신도 그 부류에 끼어 목이 베이는 죽임을 당하지나 않을 지 오금이 저려 왔다. 그들은 아무 말도 하지 못하고 자신의 목만 슬금슬금 매만져 보았다.

"대왕 폐하의 뜻은 분명하다. 흑수부말갈을 정벌하고 추장 아속리계를 찢어 죽이는 것이다. 만약 이에 저항하거나 두려워하는 자는 대왕 폐하를 대신하여 내가 가차 없이 목을 벨 것이다. 또한 전투에 임하여 물러서는 자도 참형에 처할 것이다."

대일하는 엄하게 군기를 세웠다. 장중의 장수들은 무거운 긴장감으로 쉽게 말을 꺼내지도 못하였다. 선대왕이 돌아가신 후 지금처럼 엄한 군기를 내세우기는 처음이었다. 어명을 받은 장문휴는 수색병을 이끌고 급히 진중을 떠났다.

"명령만 떨어지면 언제 어느 때든지 출동할 준비를 갖춰라. 만약 조금이라도 늦은 자는 가차 없이 참형에 처할 것이다."

대일하의 등장으로 느슨한 경계를 펴고 있던 발해군은 군기가 바짝 들어 긴장감에 휩싸였다. 전군에 전투준비가 하달되고 언제라도 명령만 떨어지면 출동할 준비를 갖췄다.

대일하는 이날 밤 기습적으로 공격명령을 내려 차가운 해랑하를 건넜다. 달빛이 없는 무월광기를 이용하여 적이 매복해 있다는 곳을 급습했다.

"와~"

함성소리와 함께 적진 속으로 기습해 들어갔다. 그러나 정찰병이 적이 매복해 있다고 보고한 곳에 적의 모습은 어느 곳에도 보이지 않았다. 불과 얼마 전까지 적들은 이곳에 땅을 파고 숨어 있은 듯 곳곳에 불씨가 남아 있었다. 그런데도 적의 흔적은 간 곳이 없었다.

"주변을 샅샅이 뒤져라. 적은 멀리 가지 못했다."

"와~"

대일하가 부하들을 향해 명령을 내리는 그 순간 이번에는 등 뒤에서 적들이 급습을 해왔다.

"적이다!"

사방에서 적의 내습을 알리는 비명소리가 났다. 하지만 적의 모습은 쉽게 보이지 않았다. 고함 소리와 함께 화살만 날아들었다.

"활을 쏴라!"

대일하는 침착하게 보이지 않는 적을 향해 화살을 쏘며 저항했다. 오래지 않아 숲 속에서 비명소리가 들려오기 시작했다. 하지만 이곳에서 보이지 않는 적과 오랫동안 싸울 수는 없었다. 처음에 계획했던 기습이 실패로 돌아갔기 때문이었다.

"후퇴하라! 강을 건너라."

대일하는 쓸데없이 군사들을 희생시키고 싶지 않아 후퇴명령을 내렸다.

"와~"

그때서야 적들은 숲 속을 나와 등을 보이고 있는 발해군을 추격하기 시작했다.

"강을 건너라."

대일하는 적과 교전을 벌이며 강 너머로 되돌아 왔다. 큰 피해를 입지는 않았지만 기습은 분명 실패로 돌아갔다. 서전에서 패한 대일하는 기분이 언짢았다. 분명 완벽한 기습이었는데 어떻게 적들이 알아챘는지 도저히 이해할 수 없었다. 그 후로도 마찬가지였다. 두어 차례의 기습은 모두 다 실패로 돌아갔다.

'우리 군중에 분명 첩자가 있음이 분명하다. 그 놈을 잡기 전에는 쉽지가 않을 것이다.'

대일하는 신중해졌다. 대문예를 잡으면 첩자의 정체를 알아 낼 수 있을 것 같은 생각이 들어 일단 대문예의 추격에 정신을 집중시켰다. 하지만 대문예의 추격에 나섰던 장문휴는 소식이 없었다.

대일하를 전선에 보내 놓고 결과를 초조하게 기다리던 대무예는 아무런 보고가 올라오지 않자 초조해졌다. 며칠 뒤에 올라온 보고는 그를 너무나 실망시켰다. 대문예는 도망을 갔고 진중에는 첩자가 있어 서전에서 패했다는 소식뿐이었다. 대일하라면 문제를 확실하게 해결해줄 줄 알았는데 약간 실망했다. 하지만 아직 전쟁은 끝난 것이 아니기에 더 기다려 보기로 했다. 그 즈음 어머니 햇살이 대무예를 찾았다.

"어서 오십시오, 어머니."

“대왕께서는 요즘 밤잠을 제대로 이루지 못하시는 것 같소.”

“흑수부말갈이 반란을 일으켰습니다.”

“그것은 나도 알고 있는 사실이오만.”

“…….”

대무예는 차마 어머니 앞에서 동생을 죽이려는 것 때문에 노심초사하고 있다는 말을 하지 못했다.

“혹시 문예 때문에 그러오?”

“예! 어떻게?”

“나도 귀가 있으니 다 들을 수 있소.”

“죄송합니다, 어머니. 하지만 어쩔 수 없습니다. 지금 물러서면 발해는 당나라의 속국이 되고 맙니다.”

“나도 그 정도는 알고 있소. 하지만 아무리 그래도 내가 살아 있는 동안에는 문예를 죽여서는 안 되오.”

“죄송합니다.”

“문예는 내가 빼돌렸소.”

“예?”

“그러니 찾지 마시오. 문예를 죽이려 한다는 것은 이제 온 발해가 다 알고 있는 사실이오. 그러니 이제 그만 찾으시오.”

“어디로 빼돌렸습니까?”

“당나라.”

“어머니도 당나라의 첩자십니까?”

대무예는 착 가라앉은 목소리로 물었다.

“왜? 나도 죽일 셈이냐?”

“어머니, 더 이상 정치에는 관여하지 마십시오.”

“나는 정치를 모른다. 다만 내 아들을 죽이려는 사람은 용서할 수 없어.”

햇살은 대무예를 노려보며 화난 목소리로 말했다.

"좋습니다. 이 문제는 일단 이것으로 끝내겠습니다. 대신 멀리 멀리 피하라고 말씀하십시오. 제가 땅 끝까지 쫓아갈 지도 모르니까요."

"왜 그렇게 모지냐?"

"전 조선 때부터 이어온 우리 예맥족의 역사를 짊어진 사람입니다. 제가 무너지면 삼천 오백년 동안 이어온 우리 민족의 역사와 문화와 전통이 무너집니다. 그래서 독해지기로 했습니다. 독하게 우리 민족사를 이어갈 것입니다. 그것도 도전적이고 진취적인 모습으로 말입니다. 나의 이 길을 가로막는 자는 절대 용서하지 않을 것입니다. 그것이 제 동생이라 해도……."

"네 마음 알겠다. 하지만 이번 한 번만은 용서해 다오."

"돌아가십시오, 어머니. 저는 살아 있는 문예를 절대 다시 보지 않습니다. 제가 살아 있을 동안에는 살아서 발해 땅에 들어올 수 없을 것입니다."

"차라리 대왕이 되지 않았더라면 형제간에 이런 분쟁도 없었을 것을……."

햇살은 마침내 흐느끼기 시작했다. 대무예는 이런 어머니의 모습을 애써 외면했다.

"내가 직접 전선으로 가겠다."

다음날 아침 마음이 울적해진 대무예는 신하들에게 전쟁터로 갈 차비를 하라 했다. 몇 번의 기습전을 치렀던 대일하는 진중에 있는 첩자를 색출하기 위해 골몰했지만 마땅한 방법이 떠오르지 않았다. 이러한 때 갑자기 대무예가 전선에 나타났다. 대일하는 그간에 있었던 일을 보고하며 싸움이 교착상태에 빠진 이유를 설명했다.

"태제를 추격하는 일은 중단하세요. 일단은 흑수부말갈 공격에 힘을 집중하시오."

"알겠습니다."

"고 선생, 첩자를 찾아낼 방도를 생각해 보시오."

보고를 다 듣고 난 대무예도 일단 진중의 첩자를 찾아내는 것이 급선무라 생각했다.

"우리 진중에 첩자가 있는 것이 확실하고 또 우리의 정보가 계속 흘러들어간다는 것은 고급 장교들 중에 첩자가 있다는 결론입니다."

"나도 그렇게 생각했소. 하지만 집합 명령을 내리고 어디로 향하는지 밝히지 않고 곧바로 해랑하를 건너도 적은 이에 대비하고 있었소이다. 아무리 우리 속에 첩자가 있다 해도 그 사이 적진까지 뛰어가기는 불가능한 시간인데도 말이오."

대일하의 말에 순간적으로 고인의는 뭔가 짚이는 것이 있었다. 그는 한동안 골똘히 생각에 잠겼다.

"혹시 지금 우리 진중에서 멀리 떨어져 있는 부대가 있습니까?"

"글쎄요. 아! 있긴 있소만"

"어디쯤 있습니까?"

"대문예를 추격해간 장문휴가 멀리 송화강 근처까지 나가 있습니다."

"장문휴는 믿을 만한 장수입니까?"

"염주성 도사공 장간의 아들로 우리 대씨 집안의 가신출신입니다. 바다에서나 육지에서나 그를 당할 자가 없습니다."

"그래요! 그럼 잘 되었습니다."

고인의의 얼굴에 갑자기 희색이 만연해졌다.

"혹시 첩자들이 들을지 모르니 황송하오나 잠깐 귀들을 빌리겠습니다."

고인의는 대무예와 대일하에게만 들릴 만큼 작은 소리로 자신의 생각을 밝혔다. 대무예의 얼굴에 미소가 번지기 시작했다. 그리고는 한밤중을 이용하여 말발굽을 천으로 감싼 한 필의 말이 소리 없이 진영을 빠져나갔다.

"작전 회의를 한다. 각 부대장은 다 모여라."

다음날 아침 대무예는 장수들을 불러 들였다. 대왕이 직접 전선으로 나와 시찰하자 긴장해 있던 각 부족의 가한들은 대왕이 부르자 쏜살같이 달려왔다. 대왕이 당나라에 협력했다는 이유 하나만으로 동생을 죽이려 한다는 소식은 널리 알려진 일이었기에 장수들은 조금의 지체함도 없이 긴장과 두려움에 가득 찬 얼굴로 모여들었다.

"그동안 우리는 이곳에서 너무 오랫동안 싸움을 끌었다. 적들은 이미 해랑하 너머에 방어진을 구축한 것 같다. 그래서 작전을 바꾼다."

"……."

장수들은 긴장한 상태로 대무예의 말 한마디도 놓치지 않으려 애쓰는 표정이 역력했다.

"양동작전을 펼친다. 부대를 둘로 나누어 하나는 여기에 남고, 나머지 일대는 대일하 대장군이 지휘하여 멀리 송화강의 대청산을 우회하여 적의 후미를 공격한다. 나는 이곳에 남아 적이 섣불리 움직이지 못하게 적을 계속 공격할 것이다."

장수들은 대무예의 말에 크게 고개를 끄덕이며 열심히 경청하였고 또 이해했다는 표시를 했다. 고인의는 회의에 참석한 자들이 누구인지 일일이 점검했다. 그는 종사관이 되어 승복을 입고 말석에 앉아 있는 조카 조환의 얼굴을 발견하고는 반가운 듯 살며시 웃음을 보내기도 했다.

회의가 끝난 뒤 대일하는 아침을 먹은 후 이만의 군사를 이끌고 느릿느릿 진군하기 시작했다. 하늘에는 죽음의 냄새를 맡은 까마귀 떼들이 이들 주변을 떠나지 않았다. 고인의는 그 속에서 이들보다 높이 솟구쳐 오르는 산지니 한 마리를 발견하고는 씁쓸한 미소를 지었다.

대일하가 떠난 뒤 대무예는 군영에 박혀 전혀 움직이지 않았다.

나흘째 되던 날, 아침부터 대무예는 활발히 움직이기 시작하였다. 그리고는 갑자기 전군에 전투준비령을 내렸다. 적진을 공격한다는 것이었다.

발해군이 분주히 움직이자 또 다시 하늘에는 어떻게 알고 왔는지 까마귀와 독수리 떼들이 몰려들기 시작했다. 그 사이로 또 다시 산지니 한 마리가 솟구쳐 오르기 시작했다. 그러나 그가 채 이들 무리 속에 섞이기도 전에 하늘을 비상하는 화살 하나가 보기 좋게 산지니의 몸통 한가운데를 꿰뚫었다.

"진격!"

마침내 진격 명령이 떨어졌다. 아침을 든든히 먹은 발해군은 대무예의 공격 명령에 또다시 해랑하를 건넜다. 지금까지 여러 번에 걸쳐 해랑하를 건넜지만 한 번도 이기지 못하고 되돌아온 강이기에 발해군은 조심스럽게 앞으로 전진해갔다. 이번에는 대왕께서 직접 진쟁터에 나섰기에 뭔가 달라질 것이라는 기대감과 함께.

대무예는 서두르지 않았다. 깊은 삼림이 이어지는 숲 속에서 진군을 멈추었다. 그리고는 무엇을 기다리기라도 하듯 한참을 서 있었다.

"와~"

갑자기 먼 곳에서부터 함성소리가 들리기 시작하더니 비명소리와 함께 쇳소리가 요란하게 들리기 시작했다.

"돌격!"

마치 이를 기다리고 있기라도 하듯 대무예는 공격 명령을 내렸다. 수 없이 공격했다 실패한 경험이 있는 병사들이었지만 분명히 뭔가 이전과는 다른 싸움의 양상이 전개된다는 것을 눈치 채고는 앞장서서 달려가는 대무예를 따라 숲 속으로 들어갔다. 숲 속은 이미 아비규환의 싸움이 벌어지고 있었다. 도끼를 든 흑수부말갈 전사들과 멀리 떠났던 것으로 알려진 대일하의 부대가 뒤엉켜 싸우고 있었다. 대무예가 이끄는 발해군이 가세하자 백중세를 보이던 싸움은 순식간에 전세가 기울어졌다. 승세를 탄 발해군은 수적 우위를 바탕으로 거세게 몰아붙였다.

그동안의 싸움을 생각해 본다면 너무나 싱겁게 싸움이 끝났다. 전세가 기울어지자 목숨을 부지하고 있던 흑수부말갈군이 곧바로 항복한 것이다. 대무예는 전사자들과 포로들을 한 곳에 모았다. 아속리계를 찾기 위해서였다. 하지만 그 어느 곳에도 그는 없었다.

"아속리계는 어디로 갔느냐?"

대무예는 포로로 잡은 흑수부말갈의 추장 하나를 붙들고 물었다.

"자사님께서는 군사를 이끌고 송화 강변의 대청산 쪽으로 떠났습니다."

그들은 아속리계를 자사라 불렀다. 당나라가 내린 벼슬이었다.

"언제 떠났느냐?"

"나흘 전이었습니다."

대무예의 입가에 자신도 모르는 미소가 떠올랐다. 계획한 대로 일이 진행되고 있었기 때문이었다.

"당나라군은 어디에 있느냐?"

"자사님을 따라갔습니다."

"송화강으로 떠난 군사는 얼마나 되느냐?"

"일만은 족히 넘습니다."

대무예는 더 이상 포로를 심문하지 않았다. 대신 그는 대일하로 하여금 급히 군사를 이끌고 대청산쪽으로 떠나라는 말만 남기고 다시 해랑하를 건넜다. 그곳에서 그는 진을 친 채 싸움의 결과를 지켜보기로 했다.

조환은 자신이 생각하지 못한 방향으로 싸움이 진행되자 영문을 알지 못했다. 멀찍이서 싸움의 결과를 지켜보던 그는 불안해지기 시작했다. 적진에 보냈던 산지니도 돌아오지 않았다. 전투는 순식간에 끝이 났다. 전혀 예상하지 못한 결과였다. 지금까지 싸움은 분명 흑수부말갈에게 유리하게 전개되었는데 어떻게 이런 일이 갑자기 발생했는지 이해할 수 없었다. 혹시 자신의 행각이 들통 나지 않았는지 불안해지기 시작했다. 그는 슬금슬금 뒷걸음치기 시작했다. 싸우느라 정신이 없는 발해군은 자신의 움직임에 대해서는 전혀 무관심한 듯했다. 어차피 마굽산을 떠나려할 때 중경성보다는 영주성으로 가려했다. 설사 지금 발해를 떠난다 해도 손해 볼 것은 아무 것도 없었다. 뒷걸음치던 그는 드디어 몸을 돌려 영주성으로 향했다.

"어디를 그리 급하게 가느냐?"

외삼촌이었다. 안심이었다.

"잃어버린 것이 있어서……."

"이것을 찾느냐?"

갑자기 등 뒤에서 외삼촌이 화살 맞은 산지니 한 마리를 꺼내 놓았다. 시치미가 그대로 붙어 있었다.

"어떡하다……."

조환은 산지니의 시체를 보자 갑자기 넋 나간 사람처럼 달려들어 산지니를 낚아챘다. 산지니는 그의 수족이었다. 산 속에서 외로움을 이기지 못할 때 꼭 껴안았던 혈육이었다. 그는 화살에 관통당한 산지니를 껴안고는 눈물을 흘렸다.

"삼촌이 죽였어요?"

눈물 머금은 눈으로 고인의를 노려보며 대들 듯이 물었다.

"이 놈을 체포해라!"

고인의는 냉정하게 돌아섰다. 뒤에 지키고 섰던 두엇의 장정이 달려들어 조환의 어깻죽지를 누르고는 손을 묶었다.

"얘가 뭘 잘못했다고 죽여요, 죽이기를?"

산지니의 죽음을 본 조환은 거의 제 정신이 아니었다. 자신이 무엇을 잘못했는지 의식하지도 못했다. 왜 죽였냐며 소리를 지를 뿐이었다. 이런 조카의 모습을 보는 고인의의 눈에서도 눈물이 고였다.

'잘못된 인연이다. 다음 세상에서는 이런 슬픈 운명을 갖고 태어나지마라.'

대문예의 추격에 나섰던 장문휴는 끝내 그를 찾을 수 없었다. 광활한 만주벌판에서 그를 찾는 것은 애초부터 무리였다. 대규모의 군대를 이끌고 도망갔으면 쉽게 찾을 수 있겠지만 두 세 명의 수행원만 데리고 산 속으로 들어간 그를 찾는 것은 광활한 숲 속에서 바늘 하나를 찾아내는 것만큼 힘든 일이었다. 하지만 그의 목적지가 당나라라면 그가 반드시 지나가야 할 길목이 있었다. 당나라로 가기 위해서는 언젠가는 산 속에서 나와야 했다. 장기전으로 간다면 잡을 자신이 있었다. 그는 군사를 삼분하여 하나는 비사성으로, 또 하나는 신성으로, 또 하나는 안시성 쪽으로 가는 길목을 지키게 했다. 이 세 곳을 지나지 않고는 당나라로 들어갈 수가 없었기 때문이었다. 그리고 자신은 나머지 군사를 이끌고 송화강 주변부터 수색해 나가기 시작했다.

장문휴는 대왕이 자신에게 내린 첫 번째 임무를 실패로 끝내고 싶지 않았다. 대문예의 목을 자르기 전에는 돌아가지 않겠다는 각오였다. 그런데 오래지 않아 대왕이 보낸 밀서가 전달되었다. 대문예 추격을 포기하고 송화강 변의 대청산에 매복해 있다가 진군해오는 적을 공격하라는 새로운 명령이었다. 장문휴는 자세하게 적힌 계책을 여러 번 읽은 후 밀서에 적힌 대로 이를 불태웠다. 그리고는 사방으로 흩어졌던 부하들을 급히 다시 불러들여 송화강 아래의 대청산으로 들어갔다.

날은 이제 겨울로 접어들어 땅 파기가 쉽지 않았지만 그는 부하들을 독려하여 매복지를 완성하였다. 그리고는 흑수부말갈군을 기다렸다. 매복한 지 사흘 째 되던 날, 과연 밀서에서 말한 대로 흑수부말갈군이 나타났다.

일만 명 정도 되는 대규모 병력이었다. 장문휴는 흥분되기 시작했다. 맨 앞에 선 이가 아속리계가 분명했기 때문이었다. 그는 당장 뛰쳐나가 놈을 공격하고 싶은 마음이 간절하였지만 참았다. 밀서에는 아군이 나타날 때까지는 공격하지 말라 했기 때문이다.

이틀이 흘렀다. 그동안 흑수부말갈군은 자신들과 불과 오 리 떨어진 산속에 진을 치고는 꼼짝하지 않고 숨어 있었다. 장문휴는 숨죽이며 적이 눈치 채지 못하게 숨어 있었다. 밤이 되면 몹시 추웠지만 그는 불을 땔 수 없었다. 밥을 해먹을 수도 없었다. 준비해간 육포를 씹으며 배고픔과 추위를 달랠 수밖에 없었다.

또 다시 이틀이 흘렀다. 하지만 약속한 아군은 나타나지 않았다. 마음이 초조해지기 시작했다. 분명 아군이 나타난다 하였는데 나타날 기미가 보이지 않았다. 그렇다고 척후병을 보낼 수도 없었다. 바로 앞에 흑수부말갈군이 버티고 있었기 때문이다.

해가 중천에 떴을 무렵, 이상한 기미가 보였다. 멀리서부터 검은 구름이 몰려오는가 싶더니 하늘이 떠나갈 듯한 말발굽 소리가 들리기 시작했다. 장문휴는 숨을 죽이고 전개되어지는 상황을 주시하기 시작했다. 흑수부말갈이 매복해 있는 것을 아는지 모르는지 아군은 대청산 속으로 계속 밀려들었다. 대일하 장군의 모습도 보였다.

그 순간이었다. 요란한 함성과 함께 화살이 날기 시작하더니 흑수부말갈군이 공격을 가하기 시작했다. 새까맣게 계곡 속으로 밀려 내려갔다. 장문휴는 밀서 속에 적혀 있던 내용을 기억해 냈다.

'아군이 계곡을 지나갈 때 흑수부말갈군이 공격을 할 것이다. 그때 흑수부말갈의 배후를 쳐라.'

"공격!"

흑수부말갈군이 거의 계곡에 다다라 아군을 기습할 때쯤 장문휴는 공격

명령을 내렸다. 적의 등 뒤를 공격하기 시작한 것이다. 장문휴는 망설이지 않고 곧바로 아속리계를 향해 말을 달렸다. 산 위에서 그는 줄곧 아속리계의 움직임을 지켜보고 있었기 때문에 그를 찾는 것은 어려운 일이 아니었다. 기세 좋게 발해군을 공격해 들어가던 흑수부말갈군은 자신들의 등 뒤에서 갑자기 발해군이 쏟아져 나오자 어찌된 영문인지 몰라 어쩔 줄 몰라 했다. 졸지에 앞과 뒤에서 적의 공격을 받게 된 형국이었다.

"이게 어떻게 된 일이오?"

상황을 파악하지 못한 아속리계는 곁에 있는 복신에게 다급하게 물었다.

"글쎄요. 저도 도무지……."

복신도 영문을 몰라 당황하기는 마찬가지였다. 지금까지 흑수부말갈의 전투를 이끌었던 그는 지금의 상황을 도무지 이해할 수 없었던 것이다.

"혹시, 아무래도 조환의 정체가 드러난 것 같습니다."

"뭐요?"

그러고 보니 요 며칠 사이 산지니가 나타나지 않았다. 물론 이곳까지 산지니가 쫓아오지 못할 수도 있지만 그래도 마음만 먹으면 가능한 일이었다.

"그러면 이제 우리는 어떻게 되오?"

"아무래도 역이용 당한 것 같습니다."

"역이용?"

"저들은 조환의 정체를 알아내고는 미리 이곳에 매복해 있다가 우회하여 공격한다는 거짓 정보를 흘려 우리를 이곳으로 유인한 후에 공격한 것 같습니다."

"그러면 해랑하변의 우리 군대는?"

"산지니가 더 이상 뜨지 않는 것으로 보아 그들도 기습을 받지 않았나 싶습니다만."

"뭐라고! 그럴 리가 없어."

아속리계는 믿을 수 없었다.

"당나라로 도망갑시다."

"뭐요? 그런 무책임한 말이 어딨소!"

아속리계는 너무나 쉽게 말하는 복신에게 갑자기 분노의 마음이 생겼다.

"훗날을 기약~, 욱!"

아속리계는 분한 마음에 복신을 한대 후려치고 말았다. 이런 위기 상황을 만들어 놓고, 부하들을 다 사지로 몰아넣고는 너무도 쉽게 도망가자고 말하는 복신에게 순간적인 분노가 일었기 때문이었다.

"계곡 밖으로 벗어나라!"

아속리계는 부하들을 독려하기 시작했다. 아무리 급한 상황이라도 부하들을 버리고 도망가는 일은 흑수부말갈 사회에서는 있을 수 없는 일이었다.

"네 이놈! 아속리계 내 칼을 받아라."

갑자기 눈앞에 젊은 발해 장수가 나타났다. 그의 외모에서 힘이 장사임이 단번에 느낄 수 있었다. 오랜만에 맞수를 만났다는 생각이 들었다. 분풀이 할 데가 없었는데 잘됐다는 생각이 들었다. 그는 곧바로 칼을 내려치며 놈을 공격하기 시작했다. 그러나 몇 합 싸워 본 아속리계는 당황하기 시작했다. 힘이라면 누구에게도 지지 않을 자신이 있었는데 그는 자신보다 훨씬 힘이 셌다. 내려치는 칼날의 무게가 보통이 아니었다. 한번 씩 그의 칼날을 막을 때마다 손이 떨어져 나가는 것 같았다. 복신의 말대로 도망가는 것이 상책이라는 생각이 들었다. 그는 슬금슬금 뒤로 물러났다. 그리고는 곧바로 말을 달려 달아나기 시작했다.

"어딜 도망가느냐 이놈!"

장문휴는 활을 꺼냈다. 그리고는 곧바로 발사했다. 정확하게 활은 아속리계의 목덜미를 맞추었다.

"억!"

아속리계는 비명을 지르면서도 말에서 떨어지지 않았다. 하지만 비틀거리는 틈을 장문휴는 놓치지 않았다. 그는 곧바로 말을 달려 비틀거리는 아속리계의 목을 단칼에 베었다.

"아속리계의 목이다."

장문휴는 칼끝에 아속리계의 목을 꿴 후 목이 찢어져라 소리를 질렀다.

"와~"

함성소리와 함께 흑수부말갈 병사들은 무기를 버리고 항복하기 시작했다. 아무리 임전무퇴의 흑수부말갈 용사라 할지라도 우두머리가 전사한 가운데 바로 곁에서 둘러싸여 무자비한 도륙 전을 펼치는 발해군은 당해낼 수 없었던 것이다. 전투는 오래지 않아 끝이 났다. 대일하는 수많은 포로와 함께 아속리계의 목을 들고 개선했다.

해랑하에서 소식을 기다리고 있던 대무예는 승전보를 접하고는 매우 기뻤다. 첫 전쟁을 승리로 이끈 것이 무엇보다도 기뻤다. 그는 전쟁에 참전했던 장수들을 크게 치하했다. 특히 장문휴의 공훈을 칭찬하며 흑수부말갈 포로들을 이끌고 중경으로 개선했다.

3. 정복 군주 대무예

"발해 공격의 주동자는 누군가?"

"안동도호 설태요."

"너는 누구냐?"

"나는 복신, 최복신. 최광의 아들이오."

"최광의 아들!"

"그렇소. 책성의 성주였던 분이셨소."

"그래서 책성을 되찾으려고 흑수부말갈을 뒤에서 조종했는가?"

"그렇소. 책성은 내 아버지의 성이오."

"아버지의 성! 하하하, 남의 집을 일시 강탈한 도적이 강탈한 집을 계속 자기 집이라 우기면 그 집이 자기 집이 되느냐?"

"당나라가 고구려를 멸망시킨 후 황제 폐하께서 내 아버지에게 하사한 성이니 당연히 책성은 내 아버지의 성이고 또 나의 성이오."

"그렇다면 장성 이남의 평주와 연경도 고구려의 막리지였던 연개소문에게 점령당했으니 당연히 고구려의 땅이렷다."

"그곳은 옛날부터 우리 화하족의 땅이었소. 잠시 고구려가 점령하였을 뿐이오."

"마찬가지다. 책성도 원래 예맥족의 땅이다. 잠시 너희 당나라가 점령하였을 뿐이고 또 우리 예맥족이 다시 되찾았을 뿐이다."

"내가 태어나서는 한 번도 당나라의 성이 아닌 적이 없었소이다."

복신도 쉽게 굽히지 않았다.

흑수부말갈의 반란을 진압하고 중경으로 돌아온 대무예는 포로로 잡아온 흑수부말갈인들을 공훈을 세운 장수들과 병사들에게 노예로 나눠주었다. 반란의 대가가 얼마나 큰지 분명히 알게 하고 싶었다. 그러던 중 포로들 가운데 당나라 사람들이 몇 섞여 있는 것을 알았다. 이들은 당나라에서 파견한 관리들이었다. 이들을 심문하면 당나라의 생각이 무엇인지 알 수 있을 것 같았다.

"안동도호 설태도 그렇게 생각하느냐?"

"그렇소이다."

"너의 왕도 그렇게 생각하느냐?"

"그렇소이다."

"하하하, 너를 살려 보내주마. 가서 분명히 전해라. 내가 찾아간다고. 고구려의 후예인 발해의 대왕이 잃어버렸던 고구려의 전설, 개마무사를 이끌고 너희들의 심장부로 찾아간다고 분명히 전해라.

여봐라. 저 놈을 풀어 주어라. 이마에 '남의 땅을 강탈하려다 잡힌 강도'라는 묵자(墨字)를 새겨서 설태에게 보내라."

흑수부말갈의 반란을 진압한 대무예는 최복신의 취조 과정에서 발해에 대한 당나라의 생각이 어떤지 알게 되었다. 자신이 등극한 이후 당나라와는 선린관계를 유지하기 위해 아들들을 차례로 당나라에 보냈었다. 하지만 구밀복검(口蜜腹劍), 당나라는 달콤한 미소를 지으면서 등 뒤에 비수를 준비하고 있었다. 영주 땅에서 포수 생활을 할 때 나라 없는 서러움이 어떤 것인지 눈물겹게 경험한 대무예는 이러한 당나라의 의도를 그냥 두고 볼 수 없었다. 아버지와 함께 수많은 전투를 치렀던 그는 피로써 세운 발해를 절대 당나라에 넘겨 줄 수 없다 결심했다.

'예맥족의 매운 맛을 보여 주어야 한다. 발해라는 나라가 어떤 나라인지 저들의 가슴에 깊이 새겨주어야 한다. 옛날 고구려라면 무서워 벌벌 떨었던 그 명성을 되찾아 저들의 마음속에 발해라는 이름만 들어도 무서워 떨게 해야 한다. 이것이 나의 할 일이다.'

대무예는 곧바로 전국에 흩어져 있는 오경(五京)의 경사(京師)들을 모두 불렀다. 주요한 성의 성주들도 모두 소집했다. 일곱 개의 말갈족 추장들도 불러 모았다. 대조영이 죽고 난 후 덕치를 하던 대무예가 흑수부말갈 진압과정에서 자신의 동생을 죽이려 하는 등 선대왕의 모습을 그대로 보이자, 다소 그를 만만하게 보던 귀족들의 태도가 달라졌다. 대무예의 부름에 앞다퉈 중경으로 달려왔다.

대무예는 흑수부말갈족의 반란을 진압하는 과정에서 많은 협조를 하였던 이들을 불러 그 간의 노고를 치하하며 큰 잔치를 베풀었다. 수백 마리의 돼지와 술이 동원되었다. 대무예는 영지에서 올라 온 호족들과 성주, 그리고 부족장들과 일일이 잔을 나누며 환영했다. 삼일 동안 잔치가 이어졌다. 멀찍이서 발해의 건국도 모른 채 지내다 자신도 모른 채 발해의 관료로 편입된 산골부족의 부족장들은 말로만 듣던 대왕의 얼굴을 직접 바라보는 것만으로도 큰 영광이라 생각했다. 전쟁 중에 있었던 무용담을 말하며 자신을 내세우려는 자들도 있었다. 그 중에는 이전과 달라진 대왕의 모습에 긴장하는 사람도 있었다. 그들의 예감은 들어맞았다. 대무예는 잔치 마지막 날 여러 신하들을 불러 모은 이유를 밝혔다.

"짐은 대왕의 자리에 즉위한 후 주변의 이웃들과 선린관계를 맺기 위해 많은 노력을 했다. 그러나 흑수부말갈이 반란을 일으켰고, 그 배후에는 당나라가 있었음이 밝혀졌다. 짐은 당나라의 발해에 대한 이런 야욕을 절대 방관하지 않을 것이다. 저들의 본토까지 쳐들어가 똑똑히 교훈을 줄 것이다. 그래서 옛날 화하족들이 고구려를 두려워했던 것처럼 발해를 두려워하게 만들 것이다. 그것이 바로 짐이 대왕의 자리에서 해야 할 과업이다."

"……."

대신들은 대무예의 단호하고도 위엄 있는 목소리에 아무런 말도 하지 못하고 고개만 숙이고 있었다.

"그래서 오늘부터 당나라 공략을 시작하려 한다. 여러 호족들과 성주들은 짐의 이런 뜻에 따르기 바란다. 만약 이에 응하지 않는 사람이 있거나, 또 다시 짐의 아우 대문예처럼 당나라를 두둔하는 자가 있을 때는 가차 없이 목을 벨 것이다."

대무예는 여러 대신들 앞에서 자신의 뜻을 분명히 밝혔다.

"대일하 장군!"

"예!"

"짐은 그대를 도원수에 임명한다. 그대는 흑수부말갈로 군대를 이끌고 가 반란에 가담했던 자를 색출해 철저하게 응징을 한 후 군사를 이끌고 북쪽으로 가 흥안령산맥의 실위족을 공격하여 그곳까지 우리 발해의 영토임을 분명히 밝히고 와라."

"알겠습니다."

위엄 있는 목소리에 대일하는 고개 숙여 명을 받들었다.

"장문휴 장군!"

"예, 폐하!"

"그대를 부원수에 임명한다. 그대는 짐과 함께 요동으로 진출하여 당나라 공격의 교두보를 마련할 것이다."

"무한 광영입니다."

대무예는 지난 번 흑수부말갈과의 전투에서 큰 공을 세운 장문휴를 주목했다. 그는 염주성 출신 도사공 장간의 아들로 가신이었다. 가신들은 자신의 주군에 대한 충성심이 대단했다. 대무예가 그것을 놓치지 않은 것이다.

"나머지 성주들과 부족장들에게는 전쟁에 필요한 군사와 양식을 배당할 것이다. 다소 힘들고 어려운 일이 있겠지만 우리나라를 강하게 만들고 위엄을 세우기 위한 일이니 따르기 바란다."

대무예는 자신의 국정 방향을 분명히 밝혔다.

사흘 동안 즐기며 마시던 여러 신하들은 비로소 대무예가 자신들을 부른 이유를 알고는 침묵을 지켰다. 대왕이 결심을 했으면 따를 수밖에 없었다. 하지만 발해는 건국 이후 너무 많은 전쟁을 벌였다. 흑수부말갈의 반란을 끝으로 전쟁이 끝났으면 좋겠다는 생각을 가졌다. 흑수부말갈 진압이후 섣불리 반란을 일으키는 자는 없을 것이라 생각했다. 그런데 대왕은 이것이 끝이 아니라 새로운 시작이라 밝히고 있는 것이다. 그렇다고 겉으로 불만을 표시할 수는 없었다. 앞에 놓인 잔을 듦으로써 무거운 마음을 대신했다.

중경성은 다시 바빠졌다. 대왕의 강력한 의지 표현으로 각 부족과 큰 성들은 군사들을 차출하고 군량미를 모으는 등 긴장된 일상이 이어졌다. 대무예는 바쁜 가운데서도 한가한 틈을 이용하여 육정산 자락에 자리 잡은 아버지 대조영의 묘를 찾았다. 감히 당나라군을 상대로 싸움을 시작하고 또 나라를 세울 엄두를 낸 아버지가 세삼 위대하다는 것을 뒤늦게 깨달았다.

어린 시절 아버지의 모습이 떠올랐다. 힘든 포수 생활 중에도 아버지는 아들이 읽을 책을 구하러 영주성에 갔었다. 절망적인 상황 속에서도 아들에게 무예를 가르쳤고, 염주성 이야기를 하며 돌아갈 고향과 고국이 있음을 일깨웠다. 자신에게는 너무나 자애로운 아버지였다. 그런 아버지였지만 나라를 세우고 기틀을 잡아 가는 과정에서는 잔인할 정도로 엄한 모습으로 변했다. 그때는 아버지가 싫었다. 그래서 그는 자애롭게 덕을 베풀면서 평화로운 나라를 만들겠노라 다짐했다.

그러나 아니었다. 백성들의 삶을 편하게 해주겠노라며 몸을 굽혀서까지 평화를 추구하였지만 발해를 노리는 무리는 너무나 많았다. 이제야 아버지가 왜 그러셨는지 이해가 되었다.

'아버님 아무래도 제 대에서는 평화를 말할 수 없는 것 같습니다. 아버지처럼 되기 싫었지만 이제는 가장 닮고 싶은 사람이 아버지가 되었습니다. 호랑이 같았던 아버지의 모습 그대로를 아들이 보여드리겠습니다.'

대무예는 술을 따르며 아버지를 한참동안 떠올렸다.

'그리고 아버님 용서를 빌 것이 있습니다. 형제간에 우애 있게 지내라는 말씀을 많이 하셨는데 제가 대문예를 쫓아냈습니다. 아니 죽이려 했습니다. 아버님 뵐 낯이 없지만 그럴 수밖에 없었습니다. 대왕이 아니었다면 동생을 죽일 생각을 절대 하지 않았을 것입니다. 그러나 아버님이 어떻게 세운 나라인지 알기 때문에, 옛 조선에서부터 고구려로 이어온 전통을 얼마나 힘겹게 다시 되찾은 것인지 깨달았기 때문에 어쩔 수 없었습니다. 용서를 구합니다.'

대무예는 회한에 잠겨 날이 지는 줄 모르고 앉아 있었다. 지금 자신의 마음을 알아주는 사람은 아버지밖에 없었기에 떠나고 싶지가 않았다. 아버지에게 의존하고 아버지의 그늘에서 아버지의 뒤만 따르고 싶은 마음이 간절하였다. 그러나 이제는 자신이 이 모든 것을 스스로 책임지고 해야 했다.

"대왕마마 날이 저물고 있습니다."

묘지기의 말에 대무예는 비로소 현실로 되돌아 왔다.

"아버님 묘소에 향불이 꺼지지 않도록 해라."

대일하로부터 출격준비가 끝났다는 보고가 올라왔다. 큰 싸움 후에 또 다시 원정길에 내보내는 것이 미안하였지만 나라를 지키기 위해서는 어쩔 수 없는 선택이었다. 대무예는 그를 위로했다.

"형님을 계속 전쟁터로 내보내는 것이 미안하긴 하지만, 지금 우리 발해의 강역을 정확히 해놓지 않으면 우리 후손들이 더 큰 고통을 당할 것이오. 수고스럽지만 우리 후손들을 위해서라도 참고 과업을 잘 수행해 주길 바라겠소."

"염려 마십시오. 몇 십 년 만에 다시 되찾은 고국인데, 더구나 영광스럽게도 우리 대씨 집안이 환인단군의 전통을 이어가는 영예를 누리게 되었는데 무엇을 망설이겠습니까. 이 한 몸 부서지더라도 주어진 천명은 다 받들 것입니다."

대일하는 사촌 동생인 대왕에게 깊이 고개 숙이며 말했다.

"형님과 내가 함께 자랐더라면 참 좋았을 것인데. 그랬더라면 대문예를 잃는 아픔도 없었을 것인데 참 안타깝소."

"저도 그렇게 생각합니다. 선대왕 폐하와 대왕 폐하를 함께 모셨다면 지금보다 훨씬 믿음직한 신하가 되었을 것인데 아쉽습니다."

"출격하게 되면 식사도, 술도 마음대로 하지 못할 것인데 오늘 저녁은 배가 터지도록 먹어봅시다."

대무예는 대일하와 만찬을 함께하며 출전하는 그를 위로하고 있었다.

"대왕, 나하고 이야기 좀 합시다."

거의 식사가 끝날 무렵 어머니 햇살이 찾아왔다.

"저는 이만 들어가 보겠습니다."

둘 사이의 기운이 심상치 않음을 눈치 챈 대일하가 먼저 자리에서 일어섰다.

"좋은 꿈 많이 꾸시오."

대무예는 애써 어머니를 외면하며 문밖까지 대일하를 배웅했다.

"조환은 어떻게 하실 것입니까?"

햇살은 대일하를 배웅한 대무예가 자리에 앉자마자 단도직입적으로 물었다.

"식사는 하셨습니까?"

"대왕이라면 아들 하나가 또 다른 아들에게 쫓겨 어디서 무엇을 하는지, 살아 있는지 죽었는지도 모르는데 밥이 넘어가겠소?"

"……."

비수가 꽂혀 있었다. 어머니 햇살은 동생 대문예를 징벌하려는 대무예의 어명이 떨어진 이후 한 번도 이전의 자애로운 모습을 보이지 않았다. 이미 백발이 된 어머니는 아버지가 돌아가셨을 때보다도 더 빠른 속도로 기력을 잃어 가고 있었다. 어머니에게는 참으로 몹쓸 짓을 했다는 생각에 대무예는 아무 말도 하지 않았다. 더 이상 그녀를 분노케 하고 싶지가 않아 침묵만 지켰다.

"조환은 어떻게 하시려는지 물었소."

"그는 세작입니다. 수많은 발해군을 위기로 몰아넣었고 실제로 많은 병사의 목숨을 앗아갔습니다."

"그건 나도 들어서 알고 있소. 그를 어떻게 하실 생각인지를 묻고 있는 것이오. 죽일 것이오?"

"그의 죄는 죽어 마땅합니다. 우리가 요동으로 떠나는 날 하늘에 제사 지내면서 그의 피를 제단에 뿌릴 것입니다. 당나라에 의해 죽어 간 수많은 고구려인들의 넋과 발해인들의 넋을 위로하면서 말입니다."

"조환은 달맞이의 유일한 혈육이오."

"알고 있습니다."

"나도 달맞이가 싫지만 선대왕께서 사랑했던 여인이오."

"저도 알고 있습니다."

"그녀가 없었더라면 오늘날의 발해는 없었소."

"그것도 알고 있습니다."

"달맞이는 약탈당한 고구려 여인의 상징이었소. 그래서 대왕의 외할아버지도 그녀를 지켰고 대왕의 아버지도 위험 속에서도 그녀를 지켰소. 그녀를 지킴으로써 고구려를 생각했고 또 고구려를 되찾아야겠다는 일념을 불태울 수 있었소. 조환은 망가지고 찢어진 고구려의 남성을 상징하는 것이오. 나라를 잃고 천지를 떠돌아다니며 소속감이 없이 구박받고 갈 곳 없어 어찌해야 할지 모르는 전날 고구려인의 모습인 것이오. 그를 살려 주시오. 내 아버지와 대왕의 아버지가 달맞이에게 했던 것처럼."

"……."

대무예는 아무 대답이 없었다. 마음이 흔들려서는 안 된다는 생각만 했다.

"그는 이미 정상인으로 살아 갈 수가 없소. 그를 살려주시오."

햇살은 애원하듯 말했다.

"그가 세작죄를 범해 우리 발해군을 위기로 몰아넣은 것은 온 발해군이 다 아는 사실입니다. 그런데 어떻게 그를 살려준단 말입니까? 군령을 세우지 않고는 군대를 장악할 수 없고 싸움에서 승리할 수 없습니다."

대무예는 단호하고도 차가운 목소리로 말했다.

"나도 알고 있소. 하지만 그를 살려주시오."

"어머니와 달맞이는 아무런 관계가 아니지 않습니까? 왜 이렇게 나서서 저를 괴롭히는 것입니까?"

"나는 어느 순간부터인가 네 아버지 마음에 달맞이가 자리 잡고 있음을 알고 분노했다."

햇살은 더 이상 대왕인 아들에게 말을 높이지 않았다. 한 명의 여인으로서, 나이든 아들 앞에서 투정하는 늙은 어머니의 모습으로 되돌아가 있었다.

"하지만 요즘 들어 나는 그녀에게 빚진 자라는 생각이 들었다. 그녀가 내 아버지같은 분에게서 태어났더라면 그녀는 오늘날 나의 위치에 있었을 것이다. 만약 내가 그녀와 같은 입장이었다면 비극적인 결말을 맞이할 줄 알면서도 모든 것을 다 버리고 자신에게 아무것도 해준 것이 없는 망국의 고국을, 마음속의 연인을 택하는 그런 선택을 할 수 있었을까 생각해보았다. 나는 못했을 것이다. 부귀를 택했을 것이다."

"……."

"그런데도 그녀는 파국의 길, 비극의 길을 택했다. 나는 그녀에게 빚진 자다. 대왕도, 아니 발해도 다 그녀에게 빚진 자다. 그녀는 발해 건국의 일등공신이다. 그러나 그녀와 그녀의 아들에게 발해는 아무것도 해주지 않았다. 빚을 갚기는커녕 이제는 죽이려 하고 있다. 발해는 다민족 국가다. 여러 민족이 함께 어울려 부여와 고구려의 풍습과 전통을 이어가는 나라다. 그런데 유독 그녀에게만은 냉엄했다. 그녀에게만 순결을 요구했다."

"제가 미처 그 점은 생각지 못했습니다. 하지만 세작죄는 용서할 수 없는 것입니다."

대무예는 흔들리는 마음을 다잡으며 말했다.

"제발 어미를 편안하게 저승에 갈 수 있게 해다오. 나도 이제 얼마 남지 않았다는 것을 느끼고 있다. 하지만 저승에 가면 달맞이를 볼 수 없을 것 같다. 아니 네 아버지의 얼굴을 볼 수 없을 것 같다."

햇살은 끝내 눈물을 흘렸다.

"……."

"이 어미의 부탁을 들어주겠다는 말은 끝내 하지 않는구나."

햇살은 눈물을 닦으면서 원망하듯 말했다.

"죄송합니다."

"더 이상 네게 비참한 모습을 보이고 싶지가 않구나. 한 여자로서의 삶이 내 몸속에서 나온 아들에 의해 이렇게 짓밟힐 줄 알았다면……."

햇살은 돌아섰다. 그녀의 눈에는 또 눈물이 고였다. 하지만 그는 아들에게 이런 모습을 보이고 싶지 않았다. 대무예는 어머니가 떠나간 자리를 한참동안 쳐다보았다.

'어머니 죄송합니다. 제 마음은 더 아픕니다. 그러나 지금 이 자리에서 제가 물러서면 안 됩니다. 제 어깨에 삼천오백 년 동안 이어져 온 우리 민족의 생존이 달려 있다는 것을 저는 이제야 깨달았습니다. 아버지가 왜 그렇게 몸부림치며 잔혹하게 칼을 휘둘렀는지 이제야 깨달았습니다.'

소한, 대한이 지나고 입춘도 지났다. 하지만 하늘은 영원히 봄을 허락하지 않을 듯 연일 눈발을 천지에 뿌리고, 땅 끝 얼음나라에서 만들어 온 차가운 바람을 대지 위의 살아 있는 모든 생물을 향해 뿌렸다. 그러나 인간은 꽃이 피고 새가 날고 꿀벌이 만드는 달콤함만을 원하는 것이 아니다. 날새가 날갯짓을 접고, 들짐승이 숨을 죽이는 혹한과 하늘을 거슬리는 역풍을 때론 이용하는 법이다. 귀를 찢기는 고통 속에서도 버틸 자신이 있는 사람은, 발가락을 파고드는 아픔을 이길 자신이 있는 사람은 그 순간이 승자가 될 수 있는 가장 좋은 기회라는 것을 알고 있는 것이다.

대무예는 제단을 쌓았다. 해 뜨는 동쪽을 향해 제단을 쌓았다. 이제는 사라진 단군을 대신하여 자신이 제사장이 되었다. 그리고 백마의 피를 내어 제단에 뿌렸다.

'하느님이시여, 열조의 조상님들이시여! 이제 해님의 아들 대무예는 잃어버렸던 열조들의 땅을 되찾기 위해 바다 끝까지 땅 끝까지 나갈 것입니다. 우리 발해와 발해의 전사들에게 함께 하셔서 옛 조선과 고구려의 잃어버렸던 고토를 되찾게 도와주옵소서.'

그는 지전을 태우고 술잔을 따랐다. 고구려의 소수림왕 이후로 이 땅에 불교가 들어오면서 한 때 고구려를 지켰던 조의선인들과 소도교의 전통이 사라져 버렸다. 이제는 신선이라는 이름으로 현실과는 동떨어진 산 속에서만 존재하는 종교로 전락해 버리고 말았다. 다시 되살리기는 힘들지만 이 순간 잃어버렸던 고토를 회복하기 위한 원정의 첫 출발점에서 대무예는 하느님과 환웅신선, 해모수신선, 주몽신선에게 제일 먼저 자신의 출정을 알리고 싶었다.

"첩자를 끌어내라!"

대무예는 출정식을 갖기 위해 도열해 있는 대일하의 병사들 앞에 조환을 끌어냈다. 완전히 눈이 풀린 모습으로 입가에 남아 있는 침 자국으로 그의 상태가 어떤지를 알 수 있었다.

"잘들 봐 둬라. 이놈이 흑수부말갈과 내통한 첩자다. 나는 이놈의 피를 제단에 뿌려 여러분들 앞에 놓여 있는 액운을 다 없앨 것이다. 다시는 발해를 배반하는 자가 나오기 않기를 기원할 것이다. 다시는 당나라에 굴복하자는 자들이 생기지 않기를 빌 것이다."

대무예는 전사들을 힐끔 보면서 말했다.

"놈의 목을 쳐라!"

대무예의 명령에 군사들은 곧바로 칼을 뽑아 순식간에 조환의 목을 쳤다. 검붉은 피가 솟구치며 대지를 적시기 시작했다.

"발해를 배반하는 자의 말로가 어떤지를 분명히 봐 둬라."

대무예는 핏물이 끊임없이 솟아나는 목 없는 시신을 바라보면서 말했다.

"이제 여러분들은 위대한 원정(遠征)을 시작한다. 앞길에 하느님과 용맹한 조상신이 함께 하기를 기원한다."

"와~"

발해 원정대가 지르는 함성소리는 동모산을 지나, 육정산을 지나, 동해 바다로, 천문령을 지나 요하로, 얼음의 땅 흥안령산맥으로, 두만강을 건너 철령으로, 압록강을 건너 서해 바다로 끝없이 흘러 나갔다.

"진군!"

마침내 대일하는 얼어붙은 땅을 향해 진군하기 시작했다.

원정대가 다 출발한 후 대무예는 고인의를 불렀다.

"선생님, 조환의 시신을 수습하여 그의 어미 곁에 잘 장사지내 주시오."

"알겠습니다."

"그리고 마곱산에 절을 크게 지어 달맞이와 조환의 넋을 위로할 수 있게 하시오."

"감사합니다."

고인의는 고개를 숙여 고마움을 표했다. 하지만 그의 눈에 흐르는 눈물을 어쩔 수가 없었다.

'누님 죄송합니다. 고뇌가 없는 서방정토에서 환이와 함께 이승에서 못 누렸던 행복을 누리고 사십시오.'

대일하가 흑수부말갈족 지역 너머의 실위족이 사는 땅을 공략하기 위해 출발한 후 대무예는 장문휴를 불렀다.

"우리 염주성은 대대로 일본과 무역을 하면서 번성했다. 하지만 아무나 일본에 가는 것은 아니다. 염주성의 도사공만이 일본으로 배를 이끌고 갈 수 있다. 네 아버지 장간은 염주성의 도사공으로 내 아버지와 할아버지를 위해 일했다. 염주성의 새로운 도사공인 너는 이제 나를 위해 일해 다오."

"가신은 주인을 위해 일할 뿐입니다."

"그래야지."

대무예는 고개를 끄덕이며 흐뭇한 미소를 지었다. 이런 중대한 일에는 믿을 만한 사람이 집안사람일 수밖에 없다고 생각했다. 대문예가 배반한 이상 대일하를 중용할 수밖에 없었다. 하지만 바다일은 달랐다. 육지와 달리 뛰어난 도사공이 필요했다.

"장문휴!"

"예, 대왕 폐하!"

"그대는 해군을 끌고 신라의 명주성을 공격하라. 그래서 명주성 근처의 땅을 다 우리 발해의 영역으로 만들어라."

"신명을 다 바치겠습니다."

"너는 아직 할일이 많이 있으니 많은 전투 경험을 쌓아야 할 것이다. 물론 뱃길을 익히는데도 게을리 하지 말고."

"명심하겠습니다."

장문휴는 오래지 않아 책성과 염주성의 해군을 이끌고 먼 바다를 향해 떠났다. 발해는 그동안 신라와 큰 싸움을 벌이지 않았다. 철령 이북은 백산부말갈이 많이 사는 곳이었기에 말갈족을 통합하면서 저절로 발해의 영향력이 미치게 된 곳이었다. 신라도 철령 이북 땅에 대해서는 큰 미련을 보이지 않았다. 군대를 파견하여 유지하고 또 지키기가 힘들었기 때문이었다. 하지만 그 이남은 달랐다. 철령 이남에 대해서는 자신들의 영역임을 확실하게 밝혔고 또 이를 지키기 위해 노력하였다. 더구나 북쪽에서 고구려를 계승한 발해라는 나라가 고구려의 옛 영토를 점령하고 세력이 점점 커지면서 이에 대한 경계심은 날로 커졌다.

그럼에도 불구하고 대무예가 명주성[13] 공격을 명한 것은 당나라를 공격하기 위한 포석이었다. 배후를 안정시켜야만 마음 놓고 싸울 수 있었기 때문이었다. 만약 발해가 당나라를 공격할 경우 당나라는 분명 신라를 이용하여 발해의 배후를 공격할 것이기 때문이었다.

청천강 이북은 워낙 산이 험해서 신라군이 발해를 공격하기는 사실상 힘들었다. 추위와 배고픔을 각오해야 하는 매우 힘든 노정이었다. 반면 신라에서 발해의 도읍지인 중경성을 공격하기 위한 제일 좋은 방법은 배를 이용하여 염주성이나 책성에 상륙하여 곧바로 평원지대를 따라 중경성을 공격하는 것이었다. 대무예는 이를 방지하기 위해 적의 공격거점이 되는 명주성을 공격하게 한 것이다.

뿐만 아니라 장차 일본과의 수교를 염두에 둔 것이기도 했다. 발해와 일본과의 뱃길에 가장 방해가 되는 것이 명주성에 주둔하는 신라 해군이었다. 이들은 이전에도 종종 장삿길에 나선 염주성의 배들을 공격하곤 했었다. 명주성을 공략하는 것은 그 싹을 잘라 안전한 뱃길을 확보하는 지름길이었다. 신라에 대한 견제는 물론 일본과의 안전한 교역로를 확보한다는 일석이조의 효과를 올리기 위해서라도 명주성 공략은 꼭 필요한 일이었다.

따라서 대일하의 북쪽 원정도 중요하지만 장문휴의 명주성 공격은 규모에 비해 훨씬 중요한 전투였다. 대무예는 초조하게 싸움의 결과를 기다리면서 다음 포석을 위해서 바삐 움직이기 시작했다.

---

13) 오늘날 강원도 강릉지역

두만강변의 첩뫼골[14]은 아직도 겨울이었다. 땅이 얼었고 하늘이 얼었고 나무도 얼었다. 모든 만물이 한낮에 내려쬐는 한조각의 햇볕만을 바라보고 몸을 움츠리고 있을 뿐이었다. 그러나 사람이 살 것 같지 않은 이 첩첩산중의 가마터에 불이 꺼지지 않았다. 연기는 찬 공기 사이를 헤집고 계속 하늘을 향해 솟아오르고 있었다.

'다그닥, 다그닥'

저녁 무렵이 다 되어서 두만강을 타고 들려오는 요란한 말발굽소리가 들렸다. 하지만 이 소리에 특별히 귀 기울이는 사람은 없었다. 한 겨울에도 첩뫼골을 찾는 마차가 워낙 많았기 때문이다. 두만강을 이용하지 않고는 이곳에 이를 수가 없었다. 강이 얼면 말과 마차를 이용하고 강이 풀리면 배를 이용해야만 갈 수 있는 첩첩산중에 첩뫼골이 자리 잡고 있었기 때문이었다.

"이 곳의 성주(城主)는 어디 있는가?"

"고걸 내래 오도롱게 알갔슴매."

장작더미를 나르고 있는 막일꾼 하나가 추위를 이기기 힘든 듯 토끼털 목도리에 고개를 처박고는 눈도 들지 않은 채 귀찮다는 듯 대답했다.

"이 놈의 아바이가 감히 어디다 대고."

미금강은 당장에 칼을 뽑을 기세였다.

"내버려 둬!"

"그래도~"

"이런 사람들에게까지 권위를 내세울 필요는 없어. 권위는 강한 자에게 내세워야 하는 것이야. 다른 사람에게 물어봐."

"알겠습니다."

14) 오늘날 무산(茂山)지역.

서 있기도 힘든 이런 날에 밖에서 일을 해야 하는 것이 얼마나 힘든 고통인지 이 사람들은 모든 것을 체념한 사람 같았다.

"우리 같은 사람이 어떻게 알간!"

곁불 가에 언 손을 쬐고 있던 일꾼들 역시 땅만 쳐다보고 있었다.

"이놈들이! 이분이 감히 누군 줄 알고."

마침내 화를 참지 못한 미금강은 칼을 뽑아 들었다.

그때서야 일꾼들은 이 낯선 방문객을 쳐다보았다. 자신들보다 머리통하나 정도 더 큰 키의 사내가 갑옷처럼 딱딱해 보이는 돼지가죽옷을 입고 칼을 뽑은 채 서 있었다. 길게 찢어진 눈과 떡 벌어진 어깨에서 그 매서움이 더해졌다. 그의 등 뒤에는 활과 전통이 매달려 있어 사냥꾼처럼 보였지만 뽑아 든 장검으로 보아 그의 정체가 무엇인지 쉽게 가늠하기 힘들었다. 그 뒤에 서 있는 자는 더 무서운 기운이 뿜어져 나왔다. 구척은 되어 보이는 큰 키에, 양미간에 깊게 패인 주름 옆으로 상대를 집어삼킬 듯 매처럼 쏘아보는 눈길을 대하는 순간 그들은 그만 눈길을 다시 땅으로 되돌릴 수밖에 없었다.

"함부로 칼을 뽑지 말라 하지 않았느냐?"

"아닙니다. 제 아버지 미발계는 제게 무술을 가르치면서 주인이 모욕을 당하는 것은 절대 용서할 수 없는 일이라 하셨습니다. 그것이 무지랭이 백성이든, 당나라 황제든, 알든 모르든 말입니다."

그 순간이었다. 조그만 곁불을 때기 위해서 나뭇가지 하나를 들고 땅을 파고 있던 일꾼 하나가 갑자기 흙더미를 미금강의 눈에 뿌렸다. 동시에 몸을 날려 무릎으로 미금강의 얼굴을 강타했다. 미금강은 칼을 놓친 채 벌렁 나자빠졌다.

"어디서 뭐하든 놈인지는 모르지만, 네 주인이 귀한 줄 알면 다른 사람의 주인도 귀한 줄 알아야지."

그는 미금강의 목에 발을 올려놓고 압박했다. 조그만 키와 호리호리한 몸매에 곱상한 얼굴까지 도저히 어디서 지금처럼 무서운 기세가 숨어 있었는지 알 수 없었다.

미금강은 한동안 신음 소리를 내뱉으며 꼼짝없이 누워 있었다. 그러다 다음 순간 자신의 목을 밟고 있는 일꾼의 발목을 잡고는 몸을 비틀며 상대를 내동댕이 쳐버렸다. 상대도 만만치 않았다. 그는 가볍게 공중제비를 돌아 곧바로 미금강 앞에서 또 다시 공격 자세를 취했다. 그 틈을 이용하여 미금강은 자리에서 벌떡 일어나 칼을 집어 들었다.

"그만들 해!"

멀찍이서 곁불을 쬐고 있던 사람 중 하나가 말했다. 그의 목소리는 위엄이 있어 두 사람은 멈칫했다.

"누구를 찾느냐?"

그는 처음부터 반말이었다. 상대를 전혀 무서워하지 않는 태도였다.

"넌 누구냐?"

미금강은 상대를 노려보며 물었다.

"누굴 찾느냐고 묻지 않았느냐?"

"이곳 성주를 찾는다."

상대의 기세에서 쉽게 범접하기 힘든 것을 발견했음인지 미금강은 약간 말투를 누그러뜨렸다.

"성주는 왜?"

"이놈이 정말!"

미금강은 상대가 계속 반말에 질책하듯 말하자 곧바로 놈을 내리쳤다. 그런데 어느새 빼들었는지 상대는 품속에서 단검을 꺼내 미금강의 공격을 막았다. 전해지는 힘이 보통이 아니었다.

"장작더미 나르고 땅 파면서 저절로 힘이 생긴 무지랭이 놈하고 칼 들고 짚단 베면서 기교를 익힌 무사 나리하고 누가 더 센지 한 번 겨뤄볼까?"

상대는 벌떡 자리에서 일어섰다. 동시에 품안에서 또 하나의 단검을 꺼내 양손에 단검을 쥐어든 채 미금강을 공격하기 시작했다. 그 기세가 얼마나 날카로웠는지 미금강은 한발 한발 뒤로 물러서고 있었다.

"그만들 둬!"

이번에는 나그네가 소리를 질렀다.

"이 집은 내 집이다. 내 집에는 법도가 있다. 더구나 이곳은 나라의 중요한 일을 하는 곳이다. 이런 곳에 와서 소란을 피웠으니 네 놈이 누구든 용서할 수 없다. 무기를 버리고 오랏줄을 받아라."

상대는 오히려 나그네를 꾸짖었다. 동시에 어디서 나타났는지 무장한 군인들이 창을 겨눈 채 다가왔다.

"그대가 성주인가?"

나그네는 전혀 위축되지 않은 표정으로 상대를 보며 말했다.

"그렇소만."

나그네의 기세에 상대가 약간 눌리는 것 같았다. 무장한 군인들은 두 사람을 에워싸고 있었다. 그러나 다음 순간 상대는 놀라운 모습을 봤다. 언제 어디서 나타났는지 그림자처럼 수십 명의 무사들이 다가와 순식간에 무장한 군인들을 제압한 것이었다. 어떻게 이런 일이 가능한지 그는 몰랐다.

"나는 발해의 대왕이다."

"예!"

나그네는 자신의 신분을 밝혔다. 순간 첩뫼골 성주의 입가에 미소가 떠올랐다. 발해의 대왕이 아니고는 이렇게 나타날 리가 없다. 할아버지에게 나타난 발해 대왕도 이런 사냥꾼의 모습이라 들었다.

"첩뫼골에 오신 것을 환영합니다."

성주는 대왕을 맞이하는 격식을 몰랐다. 그냥 귀한 손님을 맞이하는 듯

했다. 대무예는 이런 그가 밉지 않았다.

"안으로 드시지요."

대왕이 행차하셨다고 비단휘장을 두른 집으로 안내하는 것이 아니었다. 너와지붕에 탁자하나와 화로가 놓여있는 오두막이었다.

"이곳이 제 집무실입니다. 산골이라 특별히 좋은 집을 지어도 표시나지 않고 눈이 많이 오기 때문에 이런 집이 제일 적격입니다."

약간은 미안해하는 기색도 있었다.

"그런데 이런 누추한 곳은 어인일로 방문하셨습니까?"

"부탁이 있어 왔네."

"더 이상은 안 됩니다."

성주는 대무예의 말을 듣지도 않고 거절부터 했다.

"내가 무슨 말을 하려는 줄 알고 그러느냐?"

대무예는 성주가 무슨 생각을 하는지 궁금했다.

"더 많은 갑옷이 필요하다. 더 많은 무기가 필요하다. 더 많은 마갑이 필요하다."

"어떻게 알았느냐?"

"대왕이 이곳까지 방문하셨다면 그 이유밖에 더 있겠습니까? 내 할아버지도 아버지도 이곳의 일꾼들도 그 대왕의 부탁을 들어주다 인생이라는 것을 느껴보지도 못하고 허망하게 돌아가셨습니다. 물론 나도 여기에 있는 일꾼들도 다 마찬가지입니다. 겨울이라 쉬지도 못하고 여름이라 멱 한 번 감아보지도 못하고, 어쩌다 일 년에 한 번 던져지는 쌀 밥 한 끼에 감사해야 하며……."

성주는 맺힌 것이 많은 듯 한마디 물음에 여러 말을 보탰다.

"명령을 던지고 간 대왕은 그 이후로 한 번도 나타나시지 않으셨습니다. 그만 만들라는 어명도 없었고. 그리고 몇 십 년 만에 대왕은 처음 오실 때의 모습을 하고 다시 나타나셨습니다. 물론 저도 대왕도 그때의 사람은 아니지만. 그렇지만 명령은 똑 같은 명령일 것입니다. 이전에 했던 것처럼."

"자네의 노고는 알고 있네."

"선대왕께서는 도공인 저희 할아버지를 성주 자리에 앉혔습니다. 그러나 그분에게 성주는 아무 의미 없는 것입니다. 가마에 불을 때고 온도를 높이는 것 외에는 아무 것도 필요 없는 분이었습니다. 제 아버지도 마찬가지였습니다. 할아버지의 부름에 다시 가족을 이끌고 이곳에 들어왔지만 평생 할아버지가 하시던 일만 하시다 돌아가셨습니다. 성주라고 양식이 주어지는 것도 아니고, 세금을 바치는 백성이 있는 것도 아니고, 먹여 살려야 할 식구들만 늘어났을 뿐이었습니다. 선대왕은 성주라는 벼슬만 내리면 모든 것이 다 해결 될 것이라 생각하신 것 같습니다. 하지만 아닙니다. 먹지 않고도 살 수 있다면 모르겠지만 말입니다."

첩뫼골 성주는 대무예 앞에서 그동안 섭섭했던 점을 꺼림 없이 말했다.

"그동안 한 번도 찾지 않고 무심했던 것은 사과함세. 앞으로는 많은 것을 후원하겠네. 대신 보다 많은 무기와 많은 마갑과 방패를 만들어 주게."

"결국 그 말씀이시군요."

"고통 없이 이뤄지는 것은 없어. 나라를 지키기 위해 목숨을 걸고 싸우는 사람도 있으니, 이 정도 일은 힘들어도 견뎌야 해."

대무예는 인간적인 감정에 메이지 않았다.

"만약 못하겠다면 어떻게 하실 것입니까?"

"뭐라고!"

최근 들어 대무예에게 못한다는 말을 한 사람은 하나도 없었다. 첩뫼골 성주는 자신이 어떤 사람인지 잘 몰라서 그런다고 대무예는 애써 자위하며 참았다.

"자네가 장인이라 고집이 센 모양인데 내 말은 곧 어명이다. 어명을 거역하면 죽음이다."

"사는 것이나 죽는 것이나 다를 바가 뭐 있겠습니까? 매일 반복되는 일상이 계속되고 그 어느 순간 내가 가야 한다면 일찍 가고 늦게 가는 것이 무슨 의미가 있겠습니까?"

"자네는 죽음이 두렵지 않은 모양이야."

이곳에 온 이후 화를 억누르고 있었던 대무예는 마침내 화를 냈다.

"대왕께서는 무기를 만들고 싶지 않으신 모양입니다."

"뭐야!"

"더 이상은 권력 앞에 굴복하지 않을 것입니다. 당장 밖에 나가서 우리 일꾼들과 사흘만 지내보십시오. 저들이 어떻게 사는지. 장인들의 삶이 안정되지 않으면 좋은 무기가 안 나옵니다. 이제 인내의 한계에 도달했습니다. 사나 죽으나 마찬가지이니 마음대로 하십시오."

"당돌하구만."

대무예의 말에 주위에 있던 미금강이 다시 칼을 빼어 들었다.

"너는 밖으로 나가 있어라."

대무예는 수행원들을 내보냈다.

"무엇을 원하느냐?"

대무예는 성주의 굽히지 않는 기상에서 그만의 삶의 철학이 있으리라 생각했다.

"제가 왜 다 떨어진 옷을 입고 장작을 나르며 곁불을 쬐는지 아십니까? 그렇지 않으면 폭동이 일어납니다. 평생을 노예 아닌 노예로 살다가 죽어가는 저들의 자존심을 살려주기 위해서입니다. 저들과 함께 먹고 자고 일하지 않았다면 이 첩뫼골은 벌써 문을 닫았을 것입니다. 발해군은 저질의 무기만 들고 싸움터로 나갔을 것입니다. 당나라군의 강한 철에 칼날이 부서지고 화살 한 방에 갑옷이 뚫리고……."

"……"

"책성에서 나오는 관리들은 우리에게 주는 것 없이 명령만 내리고 돌아갑니다. 명령만 내리면 모든 것이 이루어지는 줄 안단 말입니다. 그러니 보람을 느끼지 못할 수밖에요. 이 첩뫼골의 모든 구성원들도 보람이란 걸 느껴봤으면 원이 없을 것입니다, 아마. 그런데 그거 아주 간단합니다. 어려운 거 하나도 없습니다. 가끔씩 들러 술 한 잔과 고기 한 점 내리시면 됩니다. 도공들 어깨 한 번 두드려 주시고 먹고 살만큼 양식만 주시면 됩니다. 그것만으로도 내가 사람이구나, 내가 중요한 일을 하는구나 깨달으며 목숨 걸고 일할 것입니다."

"뭐라고, 겨우 그것이야. 대왕 앞에서 요구하는 것이 겨우 그것이란 말인가?"

"그렇습니다. 그것밖에 없습니다. 하지만 '그것밖에'가 아닙니다. 아무도 그렇게 한 사람이 없었기 때문입니다."

대무예는 아무 말도 하지 않았다. 같은 일을 하면서도 인간적인 대접을 받는 것, 존재 의미를 부여하는 말과 행동 하나가 얼마나 사람을 바꾸어 놓는가를 미처 생각하지 못하고 있었다. 강하게 명령만 내렸지, 추상같은 군기만 세우려 애썼지, 그들에게 의무감만 내세웠지 그들의 밑바닥에 깔려 있는 자존심하나 추켜세우지 못했다는 것을 새삼 깨달았다.

"내가 잘못했다. 대왕에게 이긴 놈은 천하에 자네밖에 없을 것이다. 하하하!"

"제 말을 이해해 주신다니 감사할 따름입니다."

"이곳에서는 네가 대왕이다. 내 시키는 대로 다 할 테니 무기를 만들지 않겠다는 말만 하지 말아다오. 하하하!"

대조영은 새삼 장인 한 사람 한 사람이 발해를 유지하는데 얼마나 소중한 역할을 하는지 깨달았다. 나서길 잘했다는 생각이 들었다. 잔치를 베풀었다. 일꾼들 하나하나에게 술을 하사하고 고기를 베어 주었다. 그들의 활짝 웃는 얼굴에서 대무예는 일을 하는데 가장 중요한 것이 무엇인지를 뼈저리게 느꼈다. 자발적인 것, 그것이 두려움과 공포에서 나오는 것보다 더 중요하다는 것을.

안정적인 무기를 공급받기 위해 첩뫼골을 다녀온 뒤 얼마 되지 않았을 무렵 승전보가 들려오기 시작했다. 북쪽으로 떠난 대일하에게서 먼저 소식이 왔다. 흑수부말갈 땅에 들어가 위무를 한 대일하는 군사를 보다 북쪽으로 몰아 실위족의 영역으로 들어갔다. 실위족 추장들은 대부분 싸우기도 전에 항복했다는 보고였다. 이미 오래전부터 발해군에게 맞서다 패하면 잔인하게 죽임을 당한다는 말이 이들 종족들 사이에서는 파다하게 퍼져 있었다는 것이다. 또한 항복하기만 하면 약탈을 하지도 않고 이전의 삶을 그대로 보전해 준다는 믿음도 가지고 있더라는 것이다.

아버지 대조영이 늘 주장하던 것이었는데 이제야 그 효험이 나타난다고 생각했다. 역시 아버지는 선견지명이 있으셨다. 반대를 무릅쓰고 끝까지 자신의 생각을 피력하시던 아버지의 모습이 새삼 떠올랐다.

'계속 군대를 몰아 홍안령산맥 끝까지 발해의 영역을 넓히고 돌아가겠습니다.'

큰 싸움 없이 발해의 영역을 넓히는 것보다 좋은 것은 없었다. 변방을 튼튼히 해야만 큰 나라와 전쟁을 할 수 있는 것이었다. 대당공격의 여건들이 하나씩 갖춰져 가고 있어 대무예는 흐뭇했다.

오래지 않아 장문휴도 연락을 취해왔다. 명주성의 해군들과 치열한 해전을 벌인 끝에 드디어 명주성에 상륙했다는 내용이었다. 명주성 해군은 매우 강한 부대였는데 이곳을 점령한다면 동해바다를 완전 장악할 수 있다는 것이었다. 제2보가 날아왔다. 명주성을 점령하고 그곳의 장수들과 성주를 참(斬)했다는 내용이었다.

'명주의 전함들을 철저히 파괴하고 우리에게 호의적인 호족을 성주로 세운 후에 되돌아가는 중입니다.'

전쟁을 함께 치르면서 주군의 성향을 파악했는지 장문휴의 처결은 자신이 생각한 것과 똑같았다. 대무예의 입가에 미소가 떠올랐다. 그가 바라는 인물이 바로 이런 유형이었기 때문이었다. 어떤 곳에 데려다 놓아도 불평하지 않고 원하는 결과물을 획득하는 그런 인물이었다.

"진격!"

대일하와 장문휴가 돌아온 후 오래지 않아 이번에는 대무예가 직접 출병했다. 잦은 출병에 군사들은 지칠 대로 지쳤지만 어쩔 수 없다고 생각했다. 대신 그는 첩뫼산 골짜기에서 느낀 것처럼 군사들을 위로했다. 술과 고기를 하사하여 병사들과 함께 마시고 먹으면서 발해가 처한 상황을 설명했다. 지금 발해의 영역을 확실하게 하지 않으면 당나라와 같은 나라들이 내습할 수 있다는 것을 설명했다. 그리고는 이번에 한 번 더 힘을 내어 자신을 따라 나서 주기를 요청했다.

그동안 말갈족과의 전투에서는 철기병이 동원되지 않았지만 이번에는 철기병을 동원했다. 벌판에서의 싸움에서는 철기병이 큰 위력을 발휘하기 때문이었다. 대일하에게 중경성을 맡긴 후 대무예는 고인의와 장문휴를 대동한 채 삼만 명의 군대를 거느리고 천문령을 너머 요동 땅으로 향했다.

신성 성주 고제덕은 성문 밖까지 나와 대왕과 그의 군대를 맞아들였다. 심하 근처의 신성은 이제 확실하게 발해의 영역이 되어 있었다. 그러나 조금만 서쪽으로 벗어나면 거란의 땅이었다. 발해 건국과정에서 거란과는 수없이 싸웠지만 저들은 발해보다는 당나라 쪽에 가까웠다. 당나라가 동원령을 내리면 이에 응하여 발해를 공격하기도 하고 또 돌궐을 공격하기도 하였다. 이를 해결하기 위해 대무예가 직접 나선 것이다.

"내가 이번 원정에 나선 이유를 아는가?"

"잘 모르옵니다."

대무예는 신성에서 여러 장수들을 모아 놓고 원정의 목적을 말하기 시작했다.

"거란족을 확실하게 우리 손아귀에 넣고 또한 소자하, 태자하, 요하 근처의 어느 쪽인지 불명확한 옛 고구려의 성들을 우리 발해의 영역에 포함시키려 한다. 먼저는 요동성이고 다음은 안시성, 그리고 비사성으로 간다. 특히 이번 원정의 가장 큰 목적지는 비사성이다. 옛 고구려의 해군 기지였던 비사성을 재건하여 발해 서쪽의 바다를 지킬 것이다."

"장문휴는 이곳 지리에 익숙한 미금강과 함께 철기병을 이끌고 가 거란족을 공략하라. 저들은 발해의 건국 과정에서 수차례 패전한 종족이기 때문에 쉽게 저항하지는 않을 것이다."

"알겠습니다."

"신성을 요동 공략의 전초기지로 삼으려 하니 무슨 일이 있으면 이곳으로 연락해라."

사흘을 머문 후에 장문휴는 철기병과 함께 신성의 기병대를 이끌고 요하를 건너 거란 땅으로 들어갔다. 대무예는 자신이 나고 자란 영주성에 가보고 싶은 생각이 간절했다. 하지만 지금은 함부로 움직일 수 있는 몸이 아니었다. 임금은 몸소 선봉에 서서 싸우기보다는 싸움의 한 복판에 버티고 서 있어야만 장수들이 안심을 하고 싸울 수 있는 법이다.

장문휴가 떠나간 후 대무예는 오랜만에 스승인 고인의와 함께 술자리를 마련했다.

"이제 선생님의 머리에도 하얗게 서리가 내려앉았습니다."

"세월은 무상한 것이지요."

"왜 제가 싸움터에 나갈 때마다 선생님을 모시고 다니는지 아십니까?"

대무예는 술을 한 잔 들이킨 후 얼굴 가득 미소를 머금고 물었다.

"그걸 제가 어떻게 알겠습니까?"

"이제는 연세가 많으셔서 기동하기도 쉽지 않은 선생님을 모시고 다니는 이유는 선생님이 옆에 있어만 주면 왠지 이길 것 같은 느낌이 들기 때문입니다."

"하지만 근래 들어 싸움터에서 저는 별 도움이 되는 것 같지 않습니다."

사실 싸움터에서 대무예는 고인의에게 조언을 청하는 경우가 드물었다.

"아니오. 선생님이 뒤에 계시기 때문에, 내가 작전을 잘못 세워 위기 상황에 몰리더라도 그것을 해결해 줄 분이 뒤에 버티고 있다는 믿음 때문이었지요. 소신 있게 싸움터에 나설 수 있었던 것도 이 믿음이 없었다면 불가능했을 것이오."

"황송한 말씀입니다."

"아니오. 싸움터에서 패전 위기에 몰리는 상황이 온다면 그때는 전적으로 선생님에게 의지할 것입니다. 다만 그 전에는 내 소신껏 마음대로 군사를 지휘하고 싶습니다."

"당연히 그렇게 하셔야지요."

"자 술 한 잔 같이 듭시다."

대무예는 술잔을 들어 잔을 마주 친 후 잔을 비우고 고기 한 점을 들어 스승의 입에 넣어 주었다.

"하하하! 쑥스러워하시긴. 이번에 제가 이곳 요동 땅에 온 궁극적인 목적이 무엇인지 아십니까?"

"그야 당연히 잃어버렸던 고구려의 고토를 회복하기 위한 것이 아닙니까?"

"그것은 절반의 답입니다."

"그러면 무엇입니까?"

"비사성을 재건한 후에 산동성을 공격하려는 것입니다."

"예? 산동성은 당나라 본토가 아닙니까?"

"그렇소. 당나라의 해군 기지인 등주를 공격할 것이오."

대무예는 조심스럽게 자신의 생각을 밝혔다.

"대왕께서는 진심으로 등주를 공격하실 의향이십니까?"

고인의가 믿을 수 없다는 듯 되물었다.

"물론이오. 나는 이번 원정에서 반드시 비사성을 재건한 후에 등주를 공격할 것이오."

대무예는 다시 한 번 자신의 소신을 분명히 밝혔다.

"왜 하필 등주입니까?"

"중국에서 고구려를 공격할 때마다 그 출발지는 산동에 있는 등주성이었소. 따라서 그곳만 봉쇄해 버리면 저들은 군량을 실어 나를 수 없어 감히 발해를 공격할 수 없을 것이오. 그래서 나는 산동을 완충지로 삼으려 하는 것이오."

"하지만 등주는 당나라 한복판이옵니다."

"적의 한 복판에 우리의 전진기지를 만들어 저들을 경계해야만 당나라의 공격을 예방도 하고 또 무마시킬 수 있을 것이오."

그것이 얼마나 무모한 행동인지 고인의는 알았다. 하지만 대무예의 성격을 잘 아는 그는 더 이상 말하지 않았다. 그가 이 정도 생각을 했다면 일단 물러서지 않을 것임은 명확했다.

영주성에서 기군(起軍)하여 중경까지 오는 동안 대조영은 고인의의 의견을 많이 참고했다. 아니 참고라기보다는 의존했다. 하지만 중경으로 들어간 뒤부터는 아니었다. 많은 군대를 확보하자 그 다음부터는 자신의 뜻대로 군사를 움직였다. 어차피 큰 장수는 군대가 많을수록 그 능력을 발휘하게 마련이긴 하지만 고인의는 섭섭했다. 하지만 섭섭할 겨를이 없었다. 많은 군사를 이끌고 마음대로 작전을 구사한 대조영은 싸울 때마다 이겼기 때문이었다. 그래서 고인의는 침묵을 지켰다. 자신의 생각을 더 이상 말하지 않았다. 자신의 생각이 꼭 옳다고만 할 수 없었기 때문이었다.

대무예는 고인의의 제자였다. 그에게서 글도 배우고 손자병법과 오자병법, 육도삼략 등을 배웠다. 그러나 그도 고집을 부리기는 마찬가지였다. 아버지 대조영처럼 혼자서 모든 것을 결정했다. 그래도 자신이 스승인데 한 번쯤은 의견을 물었으면 할 때도 있었지만 웬만해서는 묻지 않았다. 그러면서도 꼭 전쟁이 나면 데리고 다녔다. 자신은 장수가 아님에도 말이다. 그렇다고 불만을 가질 수는 없었다. 그가 전승 장군이 되었기 때문이다. 그래서 그는 지금도 자신의 생각을 말하지 않았다. 오십을 넘어서면서 그도 이제 소심해지고 나약해지고 또 조심스러워졌다는 것을 느끼고 있었던 것이다.

대무예는 취기가 오른 상태에서 등주성 공략의 필요성을 계속 역설했다. 고인의는 고개를 끄덕여 그의 말에 추임새를 넣어주기만 했다.

장문휴에게서 연락이 왔다. 거란족의 추장들은 발해의 철기병을 상대로 싸우기보다는 복속을 택했다는 것이다. 사실상 이 지역에 대한 영유권은 힘센 자가 하기 마련인데 리하이구가 대조영에게 목숨을 잃은 이후로 거란족을 통합할 사람이 없었던 것이다. 철기병을 한 번 끌고 유람한 꼴이 되고 말았지만 어쨌든 거란족에 대한 지배권을 가지게 된 것만으로도 큰 소득이었다.

"자, 이제 남쪽으로 간다."

대무예는 장문휴가 돌아오자마자 곧바로 요동성 남쪽 공략에 나섰다. 이 싸움에는 신성 성주 고제덕도 함께 나섰다. 그가 함께하면 보다 쉽게,

싸우지 않고도 기선을 제압할 수 있을 것이라 생각했기 때문이다.

대조영에게 안동도호부가 점령당하고 보장왕의 손자이던 안동도호가 죽임을 당한 후 안동도호부는 만리장성 너머로 옮겨졌다. 그 이후 요동은 발해의 영토가 되었고 고제덕이 이 지역을 다스리며 비교적 평화를 누렸다.

흑수부말갈이 반란을 일으키고 발해가 혼란에 빠진 동안에도 요동 땅에는 큰 문제가 없었다. 안동도호가 있던 신성의 성주만 바뀌었을 뿐 다른 지역은 당나라 때부터 성주이던 자들이 계속 성을 다스리고 있었기 때문이었다. 발해는 적극적으로 그들을 공략하지 않았다. 그럴 겨를이 없었던 것이다. 영토는 발해영토가 되었지만 지배층은 당나라에서 파견한 관료들이었던 것이다. 그 관계를 명확히 할 필요가 있어 대무예가 직접 군사를 이끌고 나온 것이다.

서늘한 바람이었다. 하늘하늘 흔들리는 들꽃들은 참 여유로워 보였다. 사람도 이처럼 여유 있게 생각하며 살 수 있으면 좋겠다는 생각을 가질 만했다. 한동안 요동에서 불던 전운은 사라진 지 오래였다. 고구려사람 대조영이 고구려의 전통을 잇는 발해라는 나라를 세우고, 요동을 점령하던 당나라 세력들을 몰아내기 위한 전쟁이 끝난 후 이 땅에는 더 이상 전쟁이 없었다.

목동들은 한가로이 풀을 뜯는 양과 소들 곁에서 풀피리를 불며 무료함을 달래고 있었다. 때로는 소자하에 뛰어들어 자맥질을 하며 오월의 이른 더위를 식혀보기도 했다. 수자리에 나섰던 장정들도 근무지를 빠져나와 소와 양을 돌보는 평화로운 삶이었다.

'찰~ 찰~ 찰~'

이상한 소리에 목동은 무심코 하늘을 쳐다보았다. 하늘은 맑았다. 아니

맑지만은 않았다. 저 멀리서 흙구름이 몰려왔다. 먹구름도 아닌 흙구름. 천둥소리도 아닌 정체모를 소리는 점점 땅을 울리면서 가까이 다가왔다. 목동은 어떻게 해야 될지 몰랐다. 당황하여 눈물마저 찔끔 났다. 일단은 양 떼들과 소 떼들을 대피시켜야겠다는 생각에 얼른 대장 소를 찾아 버들 회초리로 힘껏 내려쳤다.

'두두두~'

대장 소의 움직임에 나머지 소들은 무조건 뒤를 따랐다. 양들도 마찬가지였다. 목동은 언덕너머로 가축들을 피란시킨 후에 괴상한 소리의 정체가 무엇인지 오감을 집중시켰다. 마침내 온 하늘이 흙으로 뒤덮였다. 대낮인데도 먹장구름이 하늘을 뒤덮은 듯 사방이 어두워졌다.

'찰찰찰찰~'

소리의 정체가 서서히 드러났다. 흙먼지 뒤에 시꺼먼 무쇠덩어리가 보였다. 지금까지 저렇게 많은 사람들을 본 적이 없었다. 그것도 말과 함께 전신을 무쇠로 무장한 군인들을. 도대체 얼마나 많은 사람들인지 헤아릴 수도 없었다. 깃발에 뭐라 두 글자가 쓰여 있는데 까막눈이라 알 수가 없었다. 당나라라면 한 자여야 하는데 분명히 두 자였다. 신라라면 아래쪽에서 와야 하는데 저들은 북쪽이었다. 거란족은 여러 번 본적이 있었지만 저들은 아니었다.

'혹시, 발해?

그럴 수도 있었다. 목동은 지금 자신이 어느 나라 사람인지 정확히 몰랐다. 당나라 사람인지, 아니면 신라 사람인지, 또 아니면 발해 사람인지. 발해라는 이름은 들어보았지만 그 실체를 한 번도 본 적이 없었다. 임금이 누구인지, 군대는 어떻게 생겼는지도.

수천, 수만의 대군이었다. 저렇게 많은 군대를 본 적이 없었다. 목동은 놀라움과 두려움으로 고개를 숙이고 말았다. 저들이 조용하던 요동 땅에

폭풍우를 몰고 올 것 같은 생각에 두렵고 떨렸다. 앞이 캄캄해졌다. 얼른 저들이 지나갔으면 했다. 하지만 천둥소리보다 더 큰 무쇠소리들은 끝이 날 줄을 몰랐다. 겨우 군대가 지나갔을 때는 이미 날이 저물었다. 목동은 얼른 소 떼와 양 떼를 이끌고 집으로 돌아갔다. 아버지에게 오늘 있었던 일들을 말했다. 그러나 아버지는 믿지 않았다.

"그것은 80년 전에 연개소문 대막리지께서 당 태종 이세민과 싸울 때나 존재했던 부대다. 이 애비도 말만 들었지 실제 보지 못했어. 고구려가 망한 지가 언젠데 아직도 그런 부대가 존재한단 말인가? 믿을 수 없다. 그리고 이 요동 천지에서 그런 대규모의 군대를 동원할 나라는 없어."

"당나라가 있지 않아요?"

"당나라는 이런 변방에 신경 쓸 틈이 없어. 더군다나 안동도호부가 평주(북경북부)로 옮겨 간 후로는 이쪽으로 나오질 못 해."

"하지만 제 눈으로 분명히 봤단 말입니다."

"그런 나라가 없어. 허깨비를 본 것이겠지. 꿈을 꾸었거나."

"분명히 봤습니다. 태어나서 그렇게 많은 사람들과 무서운 군대는 처음 봤습니다."

"예끼, 이놈!"

대무예는 신성에서 심하를 따라 진군하기 시작했다. 이 지역은 발해의 영역이긴 했지만 실상은 성주가 주인이었다. 중앙정부에서 한 번도 관리를 파견한 적이 없었다. 신성 성주 고제덕이 이 지역을 관리했지만 그의 명령은 태자하 아래쪽의 성들에게는 미치지 못했다. 이들은 몇 십 년 동안 전쟁을 경험하지 못했을 뿐 아니라 나라님을 본 적이 없기 때문에 자신이 지금 어느 나라 백성인지도 잘 모른 채 살아갔다.

이런 이유로 대무예는 철기병을 앞세우고 천천히 진군했다. 임금이 누군지, 발해라는 나라가 어떤 나라인지 이 지역의 관료들과 백성들에게 보여 줄 필요가 있었기 때문이다. 삼만 명의 대군 가운데 절반가량을 차지하는 철기병을 앞세워 백성들에게 발해군의 위력을 보여주었다.

요동 지역에는 대조영이 이끄는 발해군이 리하이구가 이끄는 당나라군과 싸워 대승을 거뒀다는 소문이 오래전에 벌써 파다하게 퍼져 있었다. 하지만 한 번도 이들은 요동 땅에 나타나지 않았던 것이다. 그렇다고 특별한 세금을 요구하지도 않았다. 거란족을 대파한 이후로 변경지역에 자주 출몰하던 거란족도 사라졌다. 그래서 풍요로웠다. 아주 풍요로웠다. 왕이 누군지 알 필요가 없을 정도로 자유로웠다. 하지만 계속 이러지는 않을 것이라는 것은 생각하고 있었다. 언젠가는 천둥으로 다가올 것이라는 것을.

보장왕의 손자인 고덕무는 당나라에서 자신에게 안동도호를 맡기자 친인척들을 데리고 신성으로 왔다. 안시성주도 고덕무의 사촌 동생으로 고구려 왕족 출신이었다. 그는 안시성주가 된 이후 이 땅의 주인행세를 했다. 고구려 왕족 출신이기 때문에 이 땅은 당연히 자신의 땅이어야 한다는 생각이었다. 그는 안시성의 풍부한 철광석을 장악하여 백성들을 제련, 제철공장에 투입시켰다. 겨우 생활할 만큼만 임금을 주었다. 이로 인해 그는 막대한 재물을 모았다. 하지만 그는 세금을 내지 않았다. 세금을 낼 필요가 없었다. 자기가 곧 주인이었기 때문이었다.

신성에 발해왕이 왔다는 소식을 들었다. 하지만 그가 이곳까지 올 생각은 하지 않을 것이라 생각하고 별 관심도 갖지 않았다. 왕도가 이곳에서 멀었기에 그가 순행을 한다 해도 그냥 대충 맞이하고 보내면 끝이라 생각했다.

"대왕의 사자입니다."

고장대에 올라 뒤늦게 핀 꽃들을 감상하며 미녀들과 어울려 술자리를 벌이고 있는 중이었다. 얼큰하게 취해 기분이 딱 좋은 때였다. 그동안 술을 너무 많이 마신 것 같아 며칠 쉬었다가 오랜만에 연 술자리였다. 그런데 웬 놈이 나타나 기분을 상하게 했다.

"대왕이라고?"

너무 낯선 말이었다.

"그렇습니다. 대왕의 사자입니다."

"올라오시오. 일단 한 잔 합시다."

안시성주는 예를 갖추지 않았을 뿐 아니라 술에 취한 채 횡설수설했다.

"미시(未時)쯤 대왕의 행차가 도착할 것입니다."

"알았어요, 알았으니 그만 하시고 이리 와서 한 잔 합시다."

도무지 말이 통하지 않았다. 대왕이 행차한다는 데도 이렇게 무례한 것은 용서할 수 없는 일이었다.

"네, 이놈! 대왕의 사신을 이렇게 맞는 법이 어디 있느냐?"

마침내 임금의 행차에 한발 앞서 나섰던 미금강은 대갈성을 내질렀다.

"뭐라고, 네 이놈! 내가 누군 줄 모르는 모양이구나. 나는 고구려의 마지막 대왕이신 보장왕의 손자다. 발해라는 나라가 어떤 나라냐? 고구려 땅에 세운 나라가 아니냐? 그런데 이놈이라니. 그런 막말이 어디 있느냐!"

안시성주는 오히려 야단을 쳤다. 고덕무의 사촌이라 아무런 제재도 없이 지난 이십여 연간을 지내 왔기에 그는 안하무인이었다.

"알겠소. 그대로 전하리다."

대왕의 사신으로 나왔던 미금강은 다시 되돌아갔다. 요동 땅에서는 이런 모습을 가끔씩 접할 수 있었기에 이제는 처음처럼 화를 내지도 않았다. 대왕의 행차를 편히 하기 위해 나선 길이었지만 오히려 무안만 당하고 돌아가지만 저들이 감내해야 할 대가가 얼마나 큰지 알게 해주어야 했다.

"우리가 내란에 시달리느라 너무 오랫동안 요동을 비워 놓은 것 같구나."

보고를 받은 대무예는 분노했다.

"당장 달려 나오라고 하여라. 그렇지 않으면 죽음만이 있을 뿐이라고."

미금강은 다시 안시성으로 갔다. 그는 여전히 취해 있었다. 미녀들의 치마폭에 얼굴을 묻고 일어날 줄을 몰랐다.

"대왕님이 납시었소. 어서 달려가 맞이하시오."

"이리로 오시라 하여라. 고장대의 꽃들이 얼마나 아름다운지 모른다."

안시성주는 최소한의 자존심은 지키고 싶었다. 고구려 시절 자신의 할아버지에게 다 고개를 숙이던 신하요, 백성인 자들이 이제 왕이 되었다고 이전의 주인을 무시하는 것을 용납하고 싶지 않았다. 최소한의 자존심을 지키고 싶었다.

"마지막이오. 당장 달려가 맞지 않으면 죽음이 있을 뿐이오."

"죽음! 누가 누구를 죽인다 말인가? 여기는 내 성이야."

마침내 안시성주는 화를 냈다.

"여기는 안시성이야, 안시성. 불세출의 영웅 당 태종도 함락 못 시킨 안시성이란 말이다."

술기운인지 그는 오기를 부렸다. 미금강은 돌아섰다.

"네 목을 베어 성문에 걸어 놓고 독수리의 밥이 되게 할 것이다."

"저놈을 잡아라!"

안시성주는 마침내 반기를 들었다.

"비켜라 이놈들아. 편하게 이곳에서 술만 마신 놈들이 수많은 전쟁터를 누빈 나를 잡을 수 있을 것 같으냐?"

미금강은 대갈성을 내뱉었다. 그의 기세가 얼마나 세었든지 수비병들은 쉽게 접근하지 못했다. 그들 중에는 이미 대왕의 기세가 어떤지 소문을 들은 자들도 있었다. 그들은 함부로 나서지 못하고 창만 겨누고 있었다. 미금강은 유유히 안시성을 빠져 나왔다.

그 모습을 바라보던 안시성주는 정신이 번쩍 들었다. 대왕이라는 것이 너무 막연한 존재였기에 실체가 잡히지 않았다. 그래서 실수한 것이 아닌가 하는 생각이 들었다. 한편으로는 설마 보장왕의 손자인 자기를 막대하기야 하겠냐는 생각도 들었다. 당나라도 이 요동 지역을 안정시키기 위한 최선의 방법으로 고구려왕의 후손들을 택했는데. 천둥소리가 들렸다. 하늘을 쳐다봤다. 맑고 맑은 하늘에는 실구름이 떠 있을 뿐이었다. 어느 곳에도 먹구름은 없었다.

"무슨 소리냐?"

마음속에 생겨난 두려움으로 술자리는 이미 걷었다. 성곽에 군사들을 배치해 놓고 대왕이 어떻게 나오나 기다리고 있었다.

"구~ 군댑니다. 새까맣게 몰려오고 있습니다."

부장은 떨린 목소리로 제대로 말을 잇지 못했다.

안시성주는 얼른 성첩으로 달려 나갔다. 이렇게 많은 군대는 보지 못했다. 더군다나 말과 사람이 다 무쇠갑옷으로 무장한 군대는 본 적이 없었다.

"저것이 무엇이냐?"

비로소 대왕의 실체를 본 그는 기겁을 했다. 전쟁이라고는 한 번도 겪어보지 못한 그의 마음속에 있던 군대는 창을 들고 오가며 세금이나 걷어 오는 존재였다.

"대왕의 군대다. 성문을 열어라!"

부장은 성주의 눈치를 보며 어떻게 할 줄 몰랐다. 성주도 어떻게 해야 될지 몰라 그냥 서 있을 뿐이었다.

"쿵!"

대왕은 기다려주지 않았다. 성 안에 바윗돌이 떨어지기 시작했다. 뒤를 이어 화살이 사방에서 날아왔다.

"성문을 열어라. 어서."

비명소리가 들리고 피 흘리며 괴로워하는 신음소리가 들리자 그때서야 성주는 전쟁의 실체를 파악하기 시작했다. 곱게 대접받으며 자란 그가 감당하기에는 너무 큰 사건이었다. 그는 그때서야 정신이 든 듯 성문 열기를 종용했다. 대왕의 군대가 성 안으로 들어왔다. 날카롭게 벼룬 창날은 빛에 반사되어 눈을 못 뜰 지경이 되었다. 수천, 수만의 기병들이 쏟아져 들어왔다. 무시무시한 쇳소리에 기가 질렸다.

"무기를 버려라. 들고 있는 자는 가차 없이 목을 벨 것이다!"

성 안의 군사들은 무기를 버리고 땅에 엎드렸다. 그 중에는 얼떨결에 혹은 대왕의 군대에 넋을 잃고 창을 들고, 칼을 든 자들이 있었다.

"억!"

용서하지 않았다. 대왕의 군사들은 더 이상의 경고도 없이 그들의 목을 베어버렸다. 성 안은 순식간에 진압되었다. 안시성주는 어찌 해야 할지 몰라 그 자리에 서 있었다. 하지만 그 와중에도 설마 대왕이 자신을 어떻게 하겠느냐는 믿음이 있었다. 당나라 황제도 자신들을 함부로 대하지 않았다는 생각 때문이었다.

"이놈이 성주다. 체포해라!"

순식간에 안시성주는 포박되어 끌려갔다.

"대왕님이시다. 무릎을 꿇어라."

억센 손길에 그는 절로 무릎을 꿇었다.

"네 놈이 성주냐?"

"그렇소 나는 보장왕의 손자요."

가슴 떨리는 가운데서도 자신의 정체를 밝혔다. 그러면 상대방이 일으켜 세우고 포박을 풀어줄 것이라 생각했다.

"이 땅은 나와 내 아버지가 피 흘려 빼앗은 땅이다. 너 같은 놈들이 기생

질이나 하고 있을 때, 온갖 수모를 당하면서도 군대를 모아 수많은 군인들의 피와 맞바꾼 땅이다. 그때 너는 뭐하였느냐?'

생각과 달리 호통만 들렸다.

"이 성의 성주는 아무나 하는 것이 아니다. 불세출의 영웅 이세민을 상대로 싸워 이긴 양만춘 장군의 기상이 서린 곳이다. 네 놈처럼 하늘의 뜻이 어디에 있는지, 하늘이 가까이 왔는지 안 왔는지도 모르는 놈들이 자리를 지키고 있을 곳이 아니란 말이다."

"……."

"저놈의 이마에 '보장왕의 손자, 당나라의 주구' 라는 글귀를 새기고 목을 베어 안시성문 앞에 매달아라."

"살려 주십시오."

한 번 떠난 명령은 바뀌지 않았다. 안시성주의 애타는 절규는 비명 소리로 바뀌어 그의 목은 잘리고 말았다. 이마에 묵자가 새겨진 후에 그의 목은 비단처럼 가볍게 하늘을 날았다.

"저 놈의 목을 높이 매달아 교훈을 삼고 이곳 백성들에게 자신들의 대왕이 왔음을 알려라. 요동 땅의 주인은 발해 대왕임을 분명히 알려라."

4. 산동성 공략

대무예는 안시성에 머물며 철광석을 장악해 막대한 부를 누리던 자들을 모조리 숙청했다. 그리고는 주변 지역을 급속히 장악했다. 동시에 그는 안시성의 수호신 양만춘의 사당을 세우게 하여 당나라에 대한 경각심을 갖게 하고 신성과 더불어 이곳 안시성을 당나라의 야욕을 분쇄하기 위한 전진기지로 삼았다.

아버지 대조영으로부터 안시성의 가치를 들어서 알고 있던 그는 사루나를 시켜 안시성의 철제련과 무기, 농기구 등의 유통을 조사했다. 그리고는 무기거래를 막았다. 안시성과 신성에서 만들어지는 무기들은 요동 지역뿐 아니라 요서 지역에까지 통용되었기 때문에 이들은 거란족 뿐 아니라 당나라 영토인 영주성에까지 흘러 들어갔던 것이다.

대무예의 의도는 맞아 떨어졌다. 수만 명의 군사를 이끌고 요동에 나타난 발해 대왕을 요동의 백성들은 두 눈으로 똑똑히 바라보게 되었다. 있는 듯 없는 듯 살았던 대왕의 실체와 발해라는 조국에 대해서 처음으로 느낀 것이다.

강력하고 두렵고 무서운 인상으로 다가온 발해와 대왕에 대해 백성들은 경외의 눈으로 복종하기 시작했다. 하나씩 전달되는 규율이 결코 순종하기 어려운 것이 아니었다. 누군가는 꼭 해주었으면, 누군가는 이 혼란스러운 삶을 정리해 주었으면, 누군가는 부패하고 무소불위의 권력을 휘두르는 안시성주를 제압했으면 하는 바람이 있었다. 그 모든 것을 한꺼번에 해결해준 사람이 바로 발해 대왕이었다. 삶에 규율이 잡히고 해야 될 일과 하지 않아야 될 일의 구분이 섰다. 무엇이 선한 일이고 무엇이 나쁜 일인가에 대한 판단이 섰다. 이전에는 창을 들고 나섰어도 그것이 옳은 일인지 아닌지 구분하기 힘들었지만 이제는 아니었다. 강력한 조국, 당나라의 침입으로부터 나를 지켜 줄 수 있는 조국에 대한 믿음이 생겼다.

백성들의 삶에 질서가 잡히고, 안시성을 중심으로 한 상거래의 질서가 정립되자 대무예는 미금강을 불렀다.

"그대에게 이 안시성을 맡기려 한다."

"망극하옵니다."

"가신들 덕분에 이만큼 나라가 커졌으니 이제 당연히 포상을 해야지."

"망극지은입니다."

"내가 자네에게 이 안시성을 맡기는 것은 단순히 그간의 공을 포상하려는 것만이 아닐세."

"하명만 하십시오."

"이 안시성은 요동 지역에서 제일 중요한 곳이네. 안시성의 무쇠는 요동 지역을 무장시키고도 남음이 있네. 그러니 자네가 무기의 출납과 거래를 잘 챙겨서 반란의 기운이 있으면 미리 싹을 자르고 요서 지역에서 건너오는 외침이 있으면 요동성과 신성 등의 병참역할을 하여 이를 막는데 앞장서야 할 것이야."

"명심하겠습니다."

"그리고 또 하나."

"하명하십시오."

"나는 이제 비사성을 재건할 것이네."

"비사성을 재건하신다면 해군기지를 세우시겠다는 의미이십니까?"

"그렇네. 고구려의 해군기지였던 비사성을 다시 재건하여 발해의 서해안 해군기지를 만들 것이네. 동해에는 염주성, 서해에는 비사성, 이 두 군데에 강력한 해군을 부활시켜 염주성은 일본과의 교류에 전력하게 하고 비사성은 당나라의 발해에 대한 야욕을 꺾는 전진기지로 만들 것이야. 안시성이 그 뒷감당을 해 주어야 해. 자네의 어깨가 무거워지겠지만."

"그런 일이라면 신명이 날 것입니다. 제게 맡겨주십시오. 제 아비 미발계가 선대왕 폐하를 잘 보필하였듯이 저도 대왕 폐하를 위해 마음과 몸을 다 바칠 것입니다."

"고맙네. 내 자네를 믿고 비사성으로 떠날 터이니 뒷일을 잘 부탁하네."

대무예는 미금강에게 안시성을 맡긴 후 또 다시 군대를 이끌고 남쪽으로 진군했다. 이번에는 철기병을 데려가지 않았다. 이곳까지 이들을 이끌고 온 이유는 요동의 백성들에게 발해라는 나라가 어떤 나라인지 대왕이 어떤 힘이 있는 지를 보여주기 위한 것이었다. 안시성에서 비사성으로 가는 길은 산길이라 이들이 움직이는 데는 불편했기 때문이다.

안시성에서 사백 리 정도 남하하자 드디어 바다가 나타났다. 고향 염주성 바다와는 또 다른 느낌이었다. 염주성의 바다가 용트림하듯 솟구치는 물결로 보는 이의 가슴을 소용돌이치게 만들었다면 비사성의 바다는 어머니의 넓은 치마폭처럼 포근했다. 그러나 바다 저쪽에서 부는 바람은 염주성의 바람에 결코 뒤처지지 않을 만큼 거셌다.

대무예는 대흑산에 올랐다. 당 태종의 고구려 침공 시 평양행군도 사령관 장량에 점령당한 뒤 파괴되었던 모습 그대로 남아 있었다. 멀리 맑은 바다 저쪽에서는 장량의 오만 당나라 대군을 수장시켰던 장산군도의 모습들이 점점이 박혀 있었다.

'저 앞바다의 싸움에 내 할아버지 걸걸중상 세조께서도 참전하셨다지. 이제는 앉아서 기다리지 않을 것이다. 먼저 찾아갈 것이다.'

대무예는 비사성 앞의 바다를 바라보며 감회에 젖어 있었다.

"문휴야! 아버지 건강은 어떠시냐?"

한참이 지난 후에 그는 장문휴를 불렀다.

"여전하십니다."

"나는 선대왕으로부터 네 아버지 도사공 장간의 이야기를 참 많이 들었다. 고구려 땅 최고의 뱃사공이라는."

"과찬이십니다."

"일본은 몇 번이나 가 봤느냐?"

"아버지를 따라서는 수없이 가 봤습니다."

"혼자서는?"

"여러 번 갔었습니다."

"일본으로 가는 뱃길이 험하겠느냐, 산동으로 가는 뱃길이 험하겠느냐?"

"당연히 일본길입니다."

"산동까지 갈 자신은 있느냐?"

"예?"

"산동의 등주성까지 항해할 자신이 있느냐 말이다."

"등주성까지의 뱃길이 험하다고는 하지만 일본보다는 쉽습니다. 얼마든지 갈 자신 있습니다."

"문휴야!"

대무예는 가신인 장문휴를 마치 동생처럼 편하게 불렀다.

"여러 대에 걸쳐 너희 집안은 우리 대씨 집안을 참 잘 섬겼다. 이제는 독립할 때가 된 것 같다."

"예, 그게 무슨 말씀입니까?"

"이 비사성을 네게 주려 한다."

"예, 망극합니다."

"대신 할일이 있다."

"하명만 하십시오. 아버지 장간이 걸걸중상 세조 폐하를 잘 모셨듯이 저도 온 몸을 다 바쳐 대왕 폐하를 모실 것입니다."

"참으로 든든하구나. 결국 중요한 일은 가신들에게 맡길 수밖에 없어."

"문휴야!"

"예."

"나는 말이다 더 이상 당나라군의 공격을 막고 싶지 않다."

"그 말씀은……."

"먼저 선수를 치려 한다. 저들이 요동을 공격할 때 그 전진기지로 항상 등주성을 이용했어. 나는 그곳을 공격하려 한다. 등주성과 그 일대를 완전 발해의 영토로 삼아 저들이 다시는 발해를 넘보지 못하게 하려한다. 어떻게 생각하느냐?"

"아주 좋으신 생각이십니다. 제게 맡겨 주십시오. 등주성을 발해의 영토로 만들겠습니다. 그래서 저들이 다시는 엉뚱한 생각을 가지지 못하게 하겠습니다."

"너만 믿는다. 모든 재정적 비용은 안시성에 있는 미금강이 다 지불할 것이다. 배를 만들고, 무기를 만들고, 바다에 익숙한 이곳의 군사를 징발하여 훈련시켜라. 그리고 산동의 등주성을 공격하라."

"명령만 내리십시오. 혜엄을 쳐서라도 가겠습니다."

요동을 공략한 뒤 가신인 미금강과 장문휴를 그곳의 통치자로 남겨 둔 대무예는 다시 중경성으로 돌아왔다. 이제야 마음이 놓였다. 그동안 이곳 저곳에서 많은 전쟁을 벌여 영토는 넓혀 놓았지만 제대로 통치가 되지 않아 불안했었는데 믿을 만한 가신들과 집안 식구들을 적재적소에 배치함으로 인해 원활한 통치가 이뤄질 수 있게 되었다. 중앙 정부의 지침이 요소요소에까지 전달될 수 있게 된 것이다.

나라가 안정이 되자 대무예는 본격적인 당나라 공격을 위한 준비 작업에 착수했다. 그가 제일 먼저 한 일이 일본과의 본격적인 교류였다. 아직 발해가 건국된 이후 정식 국서를 서로 교환한 적이 없었다.

고구려가 망한 뒤 일본으로 망명한 고구려 유민이 많았다. 이들은 집단적으로 이주하여 자신들의 세력을 점점 넓혀갔다. 이들이 일본에 정착한 지도 벌써 오십 년이 다 되었기 때문에 일본 내에서 무시 못 할 세력으로 성장하여 일본은 발해에 대해 매우 우호적이었다.

대무예는 일본에 정식 사신을 보내 국서를 전하고 이들과의 관계를 돈독히 하는 것이 매우 유리하다는 생각을 하게 되었다. 만약 발해가 당나라를 공격한다면 분명 당나라는 신라를 동원시켜 발해를 공격하게 할 것이다. 이를 대비하기 위해 대무예는 이미 신라의 동해안 해군기지인 명주성을 공략하였다. 여기에 더하여 일본과 동맹을 맺는다면 발해가 당나라를 공격할 때 신라가 발해의 배후를 치는 것을 견제할 수 있었다. 신라가 군사를 동원한 틈을 이용하여 일본이 저들을 공격한다면 신라는 절로 군사를 물릴 수밖에 없을 것이란 판단한 것이다.

대무예는 자신의 생각을 고인의에게 말하였다. 그는 근래 들어 대왕이 요청하면 정성껏 응하였지만 자신이 나서서 먼저 말하지는 않았다. 대씨 집안사람들의 성격을 알고 있었기 때문이었다.

"아주 좋으신 생각입니다."

고인의는 대무예가 당나라를 공격하려 한다는 이야기를 이미 들었기 때문에 더 이상 그에 반대하지 않았다. 자신이 나선다고 물러설 사람이 아니라는 것을 알고 있었기 때문이었다. 대신 그가 하고자 하는 일이 잘 되기를 바라며 적극 도와주려 했다.

"누가 사신으로 갔으면 좋겠는가?"

"이번에 일본에 국서를 전하는 일은 단순한 선린관계 차원을 넘어서는 것입니다. 저들은 장차 우리와 동맹을 맺어야 할 매우 중요한 나라입니다. 따라서 저들과 동맹을 맺기 위해 우리의 국력을 기울여야 할 것입니다. 제가 가겠습니다."

"선생님! 뱃길이 험할 텐데 괜찮으시겠소?"

"아직까지는 버틸 만합니다. 힘이 남아 있을 때 부지런히 나랏일을 해야지 더 늙으면 이나마도 못할 것입니다."

"고맙습니다. 내심 선생님을 염두에 두었지만 차마 말할 수 없었는데, 선생님이 제 맘을 헤아려 주시니 뭐라 고마움을 표해야 될지 모르겠습니다."

"고맙다니요. 신하된 자로서 주군이 원하신다면 당연히 해야지요. 제가 다녀오겠습니다."

727년, 대무예는 일본에 보낼 국서를 썼다.

'나는 하늘의 뜻을 받아 고구려의 옛 땅을 수복하고 부여의 풍속을 이어 나라를 세웠으나 일본과는 바닷길이 험하여 서로간의 길흉을 전하지 못하였습니다. 이제 삼가 영원장군 고인의와 함께 스물 네 명의 사신을 모피

삼천 장과 함께 보내니 서로가 인의로서 선린관계를 맺기를 원합니다. 이후로 서로가 영원히 돈독한 이웃으로 계속 남기를 원합니다.'

10월, 대무예는 고인의를 대사로 솔빈 성주 위덕주를 부사로, 사루나, 고제덕을 종사관으로 임명하고, 일본 왕에게 줄 선물로 모피 3천장을 준비하여 일본에 사절단을 파견하였다. 출발을 알리는 뱃고동 소리가 울렸다. 국서를 챙긴 고인의는 대무예에게 인사를 올렸다.

"소신 다녀오겠습니다."

"뱃길 조심하십시오. 노쇠한 선생님을 험한 바다로 떠나보내는 것이 송구하지만 선생님이 아니고는 안심이 안 되니 이번 한 번만 수고해 주세요. 이 번 뱃길만 무사히 다녀오시면 편히 여생을 보내실 수 있게 하겠습니다."

"염려 마십시오."

고인의는 배에 올랐다. 대무예는 수평선 너머로 배가 사라질 때까지 그를 배웅했다. 이상하게 스승의 일이 마음에 걸렸기 때문이었다.

겨울이 지나고 봄바람이 쌓인 눈을 녹이기 시작하더니 들판에는 다시 파릇한 풀잎들이 돋아나기 시작했다. 무덤덤하게 겨울을 보내던 대무예는 봄이 오자 초조하게 결과를 기다렸다. 일본으로 가는 배는 일 년에 두 번 정도 해류를 타고 가야만 했기에 금방 소식을 전해 올 리는 없었다. 여름이 되어서야 일본으로 떠났던 사신들이 돌아왔다. 배가 도착했다는 소식에 대무예는 한 걸음에 책성까지 달려갔다.

멀리 고제덕의 모습이 보였다. 그의 표정에서 단번에 일본으로 떠났던 일이 잘 되었다는 느낌을 받았다. 대무예의 눈은 재빨리 이곳저곳을 훑으며 스승 고인의를 찾았다. 하지만 그는 보이지 않았다. 고제덕이 책성까지 마중 나온 대왕의 모습을 발견하고는 얼른 달려와 무릎을 꿇었다.

"어떻게 되었느냐?"

"일본왕은 저희들을 환대하였습니다. 발해와 선린관계를 맺는 것에 대해 크게 환영하였을 뿐 아니라 많은 선물과 함께 일본사신도 파견하였습니다."

"그것 잘되었구나."

대무예의 얼굴이 활짝 펴졌다.

"그런데, 정사의 모습이 보이질 않는구나?"

"그것이……."

고제덕은 갑자기 슬픈 표정을 지었다.

"어떻게 되었느냐? 어서 말해보아라."

"가는 길에 심한 풍랑을 만나서 뱃멀미를 이기지 못한 정사께서는……."

고제덕은 한동안 슬픈 표정과 함께 눈물을 흘리며 말을 잇지 못했다.

"자~ 잘못되었느냐?"

"급히 뱃머리를 북해도로 돌렸습니다만 끝내 돌아가셨습니다."

"뭐라고? 죽었다고?"

대무예는 다음 말을 잇지 못했다. 이상하게 출발할 때부터 마음에 꺼리는 것이 있었는데 결국은 이런 불상사가 벌어지고 만 것이다. 모든 것이 자신으로 인해 일어난 것 같아 그는 심한 죄책감에 휩싸였다.

"정사님께서는 돌아가시는 순간까지도 저희들이 해야 할 일을 일일이 말씀해 주셨습니다. 덕분에 이번 일이 좋은 결과를 맺은 것 같습니다."

고제덕은 대무예를 위로하며 말했다.

"……."

하지만 비통한 마음에 대무예는 아무런 말이 없었다. 영주성에서부터 무지한 자신을 일깨워 준 사람이 고인의였다. 오늘날 자신의 정신세계를 있게 해준 분이었다. 그로 인해 여러 차례 위기도 넘길 수 있었으며 또 발해를 세울 수 있었다. 그런데 마지막 순간을 보지도 못하고 그를 이국땅에 묻어야만 하는 것이 너무나도 가슴 아팠다.

대무예는 사흘 동안을 애도기간으로 정하여 그의 죽음을 안타까워했다. 고인의가 죽긴 했지만 결과는 대만족이었다. 일본은 발해의 국서에 호응하여 서로 선린관계를 맺자는 국서를 보냈을 뿐 아니라 많은 선물을 보내 대무예의 제의에 화답하였다. 이 정도면 후방이 어느 정도 안정이 된 셈이었다. 이제부터는 오로지 당나라 공략에만 열중하면 되었다.

731년 봄, 장문휴로부터 모든 준비가 끝났다는 연락이 왔다. 대무예는 기뻐하며 당나라 공략에 대한 계획을 하나씩 실행하기 시작했다. 그는 당나라에 부여성주 마문궤를 보내 당나라에 귀순한 대문예를 되돌려 보내주기를 간청했다.

'대문예는 우리나라의 대역 죄인이니 속히 돌려보내 주기를 바라오.'

물론 당나라에서 되돌려 보내주지 않을 것이라는 것을 알았지만 명분을 쌓기 위한 것이었다. 대문예는 당나라에 귀순하여 좌효위장군을 제수하고 있었다. 당나라는 발해의 요구를 무시할 수 없었다. 돌궐과 토번 등 국경지역에서의 계속적인 충돌과 거란족과 해족(奚族)의 분쟁 등에 국력을 기울이는 상황에서 고구려의 후손인 발해마저 공격해 온다면 매우 난감한 일이었다.

당 현종은 발해와의 관계를 좋게 이어가고 싶었다. 그렇다고 목숨을 보전하기 위해 찾아든 대문예를 돌려 줄 수는 없었다. 그래서 그는 사신을 보내 대문예는 지금 귀향 가 있으니 염려하지 말라는 말로 대신 답했다. 그런데 이 과정에서 당 현종은 발해의 사신을 통해서가 아니라 당나라 사람을 파견하여 이 소식을 전하게 했다. 하지만 계속 장안성에 머물고 있던 발해 사신 마문궤는 우연히 대문예가 장안성에 머물고 있다는 사실을 알게 되었다. 그는 속히 이 소식을 중경성의 대무예에게 알렸다.

대무예는 대노하여 다시 한 번 되돌려 보내든지 아니면 죽이라는 말을 전했다. 이번에는 당나라에서 반응이 없었다. 대무예는 명분을 얻었다고 생각했다. 그리고는 신하들을 불러들여 당나라 공략에 대해 공식적인 발표를 하였다.

"당나라는 우리의 조상들이 세웠던 고구려를 멸망시킨 나라다. 따라서 당나라는 우리의 원수다. 그런데 당나라는 고구려를 계승한 우리 발해를 넘보고 있다. 이에 나는 당나라를 정복하여 조상들이 당한 치욕을 씻을 것이다."

대신들 사이에서는 웅성거림이 있었다.

"이견은 달지 말라. 전쟁터로 떠나는 병사들에게 힘과 용기를 북돋워 주는 말만 하라."

732년 비사성, 하늘은 높았다. 푸른 물결 위로 갈매기 떼들이 먹이를 찾아 분주히 날고 있었다. 지난 몇 년간에 걸쳐 완성된 수십 척의 함대가 날렵한 모습으로 선착장에 자리 잡고 있었다. 배 위에는 수십, 수백 명의 병사들이 도열해 있었다.

"당나라는 고구려를 멸망시켰던 우리의 적이다. 우리 조상들이 일시적인 분쟁으로 잠시 나라를 내주었지만 우리는 다시 발해를 세우고 그 전통과 맥을 이어가게 되었다. 이에 우리는 조상들의 치욕을 씻기 위해 당나라를 공격한다. 그 동안 우리 조상들이 당했던 수모와 한을 생각하면서 철저하게 복수해야 한다. 그래서 다시는 고구려의 후손인 우리 발해를 공격할 엄두를 내지 못하게 해야 한다. 산동 땅을 점령하지 못하면 돌아올 생각을 하지 마라. 패배하고 돌아오는 자는 절대 용납하지 않을 것이다."

대무예는 단상에 올라 배 위에 늘어선 병사들에게 훈시했다.

"대왕님의 뜻이 하늘과 한 맺힌 조상님들의 뜻으로 알고 반드시 요동 땅을 공략하고 돌아오겠습니다."

장문휴는 입술을 꽉 다문 채 대무예에게 재배하며 답례했다.

대무예는 장문휴에게 술을 따랐다.

"발해의 용맹한 군사들이여! 죽음으로써 조상과 대왕의 은덕에 보답하자."

장문휴는 술잔을 높이 들고 병사들을 향해 크게 외친 후 술을 마셨다.

"출항!"

"닻을 걷어라!"

"돛을 올려라!"

"전속력으로 항해하라!"

요동에서 불어오는 찬바람에 등주성이 얼어붙어 있었다. 어둠이 내리자 모든 배들은 귀항했다. 바다 위를 요란스럽게 날던 갈매기들도 안식처를 찾아 떠났다. 깊은 바다 속을 놀이터 삼아 온종일 헤엄치던 물고기들도 큰 바위 밑의 잠자리를 찾아 떠났다.

적막한 어둠이 내려앉은 등주성, 그 무거운 어둠만큼이나 많은 삶들의 애환이 서려 있는 성, 고구려 침공의 전진기지였던 성, 이를 위해 수많은 사람들이 배를 만든다는 미명하에 다시는 오지 않는 젊음과 한 생애를 보내며 쓴 한숨과 고독과 배고픔의 한을 삼켰던 곳, 바로 그 등주성이었다. 이제는 노곤한 황혼의 평안을 누리고자 하나 지나간 청춘의 건강과 패기와 열정이 사라져 그냥 쉽게 잠들어 있는 노성(老城)이었다.

달빛은 눈물 머금은 듯 흐릿했다. 구름은 점점 까만 기운을 몰고 와 밝은 달을 가렸다. 하지만 잠들어 있는 사람들에게는 개의할 문제가 아니었다. 깊은 잠에, 깊은 사랑에 빠져들기에는 더 없이 좋은 밤이었다.

"쿵!"

석포의 요란한 울림이 고성의 깊은 잠을 깨웠다. 아직 인시(寅時)의 밤이 지나기도 전이었다. 한두 번이 아니었다. 요란한 소리는 시간이 지날수록 더욱 거세졌다.

'우르르릉~'

무너져 내리는 소리.

'탁, 탁, 타타타탁'

불타오르는 소리.

"사~ 살려주세~"

생명이 꺼져가는 소리.

"와~"

고성이 무너지는 소리.

장문휴는 먼 바다에서 휴식을 취하다 미명에 등주성을 기습 공격했다. 석포를 쏘고, 불화살을 날리고, 그리고 군사들을 상륙시켰다.

"당나라는 우리 조상을 종으로 만든 불구대천의 원수다. 등주성을 파괴하지 않으면 이들은 또 다시 발해를 공격할 것이다. 그렇게 된다면 우리는 또 다시 노예로 전락하게 된다. 철저히 부숴라. 다시는 일어설 수 없게 철저히. 닥치는 대로 죽여라. 다시는 창을 들지 못하게. 어중간하게 하면 창날은 결국 우리에게 돌아온다."

차가운 동해바닷가에서 자라난 장문휴는 거칠었다. 새까만 얼굴에 찢어진 눈매, 아무렇게나 틀어 올린 상투, 불거진 광대뼈, 그의 얼굴 어디에서도 자비를 찾아볼 곳이 없었다. 나이를 가늠하기 힘든 무표정한 얼굴에서 굴하지 않는 투지만 읽혀질 뿐이었다.

선창에 정박해 있던 당나라 군함에 시꺼먼 연기가 솟아오를 때 쯤, 등주성은 발해군에 의해 점령당하였다. 당나라군은 적수가 되지 못했다. 당나라 해군은 싸움을 잊은 지 오래 되었다. 기껏해야 신라와 왜의 무역선이 드나드는 것을 감시할 뿐 전쟁은 오래전의 일이 되었다. 더구나 밤에 싸운다는 것은 상상하지 못한 일이었다. 이들은 치밀한 계획을 세우고 들이닥친 발해군을 막을 재간이 없었다. 잠든 채 불에 타 죽거나, 운이 좋아 살아남은 자들도 거리를 가득 메운 발해군의 칼날에 어이 없이 생을 마치고 말았다.

발해군은 잔인했다. 닥치는 대로 목을 베었다. 뒤늦게 무기를 들고 나선 당나라군은 힘겨운 저항을 하였지만 이미 기선을 제압한 이들의 저항은 오래가지 못했다. 날이 밝을 무렵, 거리는 당나라군의 시체로 가득했다. 애첩의 극진한 수청으로 깊게 잠들었던 등주자사는 벌거벗은 몸 그대로 포로로 잡혀 왔다. 그는 여전히 이들의 정체를 잘 알지 못했다.

"나는 당나라 등주성의 자사다. 감히 네 놈들이 나를 이렇게 묶어 두고도 무사하길 바라겠느냐?"

그는 장문휴 앞에 끌려와서도 당당했다.

"나는 발해의 대장군 장문휴다. 우리는 당나라와 좋은 이웃으로 살려 했다. 하지만 네놈들은 흑수부말갈을 유혹하여 우리 등 뒤를 치려하였고, 신라를 동원하여 우리를 공격하게 했다. 그래서 내가 왔다. 신의가 없고 의리가 없는 네놈들을 꾸짖기 위해 내가 왔다."

장문휴는 영주자사를 크게 꾸짖었다.

"나를 어떡할 셈이냐?"

"너를 죽여 우리 조상들의 한을 씻으려 한다."

"너희들이 감히 나를 죽일 수 있을 것이라 생각하느냐?"

"왜 못 죽이느냐?"

"나는 당나라의 관료다. 너희들이 나를 죽이면 황제가 가만 계시지 않을 것이다. 온 나라의 힘을 기울여 네놈들을 공격하여 또 다시 멸망의 구렁텅

이로 몰아넣을 것이다."

"하하하! 당나라 황제가 무서웠으면 이곳에 오지도 않았다. 너의 죽음으로 인해 앞으로 온 당나라 땅에 발해라는 이름이 공포와 두려움의 대상으로 떠오를 것이다. 여봐라, 이놈의 목을 베어 온 당나라 사람들이 다 볼 수 있게 성문에 걸어 두어라."

장문휴는 조금의 망설임 없이 등주자사의 목을 베었다.

"이제 시작이다. 지금부터 우리는 발해에 조금이라도 위협이 될 만한 곳은 다 공격한다."

등주성에 대한 경계에 들어가면서 장문휴는 다음 먹잇감을 탐색하기 시작했다. 그 사이 등주자사의 전사 소식은 당나라 땅에 급속히 퍼져 나가기 시작했다. 그러나 이보다 더 빠르게 장문휴는 등주성 주변을 공략하기 시작했다.

5. 대제국 발해

당나라 현종은 여산의 낙엽을 보면서 무혜비와 함께 화청지에서 목욕을 즐긴 후에 궁궐로 돌아왔다. 산동에 메뚜기 떼가 극성이라는 최근의 보고가 약간 마음에 걸려 시중드는 환관 고역사를 불렀다.

"메뚜기 떼는 퇴치가 되었다느냐?"

"메뚜기 떼는 어느 정도 퇴치되었습니다마는 그보다 더 큰일이 발생하였사옵니다."

고역사는 조심스럽게 보고를 올렸다.

"큰일?"

"그렇사옵니다. 폐하. 등주성이 발해의 공격을 받았다고 합니다."

"발해? 대문예를 돌려 달라며 떼를 쓰던 놈들 아니냐?"

"그렇사옵니다."

"등주자사더러 소탕하라면 되지, 웬 호들갑인가?"

"황송하오나 등주자사는 저들에게 살해당했다 하옵니다."

"뭐라고! 이놈들이 감히."

"발해는 고구려를 이은 나라입니다. 만만히 보아서는 아니 되옵니다."

"그게 무슨 소리요. 그 따위 해적 놈들의 공격이 뭐가 대단하다고 그렇게 호들갑을 떨고 있소이까?"

이림보였다. 증조부가 당고조 이연의 사촌동생이라는 인연으로 관료사회에 등장하여, 뛰어난 말재주로 인해 현종의 마음을 사로잡은 자였다.

"폐하! 그깟 해적 놈들 일은 크게 염려할 일이 아니 되오니 아무 걱정 마시옵소서."

그는 고역사를 꾸짖은 후 현종을 안심시켰다.

"그렇겠지. 놈들이 아무리 그래 봤자 해적수준에 지나지 않겠지?"

"그렇사옵니다. 신에게 맡기신다면 일거에 소탕하겠습니다."

"그래 주겠나?"

"염려 마십시오. 소신이 깨끗하게 해결하겠습니다."

"그렇게 만만하게 볼 나라가 아닙니다. 발해는 리하이구가 이끄는 우리 군대를 두 번씩이나 격파한 나라입니다. 옛 고구려의 명성을 그대로 이어가고 있는 무서운 놈들입니다."

오랫동안 궁궐 안 권력의 핵심에서 시중을 들며 연륜이 쌓인 환관 고역사는 이림보의 경솔함을 경계했다.

"허허, 환관이 뭘 안다고."

이림보는 오히려 고역사를 꾸짖었다.

"경을 믿겠으니 한 번 해결해 보시오."

두 사람 사이에 언쟁이 붙자 현종은 이림보의 편을 들었다. 요즘 들어 그의 뛰어난 학식과 언변을 자주 접하게 되면서 그가 마음에 쏙 들었기 때문이었다.

"황공하옵니다."

이림보는 고역사를 힐끔 쳐다 본 후에 자신의 집으로 돌아왔다. 산동성의 일을 떠맡게 된 그는 측근들을 불러 이 일을 의논했다.

"수고롭게 우리가 나설 필요가 뭐 있겠습니까? 발해에 가장 적개심을 가지고 있는 사람은 대문예일 것입니다. 그를 불러 해적들을 공격하게 하고 동시에 신라로 하여금 발해를 공격하게 하면 끝나는 문제입니다."

"그것 좋은 생각일세. 신라에는 발해를 공격할 만한 사람이 있는가?"

"원외(員外)장군[15]으로 김사란이 있습니다. 그를 불러들여 발해를 공격하게 하면 될 것입니다."

"아주 좋은 생각일세."

이림보는 곧바로 대문예와 김사란을 불러들였다.

대문예는 형이 자기를 죽이려 한다는 어머니의 말을 듣고 그길로 바로 당나라로 도망갔다. 가족들과 아이들을 발해에 둔 채 혼자서 몸만 빠져나왔다. 다행이 당나라에서는 자신을 환대했다. 하지만 고국에 두고 온 처자와 어머니 생각에 그는 형과 화해하고 다시 발해로 돌아갈 생각을 하고 있었다. 시간이 지나면 형의 분노가 풀릴 것이라 생각했다. 하지만 오랜 세월이 지났지만 형은 자신을 배반자로 낙인찍고 사신을 보내 집요하게 목숨을 요구한다는 것이었다.

당나라 황제가 자신을 변호해 주고 있길 망정이지 만약 그렇지 못했다면 자신은 분명 형에 의해 목숨을 잃었을 것이라 생각하니 끔찍했다. 자신에게 군대가 주어진다면, 형을 공격할 기회가 주어진다면 복수를 하고 싶었다. 발해는 당나라를 이기지 못한다는 자신의 소신에는 아직도 변화가 없었다. 당나라에 사대(事大)를 하면서 당나라의 조공국으로 지내는 것만

---

15) 당나라인이 아니면서 당나라의 벼슬을 받은 장수

이 발해를 지속시킬 수 있는 방법이라 생각했다. 그런데 형은 어리석게도 감히 당나라에 대항하여 군대를 일으키고 머나먼 바닷길을 지나 등주성을 공격했다 한다. 정말 세상 물정을 모르는 하룻강아지임에 틀림없었다. 스스로 멸망의 길을 자초하는 것이라 생각했다.

뜻밖에 당나라 조정에서 자신을 불러 등주에 침입한 발해군을 공격하라는 명령을 내렸다. 너무나 고마웠다. 자신에게 당나라 군사가 주어진다면 얼마든지 형을 이길 자신이 있었다.

"폐하의 은공을 절대 잊지 못할 것입니다."

대문예는 황제의 은혜에 감읍하면서 어전을 물러 나왔다. 드디어 형에게 복수할 기회가 생겼다. 지금은 비록 등주성을 공격한 소수의 군대이지만 이 싸움에서 이긴다면 요동으로 갈 기회가 얼마든지 생길 수 있다고 생각했다.

달려도 달려도 끝이 없는 평원이었다. 대문예는 어린 시절을 보냈던 대릉하변이 생각났다. 그곳도 끝없는 들판의 연속이었다. 하지만 아버지와 함께 돌아간 고향 땅은 아니었다. 조금만 달려도 산이 나타나고 물이 나타났다. 낯설고 불편했다. 대릉하변이 그리웠다. 대문예는 당나라군을 이끌고 나서는 길이 초행길이었지만 낯설지 않았다. 들판에 핀 들꽃 하나하나도 다 친숙한 느낌이었다.

미리 보낸 첩자들이 속속 돌아왔다. 발해의 장수는 장문휴라는 것이다. 장문휴는 가신이었다. 자신은 별 관심이 없어 자주 보지 못했지만 분명 뛰어난 장수는 아니었다. 발해에는 사촌형인 대일하가 가장 무서운 장수라 생각했다. 그가 아니라면 어떤 장수와 싸워도 이길 자신이 있었다.

며칠을 달려도 산이 보이지 않았다. 행군을 하는 동안 긴장감은 많이 줄었다. 병사들도 전쟁에 나선다는 긴장감과 공포심이 많이 줄어든 듯 굳어 있던 얼굴들이 제법 웃음기를 띠고 있었다. 닷새째가 되던 날 아침, 대문예는 여느 때처럼 아침밥을 해먹고 다시 진군명령을 내렸다. 아침 해가 정면으로 비춰 눈을 뜨기가 쉽지 않았다.

"적이다!"

아직 등주성에 도달하려면 이틀은 더 가야하는데 갑자기 진중이 외마디 외침과 함께 수군거리기 시작했다.

"무슨 일인가?"

"적입니다."

"숫자는?"

"족히 일만 명은 되어 보입니다."

"일만 명이나!"

배를 타고 건너 왔다 길래 불과 일, 이천 정도일 것 같았다. 하지만 염려할 일은 아니었다. 일만이라 해도 이쪽은 삼만의 군사이기에 겁날 것이 없었다.

"전투대형을 갖춰라!"

대문예는 전군에 전투준비를 시킨 다음 적진을 살폈다. 눈이 부셔 적진을 제대로 볼 수 없었지만 발해군은 전통적인 사출도의 진법을 갖춘 채 천천히 진군해오고 있었다. 마름모꼴의 진법을 갖춘 발해군의 맨 앞 꼭지점에는 장문휴가 서 있었다. 제법 흉내는 낸다는 생각을 했다. 하지만 상대가 장문휴라면 이것저것 가릴 것이 없었다.

"공격!"

장문휴는 당나라군이 접근해오자 곧바로 공격명령을 내렸다. 맨 앞 꼭지점을 잇고 있던 두 부대가 좌우로 벌어지기 시작하더니 곧바로 적의 외곽을 돌기 시작했다. 동시에 하늘에는 화살이 날기 시작했다. 발해의 날렵한 과하마는 먼 바다를 건너와서도 피곤한 줄 몰랐다. 발해군은 부지런히 적의 외곽을 돌며 화살을 쏘기 시작했다. 하지만 이들은 절대 접근전을 벌이지 않았다. 우수한 기동력을 바탕으로 외곽을 오가며 화살만 쏠 뿐이었다. 그러자 당나라군은 저절로 가운데로 몰려들었다. 그곳에 발해군은 집중적으로 화살을 퍼부은 후 적진 한 가운데를 말로 달렸다. 순식간에 진영이 두 동강이 나고 말았다.

"화살을 쏴라! 진을 깨지 마라!"

대문예는 소리를 지르며 싸움을 독려하였지만 군사들은 말을 제대로 듣지 않았다. 아니 전술이 무엇인지, 군진이 어떤 역할을 하는지도 모르는 것 같았다. 반면 발해군은 잘 훈련이 되어 사출도의 전술을 훌륭히 완수하고 있었다.

'이러다 질지도 모른다.'

대문예는 당나라군이 마음대로 움직여주지 않자 패배할지 모른다는 불안감이 엄습해왔다. 접근전을 벌이지 않는 발해군의 피해는 거의 없었다. 해전에 능숙한 장문휴는 절대 접근전을 벌이지 않았다. 사거리가 우수한 단궁으로 적의 외곽만 계속 공격했다. 적의 화살은 아군의 행동반경 너머로 날아오지 않았다. 적이 접근하면 그만큼 뒤로 물러섰다. 햇빛을 안고 싸운 당나라군의 화살은 발해군을 맞추지 못했다. 적진은 점점 흐트러지고 있었다.

"돌격!"

적의 군진(軍陣)이 거의 무너져 삼삼오오의 무리로 쪼개졌을 무렵, 장문휴는 드디어 돌격명령을 내렸다. 외곽을 돌며 화살만 날리던 발해군은 활 대신 칼과 창, 도끼를 빼어 들고 적진에 뛰어 들었다. 치열한 접전이 벌어졌다. 하지만 이는 도륙 전에 가까웠다. 이미 진이 깨진 당나라군은 치밀한 진을 펼치며 다가서는 발해군을 당해내지 못했다. 도망가기에는 창대도 무거운 듯 무기를 버리고 도망가는 군사들이 속출했다. 장문휴는 적진 한

가운데서 안타까운 듯 소리를 지르며 싸움을 독려하는 대문예를 드디어 만날 수 있었다.

"오랜만입니다. 왕자님!"

"너는 장문휴가 아니냐?"

"그렇습니다. 이제 싸움의 승패는 결정된 듯하니 순순히 오랏줄을 받으십시오."

"아직 싸움은 끝나지 않았다."

"승패는 이미 결정 났습니다. 이제 발해로 돌아가 대왕님의 심판을 받으십시오."

"시끄럽다 이놈, 발해가 감히 당나라에 맞서 이길 것 같은가?"

"지금도 형편없이 깨지고 있지 않습니까? 이제 머잖아 온 당나라에 발해라는 이름은 공포의 대상으로 각인되어질 것입니다."

장문휴는 냉소 띤 얼굴로 말했다.

대문예는 칼을 빼어 들고 장문휴에게 달려들었다. 하지만 그보다 먼저 장문휴의 화살은 그의 가슴을 꿰뚫고 말았다.

"욱!"

대문예는 가슴을 안고 말 위에서 떨어졌다. 동시에 장문휴의 칼의 허공을 갈랐고 대문예의 목은 힘없이 떨어졌다.

"잘 가십시오."

"와~"

발해군의 함성이 산동벌판에 울리기 시작했다.

"한 놈도 살려 보내지 마라. 닥치는 대로 죽여라. 그래서 발해라는 이름만 들어도 무서워 도망가도록 만들어라."

장문휴의 승전소식은 계속 중경성에 전달되었다. 대무예는 흐뭇한 얼굴로 승전보를 들었다. 그리고는 곧바로 대일하를 불렀다.

"당나라는 영악한 나라라 코푸는 것까지도 남의 힘을 빌리려 하는 자들이오. 우리가 저들을 공격하였으니 분명히 신라를 동원하여 우리를 공격하려 할 것이오. 형님은 염주성 해군을 이끌고 명주성으로 가 명주성을 굳건히 지키세요. 신라가 명주성을 통해 발해를 공격할 생각을 하고 있을 것이오. 아울러 저들의 움직임을 면밀히 살피면서 실시간으로 보고를 하세요."

"명을 받들겠습니다."

대일하는 대무예의 의도를 금방 알아채고는 곧바로 자신의 영지인 책성으로 돌아가 염주성의 해군을 이끌고 명주성으로 떠났다. 신라군들은 대일하가 도착한지 며칠 되지 않은 때부터 명주성으로 몰려왔다. 하지만 대일하는 이미 탄탄한 수비를 갖추고 있었기 때문에 신라군의 공격은 모두 허사로 돌아갔다. 대일하는 단순히 방어만 하는 것이 아니라 배를 타고 멀리 나가 적의 보급로를 공격하는 등 적 후방을 교란하는 전술도 병행하여 신라군을 괴롭혔다.

당나라의 원외장군으로서 당 황제의 칙명을 받은 김사란은 삼만 명의 군대를 모집하여 발해를 공격하기 위해 나섰다. 발해라는 나라에 대해 깊게 고민해 본 적이 없었다. 철령 이북에 고구려 유민들이 세력을 형성한 나라 정도로만 생각했다. 제대로 된 나라라는 인식은 없었다. 신라와 발해 사이에 전쟁이 벌어진 기억이 없었다. 명주성이 발해의 공격을 받아 함락당했다는 소식을 듣긴 했다. 하지만 대수롭지 않게 생각했다. 이전의 고구려 부흥운동이 그랬듯이 어느 한 성을 점령하고 있다가 주변세력으로 세력을 확장하는 과정에서 신라나 당나라군에 진압되어 사라진 것이 이전까지의 고구려 부흥군의 특징이었기에 이도 그럴 것이라고 생각했다.

김사란은 참모들과 함께 발해 공략의 기본 계획을 세웠다. 명주성을 빼앗아 배를 통해 동경인 책성을 점령하여 거점을 마련한 후 육지로 군대를 진군시켜 적의 수도인 중경을 빼앗는 전략이 수립되었다.

하지만 이는 마음대로 되지 않았다. 쉽게 공략할 수 있을 것이라 생각한 명주성은 너무나 견고했다. 태백산을 넘어 힘겹게 명주성에 접근하였지만 성 안에 한 발짝도 들여놓지 못하고 물러서고 말았다. 설상가상으로 저들은 계속 후방을 유린하여 식량보급마저 원활하지 못하였다. 결코 만만한 상대가 아니라는 것을 느꼈다.

'신중해야 한다. 저들은 싸움을 아는 사람들이다.'

시간이 지날수록 신라군에게 불리하였다. 해상을 봉쇄할 해군이라도 있으면 저들을 고립시킬 수 있지만 이미 해상의 제해권은 발해군에게 있어 당하는 쪽은 신라군이었다. 김사란은 다시 참모들을 불렀다.

"저들이 만만치가 않다. 이 상황에서 계속 시간을 끌면 우리가 불리해진다. 계획을 바꿔 철령을 넘어 곧바로 책성을 공격하려 한다. 그대들의 생각은 어떤가?"

계림 땅에서 당나라군이 물러난 후 신라 땅에는 큰 전쟁이 없었다. 실전 경험이 많은 장수들은 이제 유명을 달리했거나 아니면 은퇴했다. 큰 전투 경험이 없는 참모들은 명주성 공략에서 호되게 당한 뒤 의기가 소침해 있었다. 이런 상황에서 명주성 공략을 중단하고 곧바로 목적지인 책성을 공격하는 것은 환영할 만한 일이었다.

"좋은 생각인 것 같습니다. 이곳에서 시간을 끌다가 날이 더 추워지면 그것도 곤란한 일입니다. 곧바로 철령을 넘는 것은 이 상황에서는 최선책이라 생각합니다."

참모들은 김사란의 생각을 지지했다.

"명주성은 버리고 곧바로 발해의 동경을 공격한다. 단 겨울이 되기 전에 전쟁을 끝내야 한다. 따라서 진군 속도를 빨리 해야 할 것이다."

김사란은 마침내 명주성을 포기하고 삼만 명의 군사를 이끌고 북쪽으로 진군하기 시작했다.

이 소식은 대무예에게도 전해졌다. 대무예는 이미 예상한 듯 명주성의 대일하와 함께 백산부와 속말부, 그리고 아속리계를 대신한 흑수부말갈 추장들을 불러들였다.

"지금 당나라 한복판인 산동성에서는 장문휴가 등주성을 공략하여 승전의 나발소리를 높이 올리고 있다. 우리가 등주성 주변을 굳건히 장악하고 있으면 당나라는 감히 발해를 공격할 엄두를 내지 못할 것이다. 그런데 문제는 신라다. 신라는 당나라의 요청에 의해 지금 삼만 명의 군사를 이끌고 책성을 향해 공격해오고 있다. 이번에 저들을 격퇴한다면 신라 또한 감히 발해를 해할 생각을 갖지 못할 것이다. 그렇게 된다면 이미 일본, 동돌궐과 동맹을 맺은 우리 발해는 평화를 유지할 수 있을 것이다. 따라서 여러분들은 최선을 다해 저들을 물리쳐야 할 것이다. 전투는 내가 직접 지휘한다."

"대왕 폐하와 함께라면 큰 영광입니다."

이제는 발해에 완전 복속한 흑수부말갈 추장은 대왕에 대한 자신의 충성을 내보이기라도 하듯 얼른 대무예의 말을 받았다.

"적들은 여름에 출발하여 명주성을 점령하지 못하고 이곳으로 진군하고 있다. 그래서 나는 적들을 철령 너머의 깊은 산 속으로 유인하여 점점 깊은 산 속으로 끌어 들인 후 적을 포위하여 얼어 죽게 만들 생각이다. 굳이 싸울 필요도 없이 말이다."

"폐하의 작전에 적들은 혼쭐이 날 것 같습니다."

참모들은 대무예의 생각에 동의하며 고개를 끄덕였다.

"산 속 생활에 익숙한 백산부말갈족이 저들을 유인하고 흑수부와 속말부는 저들이 올만한 지점에 매복해 있어라. 그리고 대일하는 배를 이용하여 저들의 보급을 끊으시오."

김사란은 철령을 넘었다. 낙엽을 밟으면서 구름도, 산지니도 쉬어 넘는다는 험한 봉우리를 삼만 명의 군사를 이끌고 넘어섰다. 이제는 발해 땅에 들어선 것이다. 사실 발해와 신라의 뚜렷한 국경은 없었다. 철조망이 있는 것도, 두 나라의 군대가 대치하고 있는 것도 아니었다. 다만 이 지역을 다스리는 호족이 신라에 굴복하고 살 뿐이었다. 그는 철령을 넘으면서 혹시 발해 군의 매복이 있지 않을까 조심하며 봉우리를 넘었다. 하지만 발해군의 모습은 어디에도 보이지 않았다.

'그러면 그렇지 이놈들이 전술의 기본을 알 리 없지.'

함주 평원을 지나는 동안에도 적의 모습은 볼 수 없었다. 청해를 지날 때까지 단 한 번의 싸움도 없었다. 이 속도면 겨울이 다가오기 전에 책성을 점령할 수 있을 것 같았다. 명주성에서의 전투와 오랜 행군에 군사들은 힘겨워 했지만 이 정도는 군인으로서 얼마든지 이겨낼 수 있으리라 생각하고 김사란은 진군 속도를 더 높였다.

"와~"

칠보산을 넘을 때였다. 갑자기 화살이 날면서 적들이 공격을 해 왔다. 여기까지 오는 동안 제대로 된 공격을 한 번도 받지 못한 신라군은 당황해 하며 어쩔 줄을 몰라 했다. 발해군이 봉우리 아래서 쏟아져 내려왔다. 군복도 없이 아무렇게나 차려 입고 손에는 창을 든 채 소리를 지르며 내려오는 모습이 똑똑히 보였다.

"적은 오합지졸이다. 전열을 갖추고 싸워라!"

김사란은 전선을 돌며 군사들을 격려했다. 처음에 당황하며 밀리던 신라군은 오래지 않아 반격을 가하기 시작했다. 봉우리 위로 밀고 올라갔다. 그러자 적들은 도망가기 시작했다.

"추격하라!"

김사란은 승기를 탄 이상 서전을 승리로 장식하여 군사들의 사기를 북돋아 줄 필요가 있다고 생각했다. 군사들도 힘을 내어 숨을 헐떡이면서 봉우리를 향해 추격해 올라갔다. 적들은 패잔병의 모습이 되어 산 속으로 뿔뿔이 흩어져 달아나기 시작했다.

"전투 중지!"

싸움의 양상을 지켜보던 김사란은 더 이상의 추격은 곤란하다고 생각했다. 익숙하지 않은 지리에 군사들이 흩어져 길을 잃을 수도 있다고 판단했기 때문이다. 행군의 연속으로 무료해 하던 군사들은 뜻하지 않은 적의 기습을 받아 당황했지만 곧바로 반격을 펼쳐 서전을 승리로 장식하자 자신감이 넘쳐 군영에 활기가 넘치기 시작했다.

김사란은 내심 적들과의 조우가 한 번 있었으면 하던 바였는데, 적들이 바라던 바를 채워 주어서 고맙기까지 했다. 역시 저들은 전술의 기본도 모르는 적당(賊黨)이라는 생각이 들었다. 또 다시 진군을 시작했다. 두만강 근처로 가면서 산세가 점점 험악해졌다. 그 사이에도 가끔씩 적들은 출몰하여 행군길이 무료하지 않게 해주었다. 날은 점점 추워졌다. 이번 겨울은 책성에서 날 수밖에 없겠다는 생각을 하며 군사들을 채근했다.

백사봉만 넘으면 이제 큰 어려움 없이 책성에 접근할 수 있었다. 김사란은 만약 자신이 발해군이라면 이곳에는 반드시 매복을 숨겼을 것이라 생각했다. 하지만 지금까지 오는 동안 적들의 움직임을 보았을 때는 그런 생각을 감히 해낼 수 없으리라 생각하며 계속해서 산 속으로 진군했다.

찬바람이 불기 시작하면서 붉은 산의 모습은 서서히 사라지고 나뭇잎들이 하나씩 떨어졌다. 신라군은 여름에 출발하였기 때문에 겨울옷이 부족했다. 산 속으로 들어갈수록 추워져 밤에 잠을 이루기가 쉽지 않았다. 모닥불을 피우고 겨우 잠이 들긴 했지만 땅바닥에서 올라오는 한기(寒氣)는 사람의 몸을 굳게 만들었다.

김사란은 잠깐 행군을 멈췄다. 보급을 받은 뒤 산을 넘는 것이 좋을 것 같다는 결론을 내렸다. 이 상태로 산을 넘어간다면 보급이 원활하지 않을 수도 있다는 생각 때문이었다.

"행군을 멈추고 보급을 받은 후 백사봉을 넘는다. 김사란은 칠부 능선에서 행군을 멈추고 보급품을 기다리기로 했다. 그 사이 군사들은 땔감을 모아 추위에 대비했다. 찬바람이 불면서 군사들은 모닥불 가를 떠나지 못했다.

보급품이 도착할 때가 되었다는 생각을 하며 따뜻한 햇볕을 쬐고 있던 김사란에게 숨을 헐떡이며 다가오는 자가 있었다. 맨발에 전신이 피로 물들고 찢겨진 옷을 입고 있었다. 순간 김사란은 긴장했다.

"무슨 일이냐?"

그의 목소리는 촉급했다.

"적의 기습을 받아 보급품이 몽땅 불타버렸습니다."

아무것도 보이지 않았다. 온통 천지가 새까맣게 보였다. 보급품 없이는 백사봉을 넘어 책성까지 갈 자신이 없었다. 지니고 온 식량은 이제 거의 다 떨어졌다. 처음 명주성으로 출발할 때 가을 옷 정도만 준비하고 떠났다. 그 정도면 충분히 발해를 공략할 수 있을 것이라는 생각 때문이었다. 보급품 없이는 추운 겨울을 날 수 없었다.

"어떻게 된 일이냐? 천천히 말해보아라."

"철령을 넘어 설 때 적들이 기습을 가해왔습니다."

"적이 누구냐?"

"말갈족이었습니다."

다행이 발해군의 주력이 아닐 수도 있었다. 그렇다고 안심할 수 있는 것은 아니었다. 보급품은 이미 사라진 뒤였다. 해상을 장악하기라도 했으면 바다를 통해 보급품을 나를 수 있었지만 바다는 이미 발해군이 장악한 뒤였다. 문득 김사란은 혹시 이것이 발해의 전술이 아닐까라는 생각이 들었다. 하지만 그럴 리가 없다고 생각했다. 저들은 제대로 된 나라가 아니라 도적의 무리들이 힘을 모아 나라의 흉내를 내고 있다고 생각했다.

이제 보급품을 기대하기는 힘들어졌다. 언제 또 다시 보급품이 공급될지는 알 수 없었다. 서라벌에서부터 공급하기는 너무 먼 거리였다. 명주성이 적의 손에 들어간 이상 한 달 이내에 보급품은 기대하기 힘들었다. 그는 밤새 고민했다. 다시 군사를 물릴 것인가? 아니면 그냥 참고 견디면서 책성까지 진군을 할 것인가? 군사를 물린다 해도 무사히 철령을 넘어간다는 보장이 없었다. 그나마 책성이 더 가까운 거리였다.

"보급은 책성에서 받기로 한다. 행군한다."

김사란은 병사들에게 사정을 말하지 않고 진군을 명령했다. 하지만 병사들은 어제의 일을 기억하고 있었다. 그들의 마음은 불안했다. 그러나 그들도 지금 할 수 있는 최선의 방법은 책성에 빨리 입성하는 수밖에 없다는 것을 알았다. 신라군의 발길은 빨라졌다. 얼어붙은 손과 발을 비비며 그들은 터벅터벅 백사봉을 넘기 시작했다. 그때였다. 산봉우리에 갑자기 붉은 갑옷을 입은 구척의 장수가 이들 앞에 나타났다.

"나는 발해의 대왕 대무예다. 옛날부터 너희 신라 놈들은 항상 당나라의 편에 붙어서 같은 민족인 고구려를 공격하였다. 수 양제의 고구려 공격 때도, 당 태종의 침공 때도 그랬다. 그리고는 결국 동족의 가슴에 비수를 꽂고 말았다. 이번에도 우리가 조상의 원수인 당나라를 공격하는 사이 네 놈들은 또 다시 동족의 뒤통수를 치기 위해 여기까지 왔다. 그 대가가 무엇인지 톡톡히 알게 해주겠다."

"와~"

대무예의 말이 떨어짐과 동시에 사방에서 천둥소리가 나는 것 같더니 화살과 바윗돌이 날아오기 시작했다. 전신이 얼어붙어 있던 신라군은 제

대로 몸을 숨기기도 힘들었다. 적과 맞서기 위해 산 위로 올라가는 일은 더더욱 없었다. 바위와 나무를 찾아 이리저리 헤매는 사이 귀가 찢기고 얼어붙은 머리통이 바위에 맞아 두 동강이 나는 아비규환의 참상이 벌어지기 시작했다. 그렇다고 발해군의 모습이 보이는 것도 아니었다. 보이지 않는 적과 싸울 수도 없었다. 김사란은 일단은 군사를 뒤로 물리는 것이 좋겠다는 생각과 함께 후퇴명령을 내렸다.

"산 아래로 후퇴한다!"

그러나 이도 원만치 않았다. 어느새 산 아래 쪽에도 적들이 가득 들어 차 있었다. 진퇴양난이었다. 적들은 화살과 바위만 날릴 뿐 모습을 드러내지 않았다. 한참의 공격이 이어지고 신라군들이 마침내 엄폐물을 찾았을 무렵 적들은 공격을 멈추었다. 신라군은 엄폐물 밖으로 감히 나서지 못했다. 그 순간에는 어김없이 화살이 날아들었기 때문이었다.

날은 점점 어두워지고 추워졌다. 아침을 먹은 후 아무것도 먹지 못한 신라군은 추위와 배고픔에 떨기 시작했다. 그렇다고 불을 피울 수도 없었다. 추위를 견디지 못한 일부의 병사들이 모닥불을 피우는 순간 어김없이 화살이 날아들었다.

하룻밤을 자고 난, 아니 버틴 이들에게 햇볕은 얼마나 고마운 존재였는지 몰랐다. 그래서 조상들은 해님을 섬겼는지도 모른다는 생각과 함께 햇볕 비치는 곳에 모여 몸을 웅크린 채 하루를 지냈다.

"오늘 밤 이곳을 탈출한다."

김사란은 저녁 무렵 은밀히 참모들을 불러 작전을 지시했다. 이런 상태로 하루만 더 있어도 동사자와 아사자가 속출할 것 같았기 때문이다. 탈출한다는 명령이 신라군의 입에서 입으로 전해졌다. 저들은 긴장하며 밤이 오기를 기다렸다. 드디어 어둠이 내렸다. 어둠 속을 살금살금 기어서 조심조심 한발을 내디디며 삼만의 신라군은 산 아래로 도망가기 시작했다.

"쥐새끼 같은 놈들, 어딜 도망가!"

갑자기 어둠 속에서 대갈성이 일더니 곧바로 화살이 날아오기 시작했다. 무작위로 쏘아대는 화살이었지만 워낙 많은 수의 신라군이었기에 사방에서 비명소리가 들렸다.

"공격!"

어둠 속에서 또 다른 대갈성이 들리는 듯하더니 돼지가죽 옷으로 방한을 한 말갈족들이 산속에서 무더기로 쏟아져 내려왔다. 순식간에 접전이 벌어졌다. 하지만 먹지도 못한 채 이틀 동안 웅크리고 있던 신라군은 이들의 적수가 되지 못했다.

"후퇴하라!"

김사란은 다급하게 외쳤다. 하지만 어디로 후퇴해야 할 지 아는 사람은 아무도 없었다. 올라갈 수도 내려갈 수도 없었다.

"무조건 산 아래로 내려가라!"

김사란도 자신의 명령이 잘못되었음을 깨달았는지 명령을 수정하여 내려 보냈다. 하지만 산 아래쪽에도 적들은 수 없이 깔려 있었다. 결국 신라병들은 다시 제자리로 쫓겨 갔다.

"거기가 너희 무덤이다. 그 자리에서 꼼짝하지 마라!"

전투가 마무리 되었을 무렵 또 다시 대갈성이 들렸다. 몸이 오싹해졌다. 저승사자의 소리처럼 들렸다. 아니 그 소리는 저승사자의 소리였다. 이제 신라군은 감히 제 자리에서 움직일 생각을 하지 못했다. 배고픔과 추위를 참지 못한 자들은 엄폐물 밖으로 뛰쳐나갔다. 그들의 운명은 곧바로 결정되었다.

열흘이 지났을 무렵, 기를 쓰고 산 밑으로 탈출한 자를 제외한 신라군 중 살아 있는 자는 아무도 없었다. 얼어 죽었는지, 굶어 죽었는지는 알 수 없었다. 대무예는 이들의 시체를 둘러보며 씁쓸한 표정을 지었다.

'결정적인 고비 때마다 고구려의 등 뒤를 치더니 결국 이 모양이 될 줄 몰랐단 말인가?'

발해군은 신라군의 시체를 산 속에 내버려둔 채 전장(戰場)을 떠났다. 그러나 그들의 표정은 결코 승리한 자의 것이 아니었다. 왠지 모르는 씁쓸함과 개운치 않음이 뒤섞인 기분이었다.

발해의 배후를 공격하던 신라군이 산 속에서 얼어 죽어서 더 이상 발해를 공격할 나라는 없었다. 오히려 명주와 등주성에 발해군이 주둔함으로 인해 신라나 당나라는 발해의 공격을 두려워하게 되었다.

고구려가 망한지 30년 만에 다시 고구려의 전통을 계승한 나라를 세우고, 또 나라를 세운지 불과 30여년 만에 발해는 대조영, 대무예라는 걸출한 정복군주에 의해 고구려보다 더 넓은 영토를 차지했다. 고구려 이상의 무서운 세력으로 성장하여 순식간에 천하에서 가장 강한 나라로 등장한 것이었다. 이후 발해는 당나라가 망하는 동안에도 흔들리지 않고 삼백 년 동안 동북아의 최강자로 군림할 수 있었다.

신라와 당나라를 격파한 대무예는 여러 차례의 큰 싸움에서 공을 세운 공신들을 치하한 후에 조상들과 대조영의 신위(神位)가 모셔진 사당을 찾았다.

"열조님, 아버님, 드디어 소자가 잃어버렸던 옛 조선의 강토와 고구려의 영역을 완전히 되찾게 되었습니다. 이제는 밝은 해의 나라 발해에 맞설 나라는 천하에 없습니다. 이 모든 것이 다 조상님과 아버님의 음우(陰佑)덕분이라 생각합니다.

우리 예맥족은 한 순간도 이민족에게 굴복한 적이 없었습니다. 흑룡강,

흥안령산맥, 고비사막, 천산산맥, 타클라마칸 사막, 히말라야산맥으로 둘러싸인 천하, 그 속에서 절대 강자의 자리를 차지하기 위해 우리 민족이 사는 요동 땅까지 넘본 정복 군주가 있었습니다. 한 무제와 당 태종 그들이 이룩한 세계는 과히 천하를 차지했다고도 할 수 있을 만큼 넓었습니다. 우리는 결국 그들이 이룩한 제국에 무릎을 꿇는 듯 했습니다.

하지만 한 무제가 이제는 자신의 땅이라고 생각했지만 아니었습니다. 하늘의 정기를 이어받은 주몽대왕은 우발수에서 예맥족의 생명의 기운을 되살렸으며, 대무신왕은 흔들리지 않는 고구려의 뿌리를 다졌으며, 광개토대왕이라는 걸출한 군주가 나타나 잃어버렸던 고조선의 고토와 정신을 완전히 수복하였습니다.

당나라의 잇단 공격과 신라의 배후 공격으로 인해 예맥족의 튼튼한 나무 고구려는 망했습니다. 예맥족의 기상이 사라져가는 순간이었습니다. 하지만 잊혀진 생명의 땅 백두산 기슭에서 하느님은 걸걸중상과 대조영이라는 새로운 씨를 뿌렸습니다. 그 씨는 단단하고 깊게 뿌리를 내려 모진 고통과 탄압에 굴하지 않고 밝은 해의 나라 발해로 다시 태어났습니다. 소자 그 뿌리를 바탕으로 이제 잃어 버렸던 고구려와 옛 조선의 땅을 다시 되찾았습니다.

하늘이시여! 열조시여! 이제 새롭게 뿌리를 내린 이 발해가 예맥족의 삶의 터전이 되게 하여 주시고 백성들의 삶이 풍요롭게 도와주옵소서. 하늘과 땅을 경외하고, 정의와 선이 삶 속에서 풍요가 넘쳐나는 땅이 되게 도와주옵소서!"

〈끝〉

연표

612년 수양제 고구려 침공, 7월 을지문덕 살수에서 수나라군 대파

642년 연개소문 영류왕 죽인 후 보장왕을 세워 막리지가 됨

645년 당태종 고구려 공격(고당 일차전쟁), 당태종 안시성 공략 실패 철군

연개소문 장산군도 전투에서 대승을 거둠

660년 백제 멸망

661년 당나라 고종 고구려 공격 시작(고당 2차전쟁)

662년 연개소문 사수에서 당나라군 대파

666년 연개소문 죽음

668년 나당연합군 고구려 평양성 공격, 고구려 멸망

669년 당나라 고구려 평양성에 안동도호부 설치

676년 신라 이근행, 유인궤, 설인귀 등이 이끄는 당나라군과 싸워 이겨 당나라군을 한반도에서 몰아냄(삼국 통일). 당나라 안동도호부를 요양(요동)에, 웅진도독부는 건안성으로 옮김

676년 당나라 전 고구려 왕 보장을 안동도호부 도호로 삼음

681년 보장왕 말갈 등과 고구려 부흥을 위해 모반하다 실패하여 유배됨

696년 거란인 송막과 이진충 반란을 일으켜 영주도독 조홰를 죽임

걸걸중상 백두산 동북부의 말갈족을 통합

698년 걸사비우와 함께 영주를 탈출한 대조영 천문령에서 이해고의 당나라군을 격파함

699년 대조영 돈화현 동모산에서 진국(발해)을 세우고 연호를 천통이라 함

713년 대조영 국호를 발해로 고침

719년 대조영 죽음. 아들 대무예 즉위

726년 대무예 배반한 흑수부말갈을 공격함

732년 대무예의 장수 장문휴 당나라 산동반도의 등주성을 공격하여 등주자사를 죽이고 산동지역을 장악함

737년 발해 2대 무왕 대무예 죽음